Jerzy Andrzejewski:
Der goldene Fuchs
Erzählungen

Deutsch von Renate Lachmann

Deutscher
Taschenbuch
Verlag

dtv

Ungekürzte Ausgabe
des 1968 im Albert Langen · Georg Müller Verlag
unter dem Titel ›Die großen Erzählungen‹ erschienenen Buches
September 1979
Deutscher Taschenbuch Verlag GmbH & Co. KG,
München
Lizenzausgabe mit freundlicher Genehmigung des
Albert Langen · Georg Müller Verlags GmbH,
München · Wien
Umschlaggestaltung: Celestino Piatti
Gesamtherstellung: C. H. Beck'sche Buchdruckerei,
Nördlingen
Printed in Germany · ISBN 3-423-01477-6

Das Buch

In einem schmerzlichen und doch auch befreienden Prozeß muß ein kleiner Junge von seiner kindlichen Phantasiewelt Abschied nehmen, als alle anderen seinen Berichten vom goldenen Fuchs, seinem besten Freund, mit Unglauben begegnen; ein ruhebedürftiger Schriftsteller gerät in Konfrontation mit fußballspielenden Jugendlichen und sucht sich die Stille zunächst mit einer Lüge zu erschwindeln, muß dann aber einer nackten Erpressung nachgeben; ein junger idealistischer Untergrundkämpfer begegnet im besetzten Polen einem älteren routinierten Kameraden, den er durch sein Beispiel zwingt, zu erkennen, daß menschliche Hilfsbereitschaft und Anstand auch in Extremsituationen wichtiger sind als die rücksichtslose Erfüllung eines Auftrags; ein Mann ist auf der Flucht unterwegs mit seiner ungeliebten Frau, die er eines Nachts heimlich verläßt; ein Appell in Auschwitz offenbart alle Abgründe bestialischer Grausamkeit und Verachtung, deren Menschen fähig sind. In allen fünf Geschichten erweist sich Andrzejewski als Meister auch der kleinen Form der Erzählung; knapp und doch umfassend vermag er Menschen, ihre seelischen Strukturen und ihre Beziehungen zueinander darzustellen, ihre Kraft und Würde ebenso zu schildern wie Gleichgültigkeit und Grausamkeit.

Der Autor

Jerzy Andrzejewski, 1909 in Warschau geboren, veröffentlichte 1936 sein erstes Buch, sammelte jedoch seine entscheidenden Erfahrungen in den Kriegsjahren. Für den Roman ›Asche und Diamant‹ erhielt er zahlreiche literarische Auszeichnungen. Er wurde einer der führenden Autoren der »Tauwetterliteratur«. Weitere Werke: ›Warschauer Karwoche‹, ›Finsternis bedeckt die Erde‹, ›Die Pforten des Paradieses‹, ›Siehe, er kommt hüpfend über die Berge‹, ›Appellation‹, ›Das große Lamento des papierenen Kopfes‹.

Inhalt

DER GOLDENE FUCHS

Der Fuchs kam völlig unerwartet eines Abends im Oktober, als Łukasz allein zu Hause war. Den Vater hatte man zu einer dringenden Operation gerufen, die Mutter nahm in der Schule an einer Lehrerkonferenz teil, und Grzesiek war mit den Kameraden zur Abendvorstellung ins Kino gegangen.

Łukasz lag schon im Bett, langsam kam die Schläfrigkeit über ihn, aber er wollte noch nicht einschlafen, denn es hatte sich eingeregnet, und in der Stille des Zimmers war es angenehm zu horchen, wie hinter den Fenstern, auf Mariensztat, in der Dunkelheit, die hier und dort von dem schaukelnden Schein der Lampen aufgehellt wurde, der Regen plätscherte, die Bäume rauschten und der Wind pfiff.

Kurz vor dem Einschlafen wollte Łukasz noch ein stilles, gemurmeltes Zwiegespräch mit dem Wind beginnen, da quietschte plötzlich die Korridortür, und der Fuchs trat ins Zimmer. Łukasz verging alle Schläfrigkeit, aber er rührte sich nicht, verhielt sogar den Atem, um den unerwarteten Gast nicht zu verscheuchen. Übrigens machte der Fuchs nicht den Eindruck, als wäre er beunruhigt oder fühlte sich beengt. Im Gegenteil, er wirkte völlig natürlich. Zunächst blieb er an der Tür stehen und sah sich forsch mit blitzenden Lichtern um. Es war deutlich zu sehen, wie er seine spitze Schnauze ein wenig in die Höhe hob, als wollte er sich mit den Gerüchen des neuen Raumes vertraut machen, dann schob er sich sachte, aber ganz ohne Scheu, lautlos die Pfoten setzend, ins Zimmer hinein.

Trotz der Dämmerung, die ringsum lag, bemerkte Łukasz sogleich, daß der abendliche Gast ungewöhnlich schön war. Vor allen Dingen war es ein sehr großer Fuchs, dabei aber schlank, geschmeidig und wunderbar gebaut; seine Lichter funkelten in der Dunkelheit wie zwei glühende Kohlen, sein Schweif war groß und buschig, und das erstaunlichste war, er war über und über golden, von einem weichen, seidigen, im Dunkeln wunderbar schimmernden Gold.

Trotz seiner fünf Jahre war Łukasz ein besonnener Junge, der sein Entzücken in diesem Augenblick keinesfalls offenbaren wollte. Dennoch geschah das, was er nicht beabsichtigte, und plötzlich war in der Stille sein kurzes »Ach!« sehr deutlich zu hören.

Als Łukasz seine eigene Stimme hörte, erstarrte er vor Schrecken.

»Aus«, dachte er verzweifelt. Und um die Flucht des Fuchses nicht sehen zu müssen, kniff er die Augen zusammen und bedeckte sie zur Sicherheit mit den Händen. Gleichzeitig flüsterte er in Gedanken: »O Fuchs, mein liebster, einziger Fuchs, lauf nicht weg von mir, ich bitte dich, bleib hier, ja? Ich verspreche dir, daß ich dich sehr, sehr liebhaben werde und an alles denken werde, was du brauchst, ich werde dir immer beistehen, nur, ich bitte dich, gehe nicht weg ...«

Nicht der leiseste Laut trübte die Stille, und Łukasz, der die kleinen Fäuste mit aller Gewalt auf die Lider preßte, hörte nur das beschleunigte Schlagen seines eigenen Herzens. Als er endlich die Augen zu öffnen wagte, wollte er zunächst dem eigenen Glück nicht trauen: Der Fuchs war nicht geflohen, er stand immer noch mitten im Zimmer, genau an derselben Stelle, an der er sich vor dem bewußten Aufschrei befunden hatte. Nur die Schnauze hatte er Łukasz in der Zwischenzeit zugewandt und seine Lichter erschienen dadurch noch größer, feuriger und funkelnder.

Łukasz hielt es nicht aus und setzte sich im Bett aufrecht.

»O Fuchs!« – flüsterte er.

Da nickte der Fuchs freundschaftlich mit dem Kopf, wobei er Łukasz ganz deutlich zulächelte, danach ging er auf den in der Ecke des Zimmers stehenden Schrank zu, mit dem buschigen, goldenen Schwanz hin und her schaukelnd. Dort stellte er sich mit den Vorderfüßen hoch, öffnete die Tür und stieg lautlos in den Schrank hinein. Sekundenlang erhellte ein goldener Schimmer das Schrankinnere, dann schloß sich die Tür ebenso lautlos wie sie sich zuvor aufgetan hatte, und im Zimmer wurde es wieder dunkel.

Łukasz wußte nicht recht, wie lange er an jenem Abend wachgelegen hatte, dem beschleunigten Tick-Tack seines Herzens lauschend. Es mußte jedenfalls seit dem Erscheinen des Fuchses geraume Zeit verstrichen sein, denn er war noch nicht eingeschlafen, als Grzesiek ins Zimmer kam, nach seiner Art laut mit den Skischuhen auftretend.

Als Grzesiek das Licht anmachte, bemerkte er sofort, daß Łukasz nicht schlief.

»Du schläfst nicht?« fragte er. »Warum nicht? Es ist schon nach zehn.«

Łukasz fühlte instinktiv, daß er in der gegenwärtigen Lage seine Augen keinem Blick von Außen preisgeben durfte. Wer wußte, ob ihr Ausdruck die Anwesenheit des Fuchses nicht sofort verraten hätte? Er schloß sie daher eiligst.

»Ich schlafe«, murmelte er.

Grzesiek setzte sich auf die Couch und begab sich ans Aufschnüren seiner Schuhe.

»Was, du schläfst?« sagte er aufgebracht. »Ich sehe doch, daß du nicht schläfst. Und obendrein lügst du noch.«

Unter normalen Bedingungen hätte Łukasz, auf diese Weise in seiner Ehre gekränkt, sofort einen Gegenangriff gestartet. Da eine solche Taktik jedoch unweigerlich ein Öffnen der Augen verlangte, verzichtete er auf den Kampf und gab vor, daß er das, was gesagt worden war, keineswegs als auf seine Person bezogen empfand.

Und es mag sein, daß Grzesiek, der mit der Entknotung seiner Schnürsenkel beschäftigt war, von einer weiteren Verfolgung der Sache abgesehen hätte, wären nicht im Korridor die Schritte der Mutter laut geworden.

»Mama!« rief Grzesiek sofort.
Die Mutter, die gerade erst nach Hause gekommen war, denn sie hatte noch den Mantel an, trat ins Zimmer.
»Was ist los? Warum schreist du so?« fragte sie.
»Łukasz schläft nicht«, erklärte Grzesiek.
Die Mutter und Grzesiek traten ans Bett.
»Er hat sicher Fieber«, sagte er. »Schau mal, was er für rote Ohren hat.«
Die Mutter betrachtete Łukasz einen Augenblick aufmerksam, dann fühlte sie seine Stirn.
»Heiß?« fragte Grzesiek, wobei er den Pullover über den Kopf zog.
Der Mutter kam die Stirn Łukasz's nicht sonderlich warm vor.
»Aber seine Ohren sind rot«, sagte Grzesiek.
Sie beugte sich über Łukasz und zog die verrutschte Decke zurecht.
»Tut dir etwas weh, mein Kleiner?«
Łukasz schüttelte den Kopf.
»Und warum schläfst du nicht?«
»Ich schlafe«, murmelte er schlaftrunken.
»Er lügt«, stellte Grzesiek fest, indem er sich die Hosen auszog.
»Als ich ins Zimmer kam, schlief er ganz und gar nicht. Und außerdem hat er rote Ohren.«
Die Mutter beugte sich noch einmal über Łukasz und küßte ihn auf die Stirn.
»Schlaf, mein Kleiner, es ist schon spät.«
Dann wandte sie sich an Grzesiek: »Grzesiek, mach gleich das Licht aus, Łukasz wird schon einschlafen.«
Sie mußte in diesem Augenblick etwas Auffälliges bemerkt haben, denn Łukasz hörte ihr kurzes und vorwurfsvolles: »Grzesiek!« Er spitzte die Ohren. Seine Mutter sagte: »Grzesiek, wie oft habe ich dir gesagt, daß du deine Sachen nicht in allen Ecken herumwirfst?«
»Ich?« sagte Grzesiek verwundert.
»Wer denn sonst?«
»Aber ich werfe doch gar nichts herum.«

»Sieh doch her, wie das Zimmer aussieht.«
Łukasz drehte sich leise auf die andere Seite, mit dem Gesicht zum Zimmer, und da er fühlte, daß er nicht mehr Mittelpunkt des Interesses war, hob er vorsichtig die Augenlider.
Grzesiek stand in einem zu kurzen Hemd und in Badehosen in der Nähe des Tisches. Mit seinen dünnen Beinen eines Zwölfjährigen und einem Blick, der ebensoviel Verwirrung wie Erstaunen ausdrückte, kam er Łukasz sehr komisch vor. »Das hast du für die roten Ohren«, dachte er mit Genugtuung. Er konnte auch feststellen, daß gewisse Kleidungsstücke Grzesieks in der Tat an eher zufälligen Orten des Zimmers herumlagen. Ein Schuh lag unter dem Bett, einer mitten im Zimmer, der Pullover auf dem Tisch, die Hosen waren nachlässig über einen Stuhl geworfen und glitten allmählich auf den Fußboden.
Grzesiek indessen wog die Situation gemächlich ab.
»Also?« fragte die Mutter.
Er seufzte. »Das ist doch nur für den Augenblick.«
»Was heißt das, für den Augenblick?«
»Ich wollte gerade alles zusammenlegen.«
»Und die Schuhe?«
Grzesiek schielte auf die verschmutzten Schuhe.
»Gleich hebe ich sie auf.«
»Mir scheint, man müßte sie außerdem putzen. Was meinst du?«
Und ohne die Antwort Grzesieks abzuwarten, machte sie die Nachtlampe am Sofa an und löschte das Deckenlicht.
»Beeil dich, Grzesiek«, sagte sie schon an der Tür. »Morgen wirst du wieder nicht aufwachen wollen. Und vergiß das Waschen nicht.«
»Und worin soll ich schlafen?«
»Wieso?«
»Du hast doch meinen Schlafanzug in die Wäsche gegeben.«
»Weißt du denn nicht, daß deine sauberen Schlafanzüge im Schrank liegen?«

Łukasz schlug das Herz stärker. Der Schrank! Wie konnte er vergessen, daß in dem Schrank nicht nur seine, sondern auch die Sachen Grzesieks waren. Was würde jetzt sein? Was würde passieren, wenn Grzesiek den verborgenen Fuchs erblickte? Natürlich wird er schreien, und der Fuchs wird erschrecken und fliehen. Soll man ihn vielleicht warnen? »Aber wen?« dachte Łukasz. »Wen warnen, Grzesiek oder den Fuchs? Wem Vertrauen schenken?«

Grzesiek hatte sich die Vorhaltungen der Mutter wohl sehr zu Herzen genommen, denn nachdem er seine Sachen sorgfältig zusammengelegt und die Couch für die Nacht bereitet hatte, ging er mit den Schuhen ins Badezimmer und verschwand dort. Łukasz wurde die Zeit des Wartens auf die Rückkehr des Bruders schrecklich lang. »Was macht er dort?« dachte er. »Er wäscht sich doch nicht etwa die Ohren?« Dennoch konnte er sich nicht dazu entschließen, aufzustehen und etwas zu unternehmen. Er lag reglos, die eine Wange auf das Kissen gedrückt, aber eine wachsende Unruhe umfing ihn. Zudem fühlte er, daß seine Ohren nicht nur nicht abkühlten, sondern immer heftiger zu glühen und zu brennen begannen.

Endlich kam Grzesiek wieder. Diesmal ließ sich Łukasz nicht ertappen und erreichte soviel, daß Grzesiek nach einer eingehenden Betrachtung des ruhig und gleichmäßig Atmenden dies für einen ausreichenden Beweis tiefen Schlafes erachtete und wortlos sein Hemd auszog. Łukasz beobachtete den Bruder durch die leicht gehobenen Wimpern. »O Fuchs, Fuchs«, flüsterte er still vor sich hin.

In diesem Augenblick ging Grzesiek zum Schrank. Er blieb einen Augenblick davor stehen, als ob er über irgend etwas tief nachdachte, danach öffnete er die Schranktür, dann auch die zweite Hälfte und suchte im oberen Fach zwischen der Wäsche einen Schlafanzug. Łukasz hielt den Atem an. Das, wovor er sich am meisten fürchtete, trat jedoch nicht ein: Der Fuchs erschrak nicht und sprang nicht heraus. Aber was noch erstaunlicher war, Grzesiek schien den ganz in der Nähe verborgenen Gast nicht einmal zu bemerken. Und er wäre nicht Grzesiek gewesen, hätte er, was er suchte, sofort gefunden, also dauerte sein Stöbern nach dem Schlafanzug ziemlich lange. Łukasz wußte gut, daß beide Schlafanzüge, sein eigener und der Grzesieks, ganz oben auf dem zweiten Fach lagen. Beinahe hätte er etwas gesagt, um die sich gefährlich in die Länge ziehende Situation zu verkürzen, da fuhr er plötzlich zusammen, als hätte ihn eine blitzschnelle Flamme durchzuckt. Trotz des Lichtes, das die Nachtlampe Grzesieks verbreitete, erhellte der vertraute goldene, sehr zarte und wundersam geheimnisvolle Schein das Innere des Schrankes. Das war so schön, daß Łukasz plötzlich alle Sorgen vergaß und sich zugleich grenzenlos glücklich fühlte; er war voll lähmenden Entzückens, so als wäre auch in ihm unerwartet eine Helligkeit aufgeleuchtet, die jener ähnlich war.

Später, als es schon dunkel war und Grzesiek die Lampe gelöscht hatte, lag er noch lange wach, bis in die Fingerspitzen von jenem lautlosen und dennoch auf seine seltsame Weise singenden Licht durchdrungen. Plötzlich spürte er den Wunsch, wenigstens einen Bruchteil seines Glükkes mit jemand zu teilen, und zwar unverzüglich, auf der Stelle. Er hob den Kopf und rief halblaut: »Grzesiek!«

Dieser drehte sich um, die Couch knarrte unter ihm.

»Schläfst du noch nicht?«

Die Stimme Grzesieks klang alles eher als freundlich. Aber Łukasz störte das nicht im geringsten. »Grzesiek, sag mal ...«

»Schlaf.«

»Hast du schon mal einen goldenen Fuchs gesehen?«

»Was?«

»Einen goldenen Fuchs.«

»Was soll ich mit einem goldenen Fuchs?«

»Ob du mal einen gesehen hast?«

Grzesiek richtete sich auf.

»Was denn, bist du verrückt geworden? Es gibt keine goldenen Füchse.«

»Und es gibt doch welche.«

»Wo denn? Da hat dir jemand einen Bären aufgebunden.

Es gibt nur solche Füchse, wie sie bei uns vorkommen, gewöhnliche Füchse: Rot- oder Silberfüchse und Blaufüchse, wobei die Blauen diesen Pelz nur im Sommer haben, im Winter sind sie weiß.«

Łukasz lächelte wissend. »Aber ich habe einen goldenen gesehen.«

»Einen Fuchs?«

»Einen Fuchs.«

»Wo?«

»Ich habe ihn gesehen. Er war ganz und gar golden. Er hatte auch einen goldenen Schwanz.«

»Du lügst!« sagte Grzesiek aufgebracht. »Du konntest keinen goldenen Fuchs sehen.«

»Doch, ich konnte.«

Der Ton eines trotzigen Triumphs, der in der Stimme des Kleinen erklang, vergegenwärtigte Grzesiek, daß er sich vielleicht unvorsichtig in eine Diskussion hineinziehen ließ, die ihn, den Älteren kompromittierte. Er fühlte sich dadurch sehr verletzt.

»Hör zu«, sagte er mit zusammengebissenen Zähnen, »ich rate dir, mich nicht aufzuregen. Wenn du nicht auf der Stelle mit dem Quatsch aufhörst und einschläfst . . .«

»Dann was?« rief Łukasz.

»Dann wirst du sehen.«

»Was kannst du mir schon tun?«

»Dresche kriegst du, Rotznase!« brüllte Grzesiek, der jetzt endgültig die Fassung verlor. »Verstehst du?«

Im Zimmer trat Stille ein. Da ertönte die ein wenig gedämpfte, aber nichtsdestoweniger deutliche und klangvolle Stimme Łukaszs: »Hast du den goldenen Fuchs nicht gesehen? Ich habe ihn nämlich gesehen.«

Grzesiek sprang auf die Füße und warf mit Schwung ein Kissen ins Zimmer. Bevor er jedoch dem Geschoß zu folgen vermochte, hatte sich Łukasz unter der Decke versteckt und sich so geschickt in ein Knäuel zusammengewickelt, daß ihn der Angreifer beim ersten Überfall in der Dunkelheit nicht finden konnte. Bald jedoch bewies das schrille Kreischen Łukaszs, das unter der Decke hervorkam, daß Grzesiek trotz allem sein Opfer erwischt hatte. Einen Augenblick lang war ein Getümmel und Gewirbel auf dem Bett und die schnelle Entwicklung der Situation neigte deutlich zum Nachteil Łukaszs. Da öffnete sich die Tür, und Licht aus dem Flur fiel in das dunkle Zimmer. Auf der Schwelle stand der Vater.

»Was geht hier vor?« fragte er halblaut. »Was treibt ihr?«

Grzesiek verschwand wie weggeblasen vom Bett. Im Nu war er auf seiner Couch. Ebenso schnell tauchte Łukasz unter seine Decke. All das geschah so blitzschnell und fast lautlos, daß ein weniger geübtes Auge als das des Vaters den Vorfall für pure Einbildung hätte halten müssen.

Aber der Vater fragte sachlich: »Also?«

Der zerzauste und stark gerötete Grzesiek zwinkerte unruhig mit seinen langen Wimpern.

»Łukasz läßt mich nicht schlafen.«

»Łukasz?«

»Ja, eben. Er erzählt Albernheiten, er will einen goldenen Fuchs gesehen haben.«

»Was für einen?«

»Einen goldenen. Und dabei gibt es doch gar keine goldenen.«

»Und deswegen hast du ihn geschlagen?«

»Ich habe ihn geschlagen?« sagte Grzesiek entrüstet. »Ich habe ihn ja gar nicht geschlagen. Ich wollte ihm nur erklären, daß es keine goldenen Füchse gibt. Aber er glaubt es nicht und behauptet, daß er einen goldenen Fuchs gesehen hat.«

»Schrei nicht so, du machst das ganze Haus wach.«

»Warum lügt er da, daß er einen goldenen Fuchs gesehen hat, wenn er gar keinen sehen konnte?«

Der Kräuselkopf Łukaszs kam unter der Decke hervor.

»Ich lüge überhaupt nicht!«

»Sondern? Einen goldenen Fuchs konntest du nicht sehen.«

»Ruhe«, sagte der Vater.

Er setzte sich auf den Rand von Łukaszs Bett und fuhr dem Kleinen über sein helles Haar.
»Hast du geträumt?«
Łukasz schüttelte den Kopf.
»Und wie war das mit dem Fuchs?«
»Ich habe ihn gesehen.«
»Einen goldenen?«
»Hm!«
Grzesiek rief dazwischen.
»Siehst du! Und der sagt noch, daß er nicht lügt. Sag ihm doch, daß es keine goldenen Füchse gibt, denn mir will er nicht glauben.«
»Sei still, Grzesiek«, beruhigte ihn der Vater. »Du benimmst dich, als wärst du jünger als Łukasz.«
»Ich?« sagte Grzesiek gereizt. »Gut, dann sag ich nichts mehr. Aber er soll nicht lügen, daß er einen goldenen Fuchs gesehen hat, denn er hat keinen gesehen.«
Und zum Zeichen des Protests wandte er sich zur Wand und zog die Decke über den Kopf.
Der Vater beugte sich über Łukasz. »Und wo hast du diesen Fuchs gesehen?«
Der Kleine zögerte.
»Überall«, flüsterte er dann.
»Wie denn das?«
»Ich habe ihn wirklich gesehen.«
Er rückte zum Vater hin, drückte ihm seiner Gewohnheit gemäß seine Nase an die Wange und umarmte ihn.
»Sag«, raunte er sehr leise, »es gibt goldene Füchse ...«
Der Vater lächelte.
»Im Märchen, mein Kleiner.«
»Nicht im Märchen, wirklich.«
»In Wirklichkeit gibt es keine.«
»Keine?«
»Nur rote, blaue, silberne, aber goldene nicht.«
»Und hast du niemals einen goldenen gesehen?«
»Niemals.«
Łukasz schwieg eine Weile, an das Gesicht seines Vaters geschmiegt.

»Schlaf jetzt, Łukasz. Es ist schon sehr spät.«
Als Łukasz sich wortlos hinlegte, deckte ihn der Vater zu und küßte ihn auf die Stirn.
»Schlaf gut.«
Danach ging er hinaus und schloß leise die Tür hinter sich. Man hörte, daß er ins Badezimmer ging. Gleich danach ertönte die Stimme Grzesieks. »Hast du auch eine grüne Kuh gesehen?«
Łukasz erbebte, aber er gab keine Antwort. Er drückte sein Gesicht nur noch fester in das Kissen und zog die Beine an, denn in dieser Lage, in der er weniger Platz einnahm, fühlte er sich sicherer und geschützter. Grzesiek ließ sich nicht weiter vernehmen, er mußte wohl sehr schnell eingeschlafen sein, denn bald darauf war sein gleichmäßiger Atem zu hören. Łukasz dagegen war von jeglichem Schlaf weit entfernt. Er lag mit offenen Augen, und als sich diese an die Dunkelheit gewöhnt hatten, erfüllte sich das Zimmer von neuem mit den wohlbekannten Umrissen der Wände, Gegenstände und Möbel. Besonders der Schrank trat deutlich umrissen aus dem Dunkel hervor. Aber er erschien ihm jetzt irgendwie tot. Schwer und steif stand er an der Wand, und es fiel schwer zu glauben, daß noch vor einer Viertelstunde sein Inneres von dem wunderbarsten goldenen Schimmer erfüllt war. Und zugleich wurde in Łukasz ganz leise der Zweifel wach, ob der Fuchs noch im Schrank wäre. Vielleicht hatte er den Spott von Grzesiek gehört und war beleidigt davongeschlichen, ohne daß es jemand bemerkte. Aber wann? Auf welche Weise? Welchen Weges? War es denn überhaupt auszudenken, daß er ungesehen durchs Zimmer schleichen konnte?
»Ach Fuchs, mein liebster, lieber Fuchs«, flüsterte er lautlos, »du bist doch nicht hinausgegangen, du hast mich doch nicht ohne Abschied verlassen?« Aber je heftiger er diese Hoffnung in sich zu stärken versuchte, um so empfindlicher erfaßte ihn die Unruhe. Schließlich, da er die quälende Ungewißheit nicht länger ertragen konnte, warf er die Decke ab, setzte sich im Bett hin, lauschte einen

Augenblick aufmerksam und schlich, da er sich vergewissert hatte, daß Grzesiek ganz fest schlief, auf Zehenspitzen zum Schrank.

Er hätte nie gedacht, daß die Entfernung zwischen Bett und Schrank so groß sein könnte. Am Tag überwand er sie gewöhnlich mit einigen Sprüngen, jetzt dagegen wurden es immer mehr Schritte. Er versuchte, so leicht wie möglich aufzutreten, dennoch knarrte der Fußboden unter seinen nackten Füßen ein paar Mal. Dann blieb er stehen und hielt den Atem an. Aber wie er so in der Dunkelheit stand, vor Aufregung und Kälte leicht zitternd, kam es ihm vor, als schlüge sein Herz so mächtig, daß das allein Grzesiek wecken könnte. Zu allem Überfluß hörte auch noch der Regen auf, und der Wind legte sich. Es breitete sich eine so gewaltige nächtliche Stille aus, als hätte sich der tiefste Schlaf auf die Welt gelegt und den ganzen Raum bis zum weiten und ebenfalls schlafbefangenen Himmel umfaßt. Łukasz lauschte der Stille, und obwohl er von Natur aus nicht ängstlich war, begann ihn eine unbestimmte Furcht zu durchdringen. »Und was, wenn der Fuchs wirklich davongelaufen ist?« dachte er.

Und als er sich das leere und finstere Innere des Schrankes vorstellte, fühlte er sich schrecklich allein und unglücklich.

Endlich erreichte er sein Ziel. Der Schrank stand vor ihm.

Er erschien aber um vieles breiter und höher als gewöhnlich. Łukasz hatte den Eindruck, als höbe sich ein schweres und gewaltiges Bergmassiv aus dem Dunkel hervor. Vorsichtig streckte er die Hände aus, aber als er die Tür unter den Fingern spürte, zögerte er, sie zu öffnen. Er blieb längere Zeit unentschlossen stehen mit immer rascher und stärker schlagendem Herzen, bis es ihm plötzlich vorkam, als ob neben ihm im Innern des Schrankes sich etwas rührte und raschelte. Unsicher noch und voller Zweifel schob er sich näher heran. Mit dem ganzen Körper preßte er sich an die Tür und hielt den Atem an. Aber nein, er hatte sich nicht geirrt. Der Schrank war nicht stumm und nicht leer; deutlich spürte man Leben darin.

Geringe, sehr zarte Geräusche waren zu hören, und dazwischen lag ein Hauch rührender Wärme. Łukasz erahnte den Atem des schlafenden Wesens.
Mit zitternden Fingern drehte er den Schlüssel um, erstarb in plötzlichem Entzücken: Durch den fingerbreiten Spalt leuchtete als ganz dünner Streifen der vertraute goldene Schein. Łukasz blieb bewegungslos stehen aus Angst, ihn zu zerstören. Dann kniete er sich etwas ermutigt hin, berührte mit den Lippen das wundersame Licht und flüsterte: »Ich bin's, mein goldenes Füchslein, ich, Łukasz. Schläfst du?« Der Fuchs gab keine Antwort, nur sein Atem war zu hören. Er schläft, dachte Łukasz. Und so leise er konnte, flüsterte er zärtlich: »Gute Nacht, liebes Füchslein, schlaf schön.« Dann schloß er vorsichtig die Tür. Als er den Schlüssel umdrehte, kam es ihm in den Sinn, daß er ihn auf jeden Fall für den Rest der Nacht mit sich nehmen müßte. Wer konnte schließlich wissen, ob nicht zum Beispiel Grzesiek, alles erratend, einen entsprechenden Augenblick wahrnehmen würde, um den Fuchs insgeheim hinauszujagen? Eine Möglichkeit dieser Art erschien Łukasz so wahrscheinlich — mehr noch — fast sicher, daß er sich auf der Stelle entschloß. Er zog den Schlüssel mit Bedacht aus der Tür und ließ ihn auch dann nicht aus der fest zusammengeballten Hand, als er schon wieder im Bett war. Zwar fiel ihm später ein, daß es dem Fuchs unangenehm sein könnte, wenn er erführe, daß er die ganze Nacht über eingesperrt war, aber es gelang ihm nicht mehr, diesen Zweifel zu zerstreuen, denn ganz unversehens hatte ihn der Schlaf übermannt.
Am nächsten Morgen verschlief Łukasz den Wecker, der allmorgendlich an der Couch Grzesieks um dreiviertel sieben klingelte. Er wurde erst auf das Echo eines zwar anderen, aber ebenfalls sehr heftigen Lärms wach. Im ersten Augenblick, noch von Schläfrigkeit benommen, konnte er sich nicht zurecht finden. Sobald er aber die Augen öffnete, erblickte er zu seinem Entsetzen Grzesiek, der sich erfolglos bemühte, den Schrank aufzubekommen. Der Kampf Grzesieks mit der widerspenstigen Tür mußte

schon längere Zeit währen, denn er war schon rot vor Zorn und begann gerade, mit Fäusten und Füßen blind darauf loszuschlagen, und zwar mit solchem Eifer, daß es schien, der Schrank würde über kurz oder lang bersten und in kleine Stücke zerspringen. Zum Glück lockte der Lärm die Mutter ins Zimmer.

»Grzesiek!« rief sie, »was machst du, komm zu dir. Warum machst du den Schrank kaputt?«

»Ist das denn meine Schuld, wenn der Schlüssel nicht da ist?« rief er verzweifelt. »Wie soll ich in den Schrank kommen, wenn der Schlüssel fehlt?«

»Und wo ist er geblieben?«

Grzesiek betrachtete finster den verschlossenen Schrank und zuckte die Achseln. »Woher soll ich das wissen? Gestern abend war er da, und jetzt ist er nicht da.«

»Sicher hast du ihn irgendwo hingesteckt.«

»Wieso ich?« stöhnte Grzesiek. »Warum soll ich immer schuld sein?«

Die Mutter stellte ruhig fest: »Wunder gibt es nicht. Wenn der Schlüssel da war, dann ...«

Bevor sie den Satz zu Ende gesprochen hatte, kam der verlorene Schlüssel aus dem Bett Łukaszs zum Vorschein und fiel mit Klirren zu Boden. Im Zimmer herrschte Schweigen. Sowohl die Mutter als auch Grzesiek betrachteten mit deutlicher Verwunderung den so unerwartet wiedergefundenen Schlüssel. Schließlich sprang Grzesiek darauf zu. »Siehst du, wer ihn genommen hat? Und du hast gleich mich ...«

»Łukasz«, ließ sich die Mutter vernehmen. »Kannst du uns sagen, warum du den Schlüssel versteckt hast?«

Der leichte Ton des Vorwurfs, der in ihrer Stimme klang, verletzte Łukasz tief. Er wußte jedoch nicht, was er antworten sollte. Konnte er ihr vor Grzesiek die Wahrheit entdecken? »Ich habe ihn versteckt«, bestätigte er schließlich.

Inzwischen hatte Grzesiek den Schlüssel aufgehoben und betrachtete ihn interessiert. »Er hat ihn sicher schon gestern abend genommen und die ganze Nacht damit geschlafen.«

»Ist das wahr, Łukasz?« fragte die Mutter.
Łukasz nickte.
»Aber warum denn, Łukasz? Brauchtest du den Schlüssel?«
Łukasz suchte vergeblich nach einer entsprechenden Erklärung.
»Ich weiß es«, sagte Grzesiek, »er wollte mich bestimmt ärgern. Damit ich zu spät zur Schule komme.«
»Gar nicht wahr!« protestierte Łukasz.
»Wozu hast du denn da den Schlüssel genommen? Damit ich zu spät zur Schule komme.«
»Ach, Fuchs«, dachte Łukasz bitter, »warum will mich niemand verstehen?«
Und plötzlich fühlte er, daß er sich dem Verhör entschieden widersetzen mußte. Er richtete sich auf und sagte: »Deswegen!«
Vor Verwunderung wurden Grzesieks Augen rund, und seine Wimpern klappten schnell. Dann erschien auf seinem Gesicht der Ausdruck tiefsten Widerwillens. Er wandte sich von Łukasz ab und sagte zur Mutter: »Hast du gehört? Du wirst sehen, aus diesem Kind wird noch ein Halbstarker!«
»Grzesiek!«
»Ich sage ja gar nichts. Aber gestern hat er gelogen, daß er einen goldenen Fuchs gesehen hat, und dann hat er mit dem Schlüssel geschlafen. Sag ihm doch, daß es keine goldenen Füchse gibt. Er hat noch nicht einmal Vati glauben wollen. Er lügt, daß er einen goldenen Fuchs gesehen hat. Und mit dem Schlüssel schläft er.«
Aber mit Hinblick auf die späte Stunde, es ging schon auf sieben, hielt es die Mutter für unangebracht, die ihr noch unbekannte Geschichte mit dem Fuchs und den Schlüsselvorfall auf der Stelle zu besprechen. Auf jedes Familienmitglied wartete ein Tag voller Beschäftigung und Pflichten. Der Vater fuhr um acht Uhr zur chirurgischen Klinik im Spital zum Kinde Jesu; die konfessionsfreie Schule, in der die Mutter Polnisch unterrichtete, befand sich weit entfernt in Żoliborz. Auch Grzesiek hatte einen

ziemlich langen Schulweg; er besuchte die allgemeinbildende Schule auf der *ulica Kopernika.* Łukasz als einziger hatte es nicht weit. Sein Kindergarten war ganz in der Nähe, auf der *ulica Sowia.*

In den Morgenstunden war die ganze Familie einer ein für alle Mal festgesetzten Ordnung verpflichtet. Als erste stand die Mutter auf und ging ins Badezimmer. Danach rasierte und duschte sich der Vater, währenddessen die Mutter das Frühstück vorbereitete, wobei sie stets noch Zeit fand, beide Jungen, besonders aber Grzesiek, der stets trödelte, zur Eile anzutreiben. Zehn nach sieben setzten sich alle zum Frühstück, wofür eine Viertelstunde bestimmt war. Um halb acht leerte sich dann die Wohnung. Die Eltern gingen zusammen mit den Kindern hinaus. Vater und Mutter gingen zur Straßenbahn, Grzesiek ging am Weichselufer entlang, und Łukasz, zum Abschied mit Küssen versehen, wandte sich, einen Beutel schwenkend, in dem er weiche Pantoffeln hatte, in Richtung Ring, zum Kindergarten. Es war also klar, daß an diesem Morgen weder die Mutter Muße hatte, mit Łukasz zu sprechen, noch Łukasz Gelegenheit fand, vor Verlassen des Hauses mit dem im Schrank untergebrachten Gast Fühlung aufzunehmen. Denn daß das Getöse Grzesieks den Fuchs nicht erschreckt hatte und daß er nicht entflohen war, schien Łukasz sicher. Zwar war der weitgeöffnete Schrank von keinerlei Schimmer erhellt, aber das Nichtvorhandensein des goldenen Scheins war wegen des Tageslichtes vollkommen verständlich. Zudem hielt es Łukasz in der Anwesenheit Grzesieks nicht für ratsam, sich dem Schrank zu nähern oder auch nur in der Nähe herumzugehen, hatte ihn Grzesiek doch, als er sich nach dem Aufstehen vorsichtig in jene Richtung schob, so mißtrauisch betrachtet, daß er so schnell wie möglich, um ihn zu täuschen, die Richtung ändern mußte. Er stellte sich ans Fenster, als hätte er nichts zu verbergen, und sang vor sich hin.

Nach dem gestrigen abendlichen Unwetter war der Himmel zwar auch heute trübe, aber es fiel kein Regen. Dafür

glitzerte der Tau auf den noch immer grünen Hängen zu Füßen der Sankt Anna Kirche, und in der Luft hing ein feiner Nebel. Wahrscheinlich war es wegen dieses ringsum ausgesponnenen Nebels, daß die einsam in den Himmel ragende Zygmuntsäule, die Kirchmauern und die sich hinter ihnen erhebenden Häuserreihen des *Krakowskie Przedmieście* entfernter und höher erschienen als gewöhnlich.
Auch der Viadukt war entlegener, die Straßenbahnen zogen sehr langsam darüber hinweg, großen roten Käfern ähnlich. Alles zusammen machte den Eindruck, als hätte sich diese Landschaft zu einem Flug bereitet und wäre bei dem ersten Versuch in der Luft erstarrt. Und unter dem Fenster, auf dem Steingeländer der Statue der Marktfrau von *Mariensztat* hüpften zwei eifrige Spatzen herum.
Trotz der Unannehmlichkeiten mit dem Schlüssel war Łukasz voller Freude. Er hegte keinen Zweifel mehr daran, daß Grzesiek die einzige Person im Hause war, die sich dem goldenen Fuchs gegenüber mißtrauisch, ja sogar feindlich verhielt. Das war zwar schmerzlich, und es wäre sicher besser, wenn dergleichen nicht in der nächsten Verwandtschaft geschähe; aber andererseits hatte die Ungläubigkeit Grzesieks auch ihre Vorzüge, sie verschaffte völlige Gewißheit darüber, daß Grzesiek den Fuchs niemals erblicken und also auch keine Gelegenheit haben würde, ihm einen direkten Schaden zuzufügen und ihn zu beleidigen. Und die Eltern? Obwohl der Vater gestern abend die ganze Sache ein wenig bagatellisiert hatte, glaubte Łukasz nicht, daß das, was der Vater gesagt hatte, voller Ernst war. Vieles sprach für das Gegenteil, nämlich dafür, daß der Vater, wenn auch nicht gegenwärtig, so doch auf jeden Fall früher einmal goldene Füchse gesehen haben mußte, nur hatte er sich vor Grzesiek nicht verraten wollen. Dann blieb noch die Mutter, und auch sie hatte sicher viele interessante Geschichten über goldene Füchse zu erzählen, und wenn auf sonst niemanden, so konnte man sich auf sie verlassen, daß sie sich der Faselei Grzesieks mit aller Bestimmtheit wider-

setzen würde. Und Łukasz stellte sich jenen Tag vor, an dem der zerknirschte Grzesiek endlich begehren würde, den goldenen Fuchs zu sehen. Und er würde es nicht können, ach, er würde ihn ganz und gar nicht sehen können.

Aber augenblicklich war Grzesiek noch weit entfernt davon, sich seine unentrinnbare Niederlage zu vergegenwärtigen. Und was noch schlimmer war, er erschwerte die Verständigung mit dem Fuchs erheblich. Aber trotz der sich häufenden Schwierigkeiten gelang es Łukasz, eine kleine Weile des Alleinseins für sich zu gewinnen, und zwar in dem Augenblick, als die Mutter rief: »Frühstück, Kinder!« und Grzesiek, die Tasche ergreifend, aus dem Zimmer lief, wobei er pfiff und mit den Schuhen stampfte. Diesen Augenblick nutzte Łukasz, um zum Schrank zu laufen, die Tür ein wenig zu öffnen und dem Fuchs einen guten Tag zu wünschen. »Fuchs«, fuhr er dann fort, »ich muß jetzt in den Kindergarten. Aber mach dir nichts draus, ich komme um vier Uhr zurück, dann schließen wir uns beide im Schrank ein und erzählen uns viele Geschichten. Ja?«

Daraufhin räusperte sich der Fuchs in der Tiefe des Schrankes, wodurch er deutlich sein Einverständnis zum Ausdruck brachte.

»Ich danke dir«, sagte Łukasz gerührt. »Tschüs.«

»Tschüs, tschüs«, räusperte sich der Fuchs.

Łukasz wollte seinen Freund noch bitten, die Flegeleien des unverständigen Grzesiek nicht zu beachten, aber vom Korridor näherte sich Schuhklappern. Bevor Łukasz den Schrank schließen und sich zurückziehen konnte, stand Grzesiek in der Tür.

»Warum kommst du nicht zum Frühstück?«

»Ich komme ja«, antwortete Łukasz.

»Dann aber schnell. Warum bist du so rot?«

Łukasz fühlte, wie eine brennende Röte ihm über Hals und Gesicht bis in die Haare fuhr. Aber er widersprach beharrlich.

»Ich bin gar nicht rot.«

»Was denn? Du bist rot wie ein Krebs. Du hast bestimmt wieder was ausgeheckt. Was hast du denn am Schrank gemacht?«
Łukasz hielt es für angebrachter, auf dergleichen Angriffe überhaupt nicht zu antworten. Wortlos ging er an Grzesiek vorbei. Leider war es zum Speisezimmer zu nah, als daß die Röte Łukaszs hätte abnehmen können. Wäre ihm Grzesiek nicht wie ein böser Geist auf den Fersen gefolgt, dann wäre Łukasz im Korridor stehengeblieben und hätte abgewartet, bis die Röte wich. Jetzt aber wollte er aus verständlichen Gründen keine neuen Zusammenstöße mit Grzesiek riskieren. Und bei dem Gedanken, daß er rot war, noch stärker errötend, betrat er das Zimmer unsicheren Schritts.
Beide Eltern saßen schon am Tisch. Das Zimmer war groß und sehr hell, es hatte zwei Fenster. Also sah die Mutter das Auffällige, kaum daß Łukasz eingetreten war.
»Warum bist du so rot?« fragte sie.
Grzesiek schob lärmend seinen Stuhl beiseite.
»Mit diesem Burschen kann man krank werden«, sagte er mit unnatürlich rauher Stimme. »Er hat wieder am Schrank 'rumgeschustert. Gib zu, daß du wieder den Schlüssel klauen wolltest?«
»Grzesiek«, sagte die Mutter streng, »du wirst aufsässig wie eine böse Fliege.«
»Ich bin aufsässig?« sagte Grzesiek verwundert. »Er ist aufsässig. Gestern hat er gelogen, daß er einen goldenen Fuchs gesehen hat, dann hat er mit dem Schlüssel geschlafen, und jetzt hat er wieder etwas ausgeheckt.«
Die Mutter wandte sich an den Vater.
»Was ist das für eine Geschichte mit dem goldenen Fuchs?«
Grzesiek erklärte auf der Stelle: »Er hat gelogen, daß er einen goldenen Fuchs gesehen hat, und er kann doch gar keinen gesehen haben.«
»Grzesiek«, versetzte die Mutter darauf. »Ich habe nicht dich, sondern Vater gefragt.«

Der Vater nahm die Sache leicht.
»Nichts Besonderes«, sagte er, »unterwegs werde ich es dir erzählen.«
Łukasz, die Augen auf den Tisch geheftet, trank mit kleinen Schlucken seine heiße Milch. »Also hat der Vater den goldenen Fuchs diesmal nicht verleugnet«, dachte er. »Ach wundervoller Fuchs, ich werde dich verteidigen, du wirst sehen, daß dich alle lieben müssen ...«
Grzesiek indessen wiederholte beharrlich: »Mama, es gibt doch keine goldenen Füchse, also konnte er auch keinen sehen, nicht wahr?«
Aber die Mutter antwortete ausweichend: »Ich kenne die Geschichte nicht, also kann ich dir augenblicklich auch nicht sagen, ob ja oder nein.«
»Wieso kannst du das nicht? Er konnte doch keinen goldenen Fuchs sehen. Er lügt, wenn er es behauptet.«
In diesem Augenblick hielt es Łukasz, der in seinem Selbstgefühl ungemein gestärkt war, nicht mehr aus, schob den Milchbecher weg und zeigte Grzesiek die Zunge.
»Mama!« schrie Grzesiek. »Łukasz zeigt mir die Zunge.«
»Mir scheint«, ließ sich der Vater hören, während er sich Kaffee einschenkte, »daß zwei Personen auf der Stelle den Tisch verlassen müssen. Haben die Betreffenden irgend etwas zu diesem Thema zu sagen?«
Es erwies sich, daß keine der betroffenen Personen etwas zu sagen hatte, und dank der über ihnen schwebenden Drohung beruhigten sie sich, und das Frühstück verlief von nun an ohne Zwischenfälle.
Grzesiek, der an diesem Tag anläßlich eines Schulwettbewerbs im Sammeln von Altpapier und Flaschen noch vor der Schule eine kurze Zusammenkunft seiner Klasse hatte, verließ als erster das Haus.
»Wann kommst du wieder?« fragte Łukasz die Mutter beim Abschied.
Er trennte sich von den Eltern stets an ein und derselben Stelle, an der Ecke *Mariensztat*-Ring.
»Heute früher«, sagte sie lächelnd.
»Und gehst du nicht mehr weg?«

»Nein, ich werde zu Hause bleiben.«
Jetzt sah Łukasz den Vater an.
»Und du?«
»Oh, ich habe heute einen Arbeitstag bis zum späten Abend. Zuerst die Klinik, dann eine Konferenz im Ministerium, Vorlesungen, am Nachmittag eine Versammlung der Nationalen Front, am Abend ein Treffen mit den Ärzten aus der DDR. Es reicht doch, nicht?«
Łukasz nickte verständnisvoll.
»Dafür werde ich vielleicht morgen Nachmittag ein paar freie Stunden haben.«
»Ach so«, seufzte die Mutter, «und ich habe ausgerechnet morgen um fünf Uhr eine Versammlung.«
»Mußt du hingehen?«
»Ich muß, es ist eine wichtige Versammlung des Elternausschusses.«
Der Vater breitete die Arme aus.
»Schade. Es scheint, daß wir die Abende niemals mehr zusammen verbringen können.« Dann wandte er sich an Łukasz: »Und du, mein Sohn, marschiere in deinen Kindergarten, denn für uns ist es höchste Zeit.«
»Tschüs«, sagte Łukasz.
Und mit dem Pantoffelbeutel schwenkend lief er zum Ring hinunter.
An der Ecke der *ulica Sowia* unter der Mosaikuhr, holte ihn seine beste Freundin und Altersgenossin aus dem Kindergarten, Emilka, ein, die Tochter eines Drehers aus den *Żerań*-Werken. Ihr rundes Gesichtchen war rotwangig, ihre Augen blau, ihr Haar sehr hell. Sie trug es glattgekämmt mit einem Scheitel in der Mitte und zwei kleinen Zöpfchen, die ihr auf die Schultern fielen.
»Weißt du Łukasz«, berichtete sie gleich beim Treffen, »mein Vati fährt nach Moskau zum Feiertag der Revolution.«
»Meiner war schon früher mal in Moskau«, antwortete Łukasz. »Jetzt soll er nach Paris zu so einer Tagung.«
Emilka überlegte. »Ist das weit Paris?«
»Schrecklich weit.«

»Weiter als Moskau?«
»Mit dem Zug weiter.«
»Und mit dem Flugzeug?«
»Mit dem Flugzeug ist es näher. Mein Vati fliegt mit dem Flugzeug.«
»Meiner auch. Aber Paris ist kleiner als Moskau, nicht wahr? Moskau ist die größte und schönste Stadt.«
Łukasz winkte mit dem Beutel ab. »Nein, die größte und schönste Stadt heißt Colorado.«
»Wo ist das?«
»Ach, das ist ganz am Ende. Schrecklich weit. Auf so einer gewaltigen Insel. Und da sind auch Berge bis in die Wolken. Und Seen. Und Wälder, aber entsetzlich hohe. Und die Häuser sind ganz aus Marmor, über und über weiß ...«
»So wie unser MDM-Viertel?«
»Viel größer.«
»Du schwindelst!«
»Ich schwindel überhaupt nicht. Sie sind wirklich größer.«
»Aber größer als der Kulturpalast können sie nicht sein.«
»O doch, viel größer. Sie reichen ja bis in die Wolken.«
»Du hast aber gesagt, daß dort die Berge bis in die Wolken reichen.«
»Die Berge auch. Aber die Häuser sind noch größer. Möchtest du in so einem Haus wohnen? Rundherum Wolken, Wolken und nur Wolken. Und nachts die Sterne, ganz nah. Möchtest du?«
Emilka schüttelte den Kopf.
»Nein.«
»Warum nicht? Du Dumme!«
»Ich möchte nicht. Wenn der Aufzug kaputt geht, dann muß Mutti mit dem Einkauf so hoch hinaufsteigen.«
»Dort gehen die Aufzüge nicht kaputt.«
»Woher weißt du das?«
»Ich weiß es eben.«
Emilka schob ihrer Gewohnheit gemäß die Unterlippe hervor.
»Glaubst du nicht?« fragte Łukasz beunruhigt.

»Du schwindelst ja nur.«
»Ich schwindele nicht.«
»Solche Häuser und so eine Stadt gibt es gar nicht. Moskau ist die größte Stadt.«
Łukasz schwenkte seinen Beutel mit verdoppeltem Eifer.
»Gut. Wenn du nicht glaubst, dann werde ich dir auch mein Geheimnis nicht verraten.«
»Du brauchst auch nicht. Moskau ist die größte Stadt.«
»Du willst nicht, daß ich es dir verrate?«
In ihr Gespräch vertieft, bemerkten sie nicht einmal, daß sie schon lange an ihrem Kindergarten vorbeigegangen und in die *ulica Bednarska* eingebogen waren. Jetzt mußten sie auf dem Bürgersteig stehenbleiben, mit charakteristischem Lärm fuhren gerade zwei Traktoren der Marke »Ursus« auf der Straße vorüber, der eine mit einem und der andere mit drei Anhängern.
»Wie schön die sind«, rief Emilka.
Łukasz teilte ihr Entzücken nicht.
»Die tuckern so entsetzlich ... Also, willst du nicht?«
Emilka zuckte die Achseln. »Du kannst es ruhig erzählen.«
»Und du wirst es niemandem verraten?«
»Was ist das für ein Geheimnis?«
»Komm nach dem Kindergarten zu mir, dann zeig ich es dir. Nur dir allein. Wirst du kommen?«
»Ich weiß nicht. Mutti hat gesagt, daß sie heut nach dem Kindergarten mit mir ein neues Kleid kaufen geht.«
»Dann komm nachher. Grzesiek ist nicht da, er geht am Nachmittag ins Haus der Jugend, dann werden wir allein sein, und ich zeige dir das Geheimnis.«
»Und erzählen kannst du es nicht?«
»Nein, man muß es zeigen. Kommst du? Komm doch, Emilka.«
»Und schwindelst du auch nicht?«
»Nein.«
»Aber mit der Stadt und den Häusern hast du geschwindelt. Moskau ist die größte Stadt.«
Łukasz zögerte eine Weile.

»Hast du geschwindelt?«
»Mit der Stadt ja.«
»Und mit den Häusern?«
»Mit den Häusern auch. Aber das Geheimnis stimmt.«
»Aber das andere war ein Märchen?«
»Ja, ein Märchen.«
»Dann werde ich dir auch ein Märchen erzählen, aber ein richtiges. Willst du?«
Łukaszs Gesicht hellte sich auf. »Ja, erzähle. Ist es schön?«
»Das war so ...«
»Warte, gehen wir noch ein Stückchen an der Weichsel entlang, dort kannst du es mir erzählen.«
»Und wird das Fräulein nicht böse werden, wenn wir zu spät kommen?« fragte Emilka ängstlich.
Łukasz schlug mehrere Kreise mit seinem Beutel.
»Warum soll sie böse werden. Wenn sie fragt, dann sagen wir ihr, daß wir etwas später von zu Hause weggegangen sind.«
Emilka schob die Unterlippe hervor.
»Ich will nicht lügen.«
»Warum sollst du lügen. Sie wird gar nicht fragen. Du wirst es ja sehen. Ich gehe oft auf dem Weg zum Kindergarten an der Weichsel lang. Du wirst sehen, wie hübsch es dort ist. Sei nicht dumm ...«
Emilka schwankte noch, aber dann gab sie nach. Zudem war die Weichsel ganz nah, also waren sie im Handumdrehen auf der Promenade.
Vor ihnen lag das weite Weichselgelände. Trotz der herbstlichen Witterung war das Wasser des Flusses ausnehmend flach, und auf der Weichsel traten viele gelbliche, seichte Flecken hervor. Am *Kościuszko*-Ufer stand ein schwarz angemalter Flußbagger. Um ihn herum lag das Wasser unbeweglich und dunkel wie Flaschenglas, dagegen hellte es sich in Richtung Praga in perlblauen Nuancen auf, und noch weiter, dort, wo sich in der leicht nebelgetrübten Luft die graue *Poniatowski*-Brücke abzeichnete, schien es fast weiß, zart von einem silbrigen Schil-

lern überzogen. Braune Rauchwolken fuhren träge über den Stadtteil Praga hinweg, der Rauch aus dem Elektrizitätswerk war dicht und schwarz wie Ruß.

Ringsumher machte sich der Herbst bemerkbar. Es roch nach dem kühlen Oktobermorgen und den welkenden Blättern, die in großer Menge auf der Promenade lagen. Aber die Uferkastanien waren noch belaubt. Unbeweglich und steif standen sie im Nebelgrau, gleich kunstvollen Buketts aus Rot, Gelb und dunkelndem Grün.

Łukasz sah den Fluß, den Rauch und den Himmel an, der hier über der Weichsel immer viel weiter war als in der Stadt.

»Guck mal«, ließ er sich schließlich vernehmen, »diese Wolke sieht aus wie ein fliegender Storch!«

Emilka reckte den Kopf.

»Welche?«

»Na, diese«, zeigte er, »ganz genau wie ein Storch.«

»Sieht überhaupt nicht aus wie ein Storch.«

»Jetzt nicht mehr, aber vor einem Augenblick sah sie ganz wie einer aus. Komm, wir setzen uns hin . . .«

Und er zog Emilka zu den Steinstufen, die zum Ufer hinabführten. Aber Emilka sträubte sich.

»Mutti hat gesagt, daß man sich nicht auf Steine setzen soll, das ist ungesund. Man kann Reißen bekommen.«

»Aber hier kann man!« sagte Łukasz und wies auf ein Eisengeländer, das die Promenade säumte.

Aber Emilka zog eine Bank unter einer Kastanie vor. Łukasz verzog das Gesicht.

»Ach, das ist ja langweilig auf einer Bank. Hier ist's besser.«

Da er aber sah, daß sich die Unterlippe Emilkas beunruhigend nach vorn bewegte, stimmte er schnell der Bank zu. Bevor sich Emilka setzte, strich sie sorgfältig ihr Mäntelchen glatt.

»Erzähl.«

»Gleich, ich muß mich erst besinnen.«

»Hast du es vergessen?«

»Nein, gleich fällt's mir ein.«

Eine Weile saß sie in schweigender Sammlung, während Łukasz, die Ellbogen auf die gespreizten Knie gestützt, mit den Beinen schaukelte, wobei er mit einem Schuh den Kies aufwühlte.

»Also?«

Emilka warf den Zopf zurück, der nach vorn gerutscht war.

»Jetzt ist es mir eingefallen. Also das war so: Das war einst, als wir überhaupt noch nicht auf der Welt waren ...«

»Im Krieg?«

»Nein, noch einstiger. Vor dem Krieg.«

»Wo haben deine Eltern während des Krieges gewohnt?»

»Vati in Warschau und Mutti in Kielce, aber sie kannten sich noch nicht.«

»Aber meine kannten sich schon. Sie haben sich in der Sowjetunion kennengelernt, furchtbar weit von hier. Dort ist Grzesiek auf einer Kolchose geboren. Und Vati war in der I. Armee.«

»Das, was ich meine, war noch einstiger«, sagte Emilka.

»Und was war einst?«

»Einstmals lebte ein Hund.«

»Welche Rasse?«

»Ach, ein ganz gewöhnlicher.«

»Ein Köter?«

»Hm.«

»Schade, daß es kein Wolfshund war.«

»Es war eben ein Köter.«

»Wie hieß er?«

Emilka überlegte.

»Vielleicht Safir?« fragte er.

»Nein.«

»Oder Blitz?«

»Nein, auch nicht. Anders. Er hieß Fifi.«

Łukasz war etwas enttäuscht.

»Gefällt es dir nicht?«

»Ja, schon. Aber Safir oder Blitz wäre schöner.«

»Und mir gefällt Fifi besser.«

»Und was ist mit ihm passiert?«
»Warte, ich werde dir alles erzählen. Fifi lebte bei solchen reichen Leuten, weißt du, bei Kapitalisten.«
»Ich weiß.«
»Sie hatten eine Fabrik.«
»Was für eine?«
»Eine sehr große.«
»Eine Autofabrik?«
»Nein. Eine Fabrik. Und sie haben ihn furchtbar ausgebeutet.«
»Geschlagen?«
»Sie haben ihm nichts zu essen gegeben, und er mußte für sie schuften.«
Łukaszs Augen glänzten. »Ich hätte nicht geschuftet.«
»Was hättest du gemacht?«
»Ich wäre geflohen.«
»Du bist schlau! Fifi konnte gar nicht ausreißen, denn auf dieser Straße wohnten nur Kapitalisten.«
»Dann wäre ich weiter weg geflohen.«
»Weiter weg wohnten auch Kapitalisten.«
»Da hätte ich mir Flügel angemacht und wäre geflogen.«
Emilka runzelte die Stirn.
»Ich erzähle die Wahrheit, und du schwindelst.«
»Ich schwindel nicht. Ich wäre wirklich weggeflogen.«
»Aber er konnte nicht«, antwortete Emilka standhaft.
»Also was machte er?«
»Er versuchte zu fliehen.«
»Da hast du's.«
»Aber sie haben ihn erwischt und ihn noch schlimmer ausgebeutet. Und dann ...«
»Dann wurden die Kapitalisten vertrieben?«
Emilka schüttelte den Kopf und mußte ihre Zöpfchen noch einmal nach hinten werfen.
»Noch nicht. Dann wurde Fifi erst alt.«
»Ist er gestorben?«
»Warte. Noch nicht. Als er alt wurde und nicht mehr arbeiten konnte, trieben ihn die Kapitalisten auf die

Straße. Er war arbeitslos und konnte nirgendwo eine Arbeit finden.«

»Hatte er Kinder?«

»Ja.«

»Da haben sie ihn wohl zusammen mit den Kindern vertrieben?«

»Hm.«

»Und was ist mit ihnen passiert?«

»Fifi ist gestorben.«

Łukasz wurde nachdenklich. Ganz in der Nähe zwitscherte ein kleiner grauer Vogel mit langem Schwanz, der auf dem Eisengeländer saß. »Und die Kinder?«

Emilka schwieg eine Weile und schaukelte mit dem linken Bein hin und her. Ihr rundes Gesichtchen war ernsthaft, und ihre Augen waren irgendwo in die fernste, fast unsichtbare Weite gerichtet.

»Was ist mit den Kindern passiert?« fragte Łukasz.

»Die Kinder leben«, antwortete sie, weiterhin in den Himmel über Praga blickend.

»Und wo sind sie?«

»An verschiedenen Orten. Und eins wird bei mir sein.«

»Wie meinst du das?«

»Na eben so. Vati hat versprochen, daß er mir zum Geburtstag einen kleinen Hund schenkt.«

»Einen Sohn von Fifi?«

»Ja.«

»Und wie wirst du ihn nennen? Nenn ihn Blitz, Emilka . . .«

Sie schüttelte den Kopf.

»Wie sonst?«

»Warte, ich nenne ihn . . .«

»Blitz, ich sage dir, nenne ihn Blitz.«

»Nein, anders.«

»Also wie?«

»Ich weiß es schon, er wird Fifi heißen.«

Łukasz fing ein von der Kastanie herabfallendes Blatt flink aus der Luft auf. Es war schon trocken und zerbröckelte sofort zwischen den Fingern.

»Wenn ich den Vater bitten würde«, sagte er, »dann würde er mir auch einen Hund schenken. Aber vielleicht mag ich keinen.«
»Du magst keinen?«
»Ich brauch keinen zu mögen. Ich habe was Besseres.«
»Was denn?«
»Das ist gerade das Geheimnis. Aber wenn du kommst, dann zeig ich es dir.«
Diesmal bewies Emilka größeres Interesse.
»Ist es was Lebendiges?«
Łukasz wollte beinahe »ja« sagen, biß sich aber rechtzeitig auf die Zunge.
»Etwas Lebendiges?«
»Komm, dann wirst du es sehen. Kommst du?«
»Ich weiß nicht«, antwortete Emilka. »Wenn ich Zeit habe . . .«
Später ergab es sich jedoch so, daß Emilka keine Zeit zum Kommen hatte. So wie Łukasz wurde auch Emilka weder zum Kindergarten begleitet noch abgeholt, denn sie wohnte ganz in der Nähe. An jenem Tag aber wartete um vier Uhr die Mutter auf sie, eine junge und kräftige Frau, ebenfalls rotwangig, blauäugig, hellhaarig und überhaupt fast komisch in ihrer Ähnlichkeit mit der Tochter. Sie war natürlich älter und in allem größer und massiver. Beide wollten ins Haus des Kindes fahren, um für Emilka ein neues Kleid zu kaufen. Emilka war durch diesen Umstand sichtbar bewegt, aber sie vermochte wie stets in dergleichen Situationen, sich zu beherrschen und eine sehr ernste Miene und würdevolle Bewegungen zu bewahren.
»Komm!« erinnerte sie Łukasz beim Abschied.
Aber Emilka gab keine Antwort, und Łukasz schaute seiner Freundin nicht ohne Groll nach, wie sie mit kleinen Schrittchen den Ring überquerte, an der Seite ihrer Mutter, die aufrecht und unerhört wichtig und würdevoll einherging.
»Die Dumme«, dachte er. Aber diese Feststellung brachte ihm keine Erleichterung. Er schwenkte den Beutel und

machte sich langsam auf den Heimweg. Auf dem Ring traf er zwei Kameraden aus dem Kindergarten: Wojtek und Leszek.
»Wohin?« fragte der dunkelhaarige und zierliche Wojtek nägelkauend.
»Nach Hause«, antwortete Łukasz.
Leszek verzog ulkig sein runzliges Gesichtchen.
»Und wir schieben in die Stadt zu den Bären. Kommst du mit?«
Łukasz mochte Bären sehr, und besonders den Weg zu ihnen über die Brücke, aber er entsann sich, daß er dem Fuchs versprochen hatte, um vier Uhr zurückzukehren.
»Komm«, sagte Wojtek und spuckte einen abgebissenen Fingernagel aus. »Was willst du denn zu Hause 'rumhängen?«
Łukasz schwang den Beutel.
»Ne, ich muß nach Hause.«
»Haste Schiß? Angst vor Mutti?«
»Ha, ein Muttersöhnchen, der Hurensohn«, sagte Leszek und kickte eine auf der Erde liegende Streichholzschachtel. »Komm Wojtek, was sollen wir uns mit der Type abgeben.«
»Du Type!« schrie Wojtek.
Und Łukasz einen Seitenhieb verabreichend jagte er den Ring hinunter.
»Du Type!« rief Leszek ebenso durchdringend und lief dem anderen nach.
Łukasz ging achselzuckend seines Weges.
Zu Hause öffnete wie gewöhnlich die hochgewachsene und knochige Elza, die mit Ausnahme der Sonn- und Feiertage täglich von zehn bis vier als Haushilfe kam.
»Ist Mutti da?« fragte Łukasz bereits auf der Schwelle.
»Ja«, antwortete Elza mit tiefer Stimme.
Leider war die Mutter beschäftigt. Als Łukasz in das Zimmer sah, saß sie am Schreibtisch, neben ihr ein hoher Stoß Schulhefte.
»Stör nicht, Łukasz«, sagte sie.
»Hast du Arbeit?«

»Das siehst du doch.«
»Und wirst du mir abends was vorlesen?«
»Ich weiß nicht, Łukasz«, sagte sie müde. »Wenn ich mit den Korrekturen fertig bin, dann ja. Aber jetzt störe mich nicht.«
Łukasz schlich leise in den Korridor. Dort zog er die Windjacke aus, hängte sie mit Hilfe eines Stuhls auf den Haken, dann tauschte er die Schuhe gegen die weichen Pantoffeln, und nachdem er auf diese Weise allen nach der Heimkehr ins Haus fälligen Pflichten Genüge getan hatte, begab er sich schweren Herzens in sein Zimmer.
Grzesiek war nicht allein. Außer ihm war noch sein Freund Krzysztof da, ebenfalls aus der sechsten Klasse, ein hellhaariger Bursche, sehr aufgeschlossen für sein Alter, langbeinig und nicht ohne einen gewissen nachlässigen Stolz, mit dem er seine kürzlich errungene Meisterschaft im Hundertmeterlauf in der Konkurrenz für Zwölfjährige zur Schau trug. Krzysztof zog sich immer sportlich an und trug auch jetzt einen groben bordeauxfarbenen Pullover, Trainingshosen und Turnschuhe.
Grzesiek hatte seine Schulaufgaben offensichtlich schon gemacht, denn gerade steckte er Bücher und Hefte in die Tasche. Łukasz schenkte er keine Beachtung, er sah nicht einmal auf. Statt dessen lächelte Krzysztof freundlich und reichte ihm kollegial die Hand.
»Servus, Łukasz. Du sollst einen goldenen Fuchs gesehen haben?«
Łukasz errötete und blieb mitten im Zimmer verwirrt stehen. Aber Krzysztof gab vor, das nicht zu bemerken.
»War er schön? Wie viele Beine hatte er? Vier oder mehr? Oder vielleicht nur eins?«
»Laß den Scheißkerl besser in Ruhe«, knurrte Grzesiek und machte seine Tasche zu. »Der zeigt dir sonst noch die Zunge. Komm, hauen wir ab ...«
»Ach, so ist das, Łukasz«, sagte Krzysztof interessiert, »du zeigst den Leuten die Zunge? Wirst du sie mir auch zeigen?«

»Komm Krzysztof«, wiederholte Grzesiek.
»Warte, es brennt nicht.«
»Ich für meinen Teil gehe«, verkündete Grzesiek. »Dieser Scheißkerl zum goldenen Fuchs regt mich auf.«
Und in der Tat, er ging hinaus.
»Nichts zu machen«, sagte Krzysztof, »du wirst mir ein andermal vom goldenen Fuchs erzählen. Ja?«
Łukasz schüttelte energisch den Kopf, aber der andere nahm es nicht ernst.
»Ach, du wirst schon sehen, daß du es mir erzählst.«
»Krzysztof!« rief Grzesiek aus der Wohnung.
»Ich komme!« antwortete er. »Servus Łukasz. Grüß deinen goldenen Fuchs von mir.«
Und mit einer flinken Bewegung stellte er Łukasz ein Bein.
»Na, Brüderchen«, sagte er lachend, als Łukasz hinfiel. »Ein bißchen schwach auf den Beinen. Du bist nicht in Form.«
Łukasz war ziemlich heftig auf den Ellbogen gefallen, aber er schrie nicht, noch weinte er. Erst als Krzysztof aus dem Zimmer gelaufen war und in der Wohnung hinter den hinausgehenden Jungen die Tür ins Schloß fiel, sammelten sich Tränen in seinen Augen. Aber auch diesmal beherrschte er sich schnell. Er stand auf, rieb den geschlagenen Ellbogen, und plötzlich in der Stille, die er erst jetzt bemerkte, fiel ihm ein, daß er bis zum Abendessen fast drei Stunden völligen Alleinseins vor sich hatte. Und sofort überkam ihn das neue Gefühl der Liebe und Bewunderung, das er seit gestern für den im Schrank verborgenen Fuchs in sich hegte, mit einer so heftigen Aufwallung von Freude und Schmerz, daß es ihm schien, als wären ihm in einer Sekunde an den Schulterblättern, bis in die Tiefe des Herzens hinein, zwei gewaltige Schwingen gewachsen und als rissen ihn beide in die Höhe, sehr weit und hoch empor, aber in zwei entgegengesetzten Richtungen. Er fühlte sich wie ein Stäubchen, das in die entlegensten und unbekanntesten Gegenden geworfen wurde, und gleichzeitig war es ihm, als

werde er wie Licht und Dunkel inmitten von widerstreitenden Räumen zerrissen.
Das waren so ungewöhnliche und so von Glück und Qual durchzogene Gefühle, daß Łukasz längere Zeit benommen dastand, ohne klar zu verstehen, was mit ihm vorging.
Überhaupt begann sich alles in ihm auf seltsame Weise zu verflechten und zu verwickeln. So zum Beispiel dachte er recht verschwommen daran, daß er den Fuchs unverzüglich von seiner Rückkehr unterrichten müßte, aber zur gleichen Zeit flüsterte ihm ein anderer Gedanke zu, dieses Gespräch auf später zu verschieben. Plötzlich fühlte er in all dieser Unsicherheit, daß er schrecklich schläfrig war. Er begann die Augen zu reiben, aber es half nichts. Eine immer aufdringlicher werdende Müdigkeit umfing ihn, und er hatte nur noch einen Wunsch: sich irgendwo so tief wie möglich in eine traute Wärme und Finsternis zu bergen. »Ach, mein Fuchs«, stammelte er. Und mehr instinktiv als bewußt ging er zum Schrank, öffnete ihn fast blindlings und schob sich hinein wie in eine heimelige Höhle.
Es war eng dort, viele Kleider hingen darin, aber der Raum unter ihnen erwies sich als groß genug, um mit hochgezogenen Beinen bequem darin unterzukommen. Er wollte noch die Tür schließen, aber die Kräfte versagten, um mit der Hand auch nur die geringste Bewegung auszuführen. Von allen Seiten umströmte ihn goldener Schein und neben sich fühlte er den buschigen und von Wärme durchdrungenen Pelz des Fuchses.
»Ich liebe dich«, flüsterte er und umarmte den Fuchs.
Und tief aufatmend schlief er ein.
Als er wach wurde, herrschte um ihn herum Dunkelheit, aber er vergegenwärtigte sich sofort, daß jemand im Zimmer war. Und wirklich konnte er nach einer Weile die Stimme Emilkas vernehmen, ein wenig gedämpft, irgendwie unsicher.
»Łukasz, wo bist du?«
Als er aus dem Schrank ins Zimmer sprang, wurden

Emilkas Augen rund vor Verwunderung. Aber sie beherrschte sich schnell.
»Ich bin gekommen«, sagte sie kurz, aber sehr würdevoll.
Łukasz, noch immer nicht ganz zu sich gekommen, sah sie mit etwas getrübtem Blick an, so als ob er nicht ganz glaubte, daß sie wirklich vor ihm stünde.
»Ich bin gekommen«, wiederholte Emilka. »Aber ich muß gleich wieder gehen.«
Łukasz wurde langsam wach.
»Wohin?«
»Nach Hause. Mutti hat gesagt, ich darf nur eine Stunde bleiben.«
Łukasz wollte in diesem Augenblick ein Gähnen vermeiden und kämpfte mit dem ihn bedrängenden Bedürfnis, den Rest von Schläfrigkeit abzuschütteln, aber schließlich hielt er es nicht aus und gähnte so tief, daß ihm sogar Tränen in die Augen kamen. Emilka betrachtete ihren Freund recht kritisch.
»Ist das Geheimnis da?«
Łukasz, der jetzt schon ganz nüchtern war, nickte.
»Aber wo?«
»Hier.«
Emilka sah sich in dem bekannten Zimmer um.
»Du schwindelst. Hier gibt es doch gar kein Geheimnis.«
»Warte«, sagte Łukasz, »gleich wirst du es sehen. Ich muß nur noch dunkel machen.«
Als er den Vorhang zugezogen hatte, wurde es im Zimmer ganz finster.
»Mach das Licht an«, sagte Emilka.
»Nicht nötig«, entgegnete Łukasz. »Es muß sein.«
Aber Emilka protestierte.
»Wozu? Mach lieber an.«
»Hast du Angst?«
»Nein, aber mach an, Łukasz!«
»Warum schreist du?«
»Mach an.«

»Ich sage dir doch, daß es dunkel sein muß.«
Die Stimme Emilkas zitterte leicht.
»Wo bist du?«
»Hier«, antwortete er aus dem Dunkel.
»Mach an . . .«
»Hab keine Angst. Gib die Hand. Na gib schon . . . komm.«
»Ich sehe doch nichts.«
»Komm, gleich wirst du was sehen.«
Und er zog Emilka, die sich etwas sträubte, in Richtung des Schrankes. Und dort, wie vorauszusehen war, leuchtete der goldene Schein in seiner ganzen Pracht und Schönheit.
»Siehst du?« flüsterte er.
»Ich sehe nichts«, antwortete sie weinerlich. »Mach das Licht an.«
Łukasz wurde langsam böse.
»Schrei nicht . . . du Dumme, wie kann man das nicht sehen? Wenn man das Licht ausmacht, dann kann man im Dunkeln alles sehen, was man will. Komm herein, dann wirst du es sehen. Komm rein, ich sage dir, sei nicht dumm, Emilka!«
Und mit Gewalt versuchte er, sie in den Schrank zu ziehen.
»Laß mich!« schrie Emilka. »Mutti!«
Da ergriff Łukasz, der schon ganz aus der Fassung geraten war, Emilka um die Mitte und stieß die sich verzweifelt wehrende und strampelnde hinein, worauf er schnell die Tür zuwarf und den Schlüssel umdrehte.
»Siehst du?«
Aber statt der Antwort, die er erwartet hatte, brach aus dem Schrank der etwas gedämpfte aber trotzdem durchdringende Schrei Emilkas. Gleichzeitig begann sie in dem engen Schrankinneren mit aller Kraft um sich zu schlagen und mit den Fäustchen gegen die Tür zu hämmern.
»Raaaus!« schrie sie markerschütternd. »Raaaus!«
Łukasz verlor ganz und gar den Kopf und wußte nicht

mehr, was er tun sollte. Weglaufen? Sich irgendwo verstecken oder vielleicht die Tür öffnen? Das Licht anmachen? In hilfloser Verwirrung lief er aufs Geratewohl davon, stieß in der Dunkelheit an den Tisch, wich ihm aus und geriet statt dessen gegen einen Stuhl, der mit großem Lärm umfiel. In diesem Augenblick lief die Mutter ins Zimmer.

Sie überschaute die Situation sehr schnell, als sie aber die schreiende und verweinte Emilka aus dem Schrank herausholte und diese jetzt erst recht außer sich geriet, vermochte sie die Kleine auf keine Weise zu beruhigen. Emilka stieß die Mutter von sich, bebte, wurde ganz blaß, ja lief nahezu blau an.

»Ich will nach Hause, ich will nach Hause!« schrie sie verzweifelt.

Łukasz zog sich diskret zurück und betrachtete die Szene mit finsterer Miene. »Wozu das Geschrei«, dachte er widerwillig. »Es ist dir doch gar nichts passiert, Dumme!«

Schließlich sah die Mutter ein, daß alle ihre Überredungskünste nichts fruchteten, und führte Emilka aus dem Zimmer. Łukasz atmete erleichtert auf. Vor allem schloß er den Schrank, und dann begann er zu horchen. Das Geweine und Schreien Emilkas drang noch längere Zeit aus der Wohnung zu ihm. Aber die Mutter schien letzten Endes doch noch etwas gefunden zu haben, denn plötzlich beruhigte sich alles, und einige Zeit danach wurden im Korridor zwei Stimmen laut: die der Mutter und die schon gänzlich beruhigte und nüchterne Emilkas.

Łukasz hegte keinen Zweifel, daß ihm nach dem, was passiert war, eine längere Unterhaltung mit der Mutter nicht erspart bleiben würde, er war sicher, daß er nach dem Weggang Emilkas gerufen werden würde. Er überlegte schon, ob er nicht vorgeben sollte, das Rufen nicht gehört zu haben. Aber die Mutter hatte diese Möglichkeit offensichtlich in Betracht gezogen, denn zuerst öffnete sie die Tür zum Korridor und dann rief sie, zwar nicht laut, aber dafür sehr deutlich nach ihm. Da war nichts zu machen, eine solche Stimme konnte man un-

möglich überhören. Łukasz flüsterte zum Fuchs hin: »Fürchte dich nicht« und ging hinaus.
Die Mutter saß an ihrem Schreibtisch und fragte, kaum daß Łukasz eingetreten war: »Łukasz, kannst du mir sagen, was das alles heißen soll?«
Łukasz, der nicht recht wußte, was er mit den Augen machen sollte, suchte eine ungefährliche Stütze für sie. Unerwartet schnell fand er sie an seinem Pantoffel, dort, wo sich die Sohle löste.
»Warum hast du Emilka im Schrank eingeschlossen? Soll das ein Spiel sein?«
»Gar kein Spiel«, murmelte er.
»Also was denn sonst?«
»Weil sie dumm ist.«
»Und du? Glaubst du etwa, daß es klug ist, jemanden im Schrank einzuschließen. Was würdest du sagen, wenn man dich so einschließen würde?«
Łukasz zuckte die Achseln.
»Ich kann.«
»Was kannst du?«
»Im Schrank.«
»Tja, wenn es dir Spaß macht, im Schrank eingeschlossen zu werden, dann ist das deine Sache. Aber es scheint, daß dich Emilka durchaus nicht darum gebeten hat, daß du sie einschließt.«
»Weil sie dumm ist.«
Die Mutter betrachtete ihn eine Weile schweigend.
»Komm näher, Łukasz.«
Ein wenig zögernd tat er das.
»Was interessiert dich so an deinem Pantoffel?«
»Die Sohle geht ab.«
»Sag mal, Łukasz«, fragte sie, indem sie ihn näher zu sich zog, »Emilka hat mir erzählt, daß du ihr ein Geheimnis zeigen wolltest. Was ist das für ein Geheimnis? Kannst du mir das erzählen?«
»Ja, das kann ich«, flüsterte er.
»Also?«
»Weißt du, zu mir ist nämlich ...«

»Nun?«
»Zu mir kam ein . . .«
»Wer?«
»Ein goldener Fuchs«, sagte er so leise wie möglich.
Und in der Befürchtung, auf dem Gesicht der Mutter Mißtrauen wahrnehmen zu müssen, vergrub er die Augen wieder im Loch des Pantoffels. Aber in der Stimme der Mutter war keinerlei Ungläubigkeit zu hören.
»Und wo ist er?«
Łukasz seufzte. »Bei mir.«
»Aber wo denn bei dir?«
»Im Schrank.«
Einen Augenblick herrschte Schweigen. Schließlich wagte er einen Blick auf die Mutter. »Glaubst du nicht?«
»Warum soll ich dir nicht glauben? Du lügst doch nicht, oder?«
»O nein! Er ist wirklich gekommen. Ein goldener.«
»Und du wolltest ihn Emilka zeigen?«
»Ja, aber sie ist dumm, sie sieht nichts.«
»Hör zu, Łukasz«, erwiderte die Mutter darauf, »ist es denn schön, jemanden mit Gewalt dazu zu zwingen, einen goldenen Fuchs zu sehen?«
»Ich wollte aber, daß sie ihn sieht.«
»Aber sie hat ihn trotzdem nicht gesehen. Du hast sie nur erschreckt und dem Fuchs konnte es unangenehm sein, daß du ihn auf so häßliche Weise hattest zeigen wollen.«
»Glaubst du?« fragte Łukasz besorgt. »Ich werde ihn um Verzeihung bitten.«
»Und Emilka?«
Er kämpfte mit sich.
»Emilka auch«, entschied er, »aber du willst den goldenen Fuchs sehen? Nicht wahr? Kommst du mit, ihn anschauen? Willst du nicht?«
»Ich habe gar nicht gesagt, daß ich nicht will«, sagte sie, ihm über das Haar fahrend. »Aber denk doch mal nach, Łukasz, der Fuchs ist doch zu dir zu Besuch gekommen . . .«

»Zu dir auch.«
»Das mag sein. Aber er ist dein Gast, und du mußt darauf achten, daß sich dein Gast bei dir wohlfühlt.«
»Er fühlt sich sehr wohl«, versicherte Łukasz.
»Bist du ganz sicher? Glaubst du, daß es dem Fuchs angenehm wäre, wenn ihn immer jemand angucken käme?«
»Immer kommt ja niemand. Aber du darfst.«
»Natürlich darf ich. Wir wollen ihn aber heute lieber in Ruhe lassen. Was meinst du?«
»Aber morgen kommst du ihn ansehen. Im Dunkeln kannst du ihn sehen.«
»Reden wir morgen darüber ...«

Leider fügte es sich auch am nächsten Tag und im Laufe der folgenden Tage so ungünstig, daß die Mutter den goldenen Fuchs nicht sehen konnte. Entweder war sie am Nachmittag nicht zu Hause oder sie war da, aber sehr beschäftigt, oder die Anwesenheit Grzesieks machte die Abstattung einer feierlichen Visite unmöglich. Übrigens wiederholte Łukasz seine Einladung nicht, und nur bei einigen Gelegenheiten, einmal nach der Rückkehr aus dem Kindergarten, ein andermal beim Abendessen, versuchte er, die Mutter mit einem Blick an ihr Versprechen zu erinnern. In beiden Fällen jedoch trug er den Eindruck davon, als wollte die Mutter nicht erraten, worum es ihm ging. Überhaupt benahmen sich alle Familienangehörigen, Elza eingeschlossen, so, als wüßten sie sehr wohl von der Anwesenheit des goldenen Fuchses, aber zögen es vor, über dieses Thema nicht zu sprechen. Sogar Grzesiek, was das verwunderlichste war, hatte sich seit jenem Abend, da Łukasz der Mutter sein Geheimnis offenbart hatte, vollkommen verändert und kehrte nicht ein einziges Mal zu der bewußten Sache zurück. Auch Emilka antwortete am nächsten Tag, als er ihr mitteilte, er hätte nur ihr Bestes gewollt und keineswegs die Absicht gehabt, sie zu erschrecken, »Ich hab' mich überhaupt nicht erschrocken« und schob die Unterlippe vor.
Sie machte nicht den Eindruck, als fühlte sie sich ver-

letzt oder beleidigt, erwähnte aber das Geheimnis mit keinem Wort und benahm sich so, als sei nichts vorgefallen.

Łukasz konnte überhaupt nicht begreifen, was das alles bedeutete. Warum hielten alle wie Verschwörer den Mund und verbündeten sich zu einem so einmütigen und beharrlichen Schweigen? War es denn möglich, daß der goldene Fuchs sie wirklich nicht interessierte? Waren sie denn gar nicht neugierig zu erfahren, wie er aussah und wie wundervoll er in der Dunkelheit schimmerte? Warum wurde das Thema so sorgfältig gemieden? Warum ging man ihm aus dem Weg? Denn daß alle insgeheim mit der Sache beschäftigt waren, darüber gab es für Łukasz keinen Zweifel. Und eigentlich hätte er zufrieden sein können, daß man sie beide, ihn und den Fuchs, in Ruhe ließ, hätte es sich nicht alsbald herausgestellt, daß das nicht die Ruhe war, die man sich wünschte.

Die freundschaftlichen Beziehungen mit dem Fuchs fügten sich auf das schönste, offenste und zärtlichste, besaßen aber trotzdem einen etwas willkürlichen und zufälligen Charakter, sie ließen sich nämlich nicht gemäß den beiderseitigen Wünschen und Bedürfnissen gestalten, sondern mußten sich notwendigerweise den im Hause herrschenden Verhältnissen anpassen.

So zum Beispiel waren gerade die Abende für die Freundschaft verloren, weil Grzesiek die Gewohnheit hatte, im Bett zu lesen; selbstverständlich war an einen Besuch des Fuchses nicht zu denken, bevor Grzesiek nicht das Licht ausgelöscht hatte und eingeschlafen war. Am Nachmittag wiederum machte Grzesiek Schularbeiten. Und die Vormittage? – Ach, über die frühen Morgenstunden würde man am besten gar nicht sprechen. Es gab so wenig Zeit in diesen Stunden, daß es gerade zu einem kurzen Morgengruß reichte. So also begann Łukasz langsam zu verstehen, wie bitter und vergiftet, ja vergiftet von Ungestilltheit, die schönsten Gefühle des Herzens sein konnten, wenn man sie nicht mit anderen Menschen teilte. Er fühlte, daß das, was ein Geheimnis bleiben mußte, nicht nur den Reiz des Ungewöhnlichen besaß, sondern auch voller Trauer war, einer Trauer, die so tiefgehend war, daß es bisweilen schwer fiel zu ermessen, was in dieser Liebe überwog: das Glück oder der Schmerz. Auch zeigte sich, daß die Menschen, sogar die nächsten, hart und unzugänglich waren.

Trotz dieser Erfahrungen verlor Łukasz nicht die Hoffnung, daß die um den Fuchs verbreitete Verschwörung des Schweigens eines Tages aufhören würde. Er wußte nicht, wie und wann das geschehen würde, aber er hegte fortwährend die Gewißheit, daß der entscheidende Schritt von seiten der Mutter kommen müßte. Manchmal kam ihm der Verdacht, daß sie dem Fuchs schon längst einen Besuch abgestattet hatte – wer weiß, ob nicht gemeinsam mit Vater? –, und wenn sie nichts zu dem Thema sagte, so vielleicht nur deshalb, weil sie Grzesiek keine Unannehmlichkeiten bereiten wollte, der ja bekanntlich den Fuchs ganz einfach nicht sehen konnte.

Als jedoch einige Tage verstrichen waren und im Haus nichts geschah, was als eine Ankündigung baldiger Veränderungen hätte gelten können, geriet Łukasz ernstlich in Aufregung. Er verlor den Appetit, wurde blaß, ging schläfrig und teilnahmslos umher, bis dies dem Vater eines Abends auffiel und er den Jungen gleich nach dem Abendessen mit sich zur Untersuchung nahm. Łukasz ließ die väterlichen Bemühungen schweigend über sich ergehen, er atmete flach und tief, durch Nase und Mund, hustete und atmete wieder, hob die Hände in die Höhe, streckte sie aus, hielt schließlich gehorsam den Atem an, als der Vater das von ihm verlangte und ihm ein kühles Hörrohr auf die Brust setzte.

Einmal sah die Mutter ins Zimmer. »Und?« fragte sie.

Der Vater richtete sich auf und klopfte Łukasz auf die nackten Schultern. »Alles in Ordnung.«

Aber Łukasz wußte sehr wohl, daß es sich nicht so verhielt, wenn auch in einem etwas anderen Sinn als der Vater meinte. Und noch an demselben Abend beschloß er, die seltene Anwesenheit der Mutter nutzend,

unverzüglich entschiedene und entscheidende Schritte zu unternehmen. Es hatte sich so günstig gefügt, daß Grzesiek diesmal früher als gewöhnlich, noch vor neun Uhr, das Licht ausgemacht hatte und fast auf der Stelle eingeschlafen war. Łukasz hatte auf diesen Augenblick mit Ungeduld gewartet. Er setzte sich im Bett auf, tastete nach seinen Pantoffeln und schlich leise in den Korridor. In beiden Zimmern, in dem der Mutter und in dem des Vaters, brannte noch Licht. Aber Łukasz hatte in seinen Plänen einen Umstand nicht berücksichtigt, nämlich den, daß seine Mutter nicht allein sein könnte. Der Vater war bei ihr, sie unterhielten sich. Und da die Tür zum Korridor nicht geschlossen war, konnte man deutlich jedes Wort hören. Schon der erste Satz, der zu Łukasz drang, regte ihn zum Bleiben an. Der Vater sagte: »Weißt du, Łukasz macht mir Sorgen. Meinst du nicht auch, daß ihm irgend etwas fehlt?«
»Was weiß ich«, sagte die Mutter nachdenklich. »Mir kommt es manchmal vor, als ob wir ganz einfach schrecklich wenig von unseren Kindern wissen. Wir haben nie Zeit für sie. Zwar hat es den Anschein, daß wir zusammenleben, aber in Wirklichkeit lebt jeder für sich.«
»Hat er nach der Geschichte mit Emilka noch einmal über den goldenen Fuchs gesprochen?«
»Über den goldenen Fuchs?« In der Stimme der Mutter lag Verwunderung. »Nein, woher denn. Ich nehme an, daß er ihn schon vergessen hat. Solche kindlichen Phantasien sind gewöhnlich nicht von langer Dauer.«
»Meinst du?«
»Ja.«
»Ich bin dessen gar nicht so ganz sicher. Und ich zweifle sogar daran, daß du gut daran getan hast, in Łukasz diese Phantasterei zu unterstützen. Der Junge ist überempfindlich, und du hast ihn in seinen Traumgebilden noch bestätigt.«
Es trat Schweigen ein.
»Weißt du«, ließ sich die Mutter vernehmen, »ich habe mir auch schon darüber Gedanken gemacht. Aber müssen

wir den Kindern ihr Recht auf Phantasien wegnehmen? Sollte ich ihm ganz einfach sagen: ›Red keinen Unsinn, Łukasz, das ist dir nur so vorgekommen, es gibt gar keine goldenen Füchse?‹«

»Ich glaube ja«, antwortete der Vater.

»Haben wir früher etwa nicht unsere Phantasien gehabt? Erinnere dich doch!«

»Mit uns war das etwas anderes. Natürlich hatten wir verschiedene Phantasien, und zwar nicht nur in der Kindheit, aber wir haben dafür vom Leben auch ordentlich eins auf den Kopf bekommen. Und es wäre besser, wenn unsere Erfahrungen nicht zum Beispiel für unsere Kinder würden. Heutzutage soll der Mensch von Kind auf daran gewöhnt sein, daß er in Gedanken und Gefühlen gemeinsam mit seiner Gesellschaft leben muß. Sag selbst: welches Los erwartet den Menschen, der anders als alle denkt? Auf dem Gebiet der Erkenntnis und des Urteils verpflichtet uns die Eindeutigkeit. Das ist doch klar, nicht? Und wenn wir uns schon daran zu gewöhnen begonnen haben, daß wir manchmal das eine sagen und etwas anderes denken, warum sollen dann auch unsere Kinder lügen?«

»Bist du müde?« fragte die Mutter halblaut.

»Ja«, antwortete er, »alle sind wir müde. Aber was hilft es? Um so mehr sollte man auf den Verstand unserer Kinder acht haben.«

»Wer weiß, ob du das alles nicht übertreibst«, sagte die Mutter. »Schließlich handelt es sich hier bei diesem goldenen Fuchs doch um eine ziemlich harmlose Geschichte . . .«

»Allerdings, es ist eine harmlose Geschichte«, stimmte der Vater zu, »aber dafür scheinen mir gewisse Züge des Verstandes von Łukasz keineswegs harmlos. Ich weiß nicht, vielleicht ist es nur eine Kapitulation von meiner Seite – oder gerade die richtige Sicht auf unsere Zeit. Ich meine nämlich, daß es am besten ist, wenn sich ein Mensch durch nichts Besonderes von anderen Menschen unterscheidet. Ich möchte daher nicht, daß unser Sohn . . .«

In diesem Moment ging er in sein Zimmer, von wo aus er zwar weitersprach, aber einzelne Worte waren nicht mehr zu unterscheiden. Łukasz preßte die Hände ans Herz und stand einen Augenblick, die Stirn an den Türrahmen gedrückt. Er hatte nicht alles aus der gehörten Unterhaltung verstanden, aber eins war plötzlich klar für ihn geworden: Die Mutter hatte den goldenen Fuchs niemals gesehen, mehr noch – so wie der Vater, wie Grzesiek, wie Emilka, wie überhaupt alle, schloß sie die Möglichkeit der Existenz eines goldenen Fuchses aus, also hatte sie ihn betrogen, ihn häßlich belogen, ihn wie ein unverschämtes Kind behandelt, dem man gütig gestattet, an irgendwelche Märchen zu glauben. So hatte ihn der letzte Halt, der sicherste und der scheinbar standhafteste, auch enttäuscht. Alle hatten den goldenen Fuchs verleumdet, alle hatten ihn durchgestrichen und aus ihrem Leben vertrieben. Und warum? Warum nur? Was hatte er ihnen zuleide getan? War er nicht ein guter, schöner und freundlicher Fuchs? Verbreitete er nicht um sich den wunderbarsten, goldenen Schein der Welt? War er nicht bereit, Vertraulichkeiten entgegenzunehmen? Milderte er nicht durch seine Gegenwart die Einsamkeit? Erlaubte er nicht, leichte und ferne Gedanken zu spinnen? Rührte er nicht warme Gefühle im Herzen an? Und war er nicht treu? Hatte er jemals enttäuscht? »Ach Fuchs, Fuchs«, dachte er mit Schmerz. »Warum wirst du verleugnet? Warum mißachten dich alle? Warum will dich niemand sehen? Du bist doch! Du lebst doch! Man kann dich hören und sehen, Fuchs, liebstes Füchslein!«
So also begann seit jenem denkwürdigen Abend in den Beziehungen Łukaszs zum goldenen Fuchs ein ganz neuer Abschnitt. Der war frei von der Illusion und der Hoffnung, daß das, dem beide so große Bedeutung beimaßen, bei den nächsten Menschen Verständnis und Unterstützung finden könnte. Wenn sie doch wenigstens irgendwo in der Wüste oder in der Tiefe unbewohnter Urwälder allein miteinander hätten sein können, wo der Fuß des Menschen die Erde noch nicht berührt und keine

menschliche Stimme die Waldesstille getrübt hatte. Aber die Sache war ja gerade die, daß sie sich unter Menschen befanden und daß die Menschen und deren verschiedene Angelegenheiten sie von allen Seiten wie der gewaltige Strom eines breitfließenden Flusses umströmten. Wie zart und zerbrechlich schien Łukasz doch bisweilen sein Geheimnis! Es floß hier irgendwo in der tiefen Dunkelheit teilnahmsloser Räume, ein einsamer Schimmer, aber zu welchem Ufer es drängte, was ihm bestimmt war, blieb ungewiß. Wohin es unfreundliche Winde verschlagen konnten, wußte man nicht. Immer häufiger kam es auch vor — wenn er infolge günstiger häuslicher Umstände den Fuchs für längere Zeit im Schrank besuchen konnte —, daß er außer einem kurzen Grußwort, in dem er sein ganzes kompliziertes Gefühl einzuschließen versuchte, keine Worte zu finden wußte. »Guten Tag«, antwortete der Fuchs. Dann schwiegen beide, aneinandergeschmiegt, rings um sie lag die Stille des goldenen Scheins.
Łukasz hatte sich des öfteren und zu verschiedenen Tageszeiten vorgenommen, bei dem nächsten Treffen mit dem Freund eines seiner vielen Märchen zu erzählen. Aber dann, wenn das Treffen Wirklichkeit wurde, schwieg er. Er wünschte von Herzen, dem Fuchs alles zu opfern, was er am meisten liebte, aber wie konnte er sprechen, wenn er nicht die Worte fand, die diese flüchtige und zauberische Welt hätten tragen können? Außerdem fühlte er, daß auch jene Welt, die einst so lebendig und voller Stimmen und Farben war, allmählich in ihm sich zu verwischen begann, als ob sie in Nebel zerrönne.
O nein, das waren keine fröhlichen Tage! An jenem Abend beschloß Łukasz, daß er in Gegenwart der Eltern und Grzesieks wieder so sein wollte, wie er es früher war: heiter und gesprächig. Manchmal gelang ihm das, aber je besser und natürlicher das Spiel ausfiel, um so größer wurde das Gewicht, das sich ihm aufs Herz legte, und um so schmerzlicher die Trauer, die ihn dann befiel, wenn er endlich allein sein konnte. Vor dem Fuchs klagte er nicht, aber es kam ihm manchmal vor,

als errate der Freund auch so seinen Kummer und warte nur auf sein Vertrauen. Aber er schämte sich, über diese Dinge zu sprechen, er wollte nicht, daß sich der Fuchs eine böse Meinung von den Eltern und Grzesiek bildete. Wozu sollte er erfahren, daß er sich in einer feindlichen Umgebung befand, zwischen Menschen, die ihn nicht wünschten? Aber hatte es der Fuchs nicht auch schon von selbst erraten? Ließ sich so etwas verbergen?

Immer deutlicher kam es Łukasz zu Bewußtsein, daß der Fuchs genausoviel wußte wie er selbst. Und wenn er in dem Schweigen, an das er sich bei seinen Zusammenkünften mit dem Fuchs gewöhnt hatte, darüber nachdachte, fand er etwas, was bislang nicht in ihm gewesen war und jetzt aufdringlicher in ihm laut wurde und den Namen ... nein, dieses Wort wollte er nicht einmal an sich heranlassen, er stieß es von sich, er trieb es fort, aber es kam aufsässig wieder und tauchte immer lärmender, immer deutlicher und schärfer aus der Stille hervor. Schließlich hielt es Łukasz einmal nicht mehr aus, er umarmte den Fuchs und rief verzweifelt: »Du verläßt mich nicht, Fuchs, nicht wahr? Wir werden uns niemals trennen?« Und der Fuchs sagte heiser: »Niemals!«

Inzwischen näherte sich immer mehr die Oktobermitte und damit der Geburtstag Łukaszs. Er wußte, daß Elza eine Schokoladentorte backen würde, auf der in dem gegebenen Augenblick, zur Vesper, sechs Kerzen aufleuchten würden. Er wußte ebenfalls, daß im Schreibtisch der Mutter die Geburtstagsgeschenke schon aufbewahrt waren. Bei all seinen Kümmernissen bemerkte er selbst nicht einmal, wann er sich dieser Geburtstagsstimmung hingab. Es waren jene außerordentlich angenehmen Gefühle, die jedes Jahr aufgefrischt wurden und stets ganz neu waren, voller Rätselraten und brennender Neugier, ein wenig aufreizend, auf die gleiche Art, wie Selterwasser mit Himbeersaft in der Nase kitzelt.

Als Łukasz am Vorabend seines Ehrentages einschlief, war er so mit dem kommenden Tag beschäftigt, daß er vergaß, dem Fuchs »Gute Nacht« zu wünschen. Er hätte zwar aus dem Bett springen und ungehindert in den Schrank sehen können, denn Grzesiek war nicht im Zimmer, aber er fühlte sich so müde, daß er nur die Hand ausstreckte in der Dunkelheit und flüsterte: »Tschüs!«

»Tschüs!« antwortete der Fuchs aus dem Schrank – wie ein fernes Echo.

Der nächste Tag war ein Sonntag. Łukasz erwachte mit der Morgendämmerung. Aber auch Grzesiek, von Natur zwar eine Schlafmütze, schlief nicht mehr. Als Łukasz die Augen öffnete und sich im Bett aufsetzte, stand jener im Schlafanzug barfuß am Tisch und betrachtete die ausgebreiteten Geschenke. Als er sah, daß Łukasz wach war, nickte er ihm zu.

»Komm, Łukasz, guck mal, was du für einen tollen Traktor hast ...«

Łukasz sprang aus dem Bett und schloß die Augen.

»Siehst du?« fragte Grzesiek.

Aber Łukasz hielt seine Augen noch einige Sekunden geschlossen. Bei ähnlichen Gelegenheiten trieb es ihn immer, sich davon zu überzeugen, daß die Erwartung selbst angenehmer ist als die Befriedigung der Neugier. Schließlich ließ er den Blick durch die halbgeschlossenen Lider über den Tisch schweifen.

»Ein toller Traktor, nicht wahr?« sagte Grzesiek. »Ganz und gar wie ein ›Ursus‹-Traktor. Nur kleiner. Schau, er hat noch eine Kombination, eine Mähmaschine und Anhänger. Siehst du, zwei Anhänger ... Und von mir kriegst du einen ›Star‹-Laster. Toll, nicht?«

»Oho!« flüsterte Łukasz.

Wirklich stand neben dem metallenen Traktor, hinter der Kombination, der Mähmaschine und den Anhängern, ein hölzerner, aber dafür sehr stattlicher Lastwagen. Daneben lag eine rote Schachtel mit Bausteinen. Łukasz sah vorsichtig hinein. Auch Grzesiek beugte sich über den geöffneten Kasten.

»Prima! Damit kannst du ein ganzes Dorf bauen.«

Die Steine waren klein, aber zusammengesetzt ergaben sie ein ganzes ausgedehntes Dorf. Es gab hier weiße, gelbe und ziegelfarbene Häuserwürfel; rote, blaue und braune Dachgiebel, einen Glockenturm mit Uhr, Zäune, außerdem viele runde Bäume und winzig kleine Menschen, Hunde, Pferde und Kühe.

»Schau!« rief Grzesiek immer erregter. »Sogar Enten hast du ...«

»Und der Teich?« fragte Łukasz.

»Nein, ein Teich ist nicht da. Aber den kannst du dir selbst machen.«

»Ich weiß«, sagte Łukasz. »Ich gieße Wasser in die Seifenschüssel, und der Teich ist fertig.«

»Du kannst auch eine Untertasse nehmen«, riet Grzesiek, »das Wasser ist dann sauberer, das wird ein Teich nach der Durchführung von Verschönerungsarbeiten, verstehst du? Und den Traktor kann man aufziehen.«

Łukasz streckte die Hände aus.

»Gib her, ich zieh' ihn auf.«

»Warte, du machst ihn kaputt ...«

»Ich mach' ihn nicht kaputt.«

Grzesiek gab dem Bruder den Traktor mit deutlichem Unwillen. Jener hockte sich hin und zog die Feder vorsichtig auf. Grzesiek kniete sich neben ihn. »Paß auf, überdreh ihn nicht.«

Aber Łukasz drehte ihn geschickt bis zum Ende auf, und dann begann der Traktor sich emsig auf dem Boden zu bewegen und tuckerte genauso wie ein richtiger »Ursus«.

»Prima!« stellte Grzesiek voller Anerkennung fest.

Aber das richtige Spiel begann erst nach dem Frühstück. Der Tag war schön, sonnig, der Himmel blau, ohne ein Wölkchen. An einem solchen Tag zu leben, war angenehm.

»Laß uns ein Genossenschaftsdorf bauen«, schlug Grzesiek vor.

Leider konnte er den Bau nicht vollenden, weil er in die Schule mußte. Um zehn Uhr hatte seine sechste Klasse

ein Treffen mit Schülern einer Dorfschule aus der Nähe von Warschau. Łukasz hatte es zwar viel Spaß gemacht, mit Grzesiek zu spielen, aber als er allein war, stellte er fest, daß die Pläne Grzesieks keinesfalls die besten waren und daß man den gesamten Bau noch einmal beginnen mußte. Er zerstörte daher die unter der Führung Grzesieks steif errichtete Straße, betrachtete die Ruinen mit Befriedigung und begann nach längerer Überlegung und der Räumung der Trümmer eine freie Landschaft zu bauen, und erst dann, als auf der einen Seite ein Wald entstanden war, auf der anderen ein Teich und durch die noch leeren Felder ein aus blauem Papier ausgeschnittener kleiner Fluß sich zu winden begann, machte er sich an den Bau des eigentlichen Dorfes.
Diese Arbeit nahm Łukasz längere Zeit in Anspruch. Immerzu entstanden in den weitläufigen Feldern neue Bedürfnisse. Gerade wollte er über das Flüßchen eine kleine Brücke werfen, um eine Kuhherde darüber hinweg auf die Weide zu führen, als ihm plötzlich einfiel, daß er bis zu diesem Augenblick seinen Freund ganz und gar vergessen und, obwohl es schon auf Mittag ging, ihm keinen »Guten Tag« gewünscht hatte. Im Begriff aufzustehen, schien es ihm aber unbedingt notwendig, daß die am Flußufer versammelten Kühe so schnell wie möglich auf die Weide gelangten. Er beendete also den Bau der Brücke, führte die Kühe ans andere Ufer und erst, als er sie unter die Obhut eines kleinen Hirten und eines Hundes gestellt hatte, stand er auf, um den Fuchs zu begrüßen und ihm mitzuteilen, daß er augenblicklich sehr beschäftigt war. Bevor er das tat, überlegte er noch, ob es sich für ein so kurzes Treffen überhaupt lohnte, das Fenster zu verdunkeln. Er kam zu der Überzeugung, daß es sich nicht lohnte, daß es schade um die Zeit wäre und daß der Fuchs doch kein kleinliches Wesen wäre und Geringfügigkeiten dieser Art keine Bedeutung beimessen würde. Er verzichtete daher auf die Verdunklung und ging auf den Schrank zu, öffnete die Tür und kroch schnell nach oft geübtem Brauch hinein.

»Guten Tag, Fuchs«, sagte er im gewohnten Flüsterton und streckte die Hand aus, um den Freund zu umarmen.
Aber er fand ihn nicht. Er geriet statt dessen an die herunterhängende Skihose Grzesieks, dann tastete er tiefer in den Schrank hinein.
»Wo bist du?« fragte er halblaut. »Fuchs!«
Und plötzlich stieg ihm Hitze ins Gesicht, es wurde ihm klar, daß etwas nicht wie immer war. Es sah so aus, als ob der Fuchs überhaupt nicht da war. Noch ungläubig, rief er lauter: »Fuchs!«
Niemand antwortete. Es war still. Er schloß daher die Tür, die er angelehnt hatte, und zugleich umfaßte ihn das tiefste Dunkel. Er sah sich mit weitgeöffneten Augen um, hielt den Atem an, aber nicht der geringste Widerschein eines Schimmers erhellte die Finsternis. Eine tote und stumme Dunkelheit lag um ihn. Es war kein Leben darin. Nur Leere.
Łukasz fühlte, wie ihm die Tränen in die Augen schossen.
»Fuchs, Füchslein ...« flüsterte er.
Und vor Schmerz krampfte sich ihm das Herz zusammen, als er verstand, daß der Fuchs auf seinen Ruf niemals mehr Antwort geben würde. Er war fortgegangen. Er war auf der Suche nach neuen Menschen und neuen Freundschaften. Aber wo war er? Bei wem? In welcher Gegend? Und war es möglich, daß er einen Ort fand, an dem er sich ebenso wohl fühlen würde wie hier? Wo wird er umherirren? Wo wird er schlafen?
Łukasz fühlte, daß ihm heiße Tränen über die Wangen liefen, aber zur gleichen Zeit war ihm so, als sei das schwerste und komplizierteste schon hinter ihm, ihm war wie einem, der nach einer sehr mühsamen Bergtour einen sanften Hang hinuntergeht. Und diese neue Erfahrung empfand er wie eine Linderung. »Vielleicht ist es besser, daß der Fuchs weggegangen ist?« dachte er. Und obgleich er sich dieses Gedankens schämte, wies er ihn nicht ab. Er wischte sich mit der Hand die feuchten Lider und

Wangen, zog die Nase hoch und verließ seufzend den Schrank.

Im ersten Augenblick mußte er die Augen zusammenziehen, so sehr blendete ihn die Tageshelle. Sehr schnell gewöhnte er sich jedoch daran, und es freute ihn zu sehen, daß die Sonne ins Zimmer kam. Ein Teil des Teppichs, auf dem das bunte Dorf mit dem Wald, dem Fluß und dem Teich entstanden war, lag bereits in der Sonne, der andere Teil blieb noch im Schatten. Das sah sehr schön aus, und Łukasz dachte zum zweiten Mal, daß es vielleicht gut war, daß der goldene Fuchs in die Welt hinaus gegangen war ...

Später hatte er keine Zeit mehr, darüber nachzudenken. Nach dem sonntäglichen Mittagessen, an dem auch Krzysztof, der Freund Grzesieks, teilnahm, kam Emilka und erregte mit ihrem Geschenk für Łukasz die Begeisterung der Jungen; sie brachte nämlich ein wunderschönes Modell eines »Warszawa«-PKW's.

Emilka trug ein neues Kleidchen, rot mit weißen Pünktchen und mit einem weißen Umlegekrägelchen, in ihren dünnen Zöpfen hatte sie neue rote Schleifen. Sie war errötet, ihre Augen funkelten, es schien, daß sie sowohl wegen ihres neuen Kleides als auch wegen der Bewunderung stolz war, die ihr »Warszawa«-PKW erweckt hatte. Übrigens wurde der Wagen Gegenstand eines kurzen Konfliktes. Grzesiek und Krzysztof stürzten sich auf das Auto und wollten es Łukasz nicht überlassen, dieser wiederum wollte auf seine Rechte nicht verzichten. Es sah nach einem ernsten Zwist aus, als plötzlich Emilka dazwischentrat.

»Wenn ihr euch zankt«, sagte sie bestimmt, »dann nehme ich das Geschenk wieder weg.«

Grzesiek sicherte seine Ehre. »Dann nimm's dir«, knurrte er, indem er das Auto von sich schob.

In diesem Augenblick stellte Łukasz großzügig fest, er wollte den Wagen nicht zu seinem ausschließlichen Gebrauch besitzen. Dank dieses Umstands stellte der Frieden sich wieder ein, und Grzesiek kam auf sein morgendliches Projekt zurück, ein Genossenschaftsdorf zu errichten. Zuerst versuchte Łukasz seine eigenen Ideen durchzusetzen, aber für die Planung Grzesieks sprachen sehr starke Argumente.

»Du bist dumm«, sagte Grzesiek, als Łukasz weiterhin auf den seinen bestand. »Wenn du die Bauernhütten hier und dort verstreust, wie wirst du dann bei einem solchen Durcheinander eine rationelle Wirtschaft durchführen?«

Also entstand das Dorf nach seinen Wünschen. Und danach begann die Ernte, alle Maschinen wurden eingesetzt, und auf dem »Star«-LKW wurde auf die Initiative Krzysztofs hin aus der Stadt eine Equipe von Sportlern hergefahren, die an der Ernteaktion teilnehmen sollte. Dann kam Łukasz auf den Gedanken, ein heftiges Gewitter auf die Felder niedergehen zu lassen. Aber Grzesiek war dagegen.

»Nein«, sagte er entschieden. »Es darf kein Regen fallen. Schade ums Getreide. Unsere Produktionsgenossenschaft muß führend sein.«

Also fiel kein Regen, und nach der Vesper konnte man angesichts der günstigen Einholung der Ernte zu den Pflichtabgaben an den Staat und zum Getreideeinkauf übergehen.

»Weißt du«, sagte Krzysztof, »jetzt wollen wir den Großbauern entlarven.«

»Prima!« stimmte ihm Grzesiek zu.

»Wie entlarvt ihr denn den Großbauern?« fragte Łukasz.

»Ganz einfach«, entgegnete Grzesiek. »Der Großbauer ist fett und hat einen dicken Bauch.«

»Und eine abscheuliche Fresse«, ergänzte Krzysztof. »Man erkennt ihn sofort.«

Inzwischen war es dunkel geworden. Plötzlich beugte sich Krzysztof mitten im Spiel — es war nach der Entlarvung des Großbauern — zu Grzesiek und flüsterte ihm etwas ins Ohr. Der zuckte die Achseln.

»Laß ihn«, sagte er.

»Warum denn? Dann frage ich ihn.«

Łukasz fühlte instinktiv heraus, daß es um ihn ging. Und er verharrte starr über dem Lastwagen, den er gerade mit Mehlsäcken in Form kleiner viereckiger Klötze belud.

»Du, Łukasz«, sagte Krzysztof, »wie geht es dem goldenen Fuchs?«

Łukasz erzitterte und wurde rot.

»Siehst du ihn noch?«

Eine Weile herrschte Schweigen. Łukasz legte langsam noch einen Klotz auf den Wagen.

»Nein«, murmelte er.

»Du siehst ihn überhaupt nicht mehr?«

Łukasz stand auf und sah zu Grzesiek hin. Aber jener gab vor, sehr beschäftigt zu sein.

»Also, was ist? Siehst du den goldenen Fuchs wirklich nicht?«

»Natürlich sehe ich ihn nicht«, antwortete er, »es gibt doch gar keine goldenen Füchse.«

Und da er fühlte, daß er immer noch rot war, wandte er sich ab und lief zum Fenster.

Der Herbsttag ging seinem Ende zu. Das Blau des Himmels über der Zygmunt-Säule war noch von den letzten Strahlen der Sonne erhellt, aber weiter unten, über den Hängen, war die Luft schon vorabendlich blau, sehr rein und fein.

»Ich habe den goldenen Fuchs niemals gesehen«, dachte Łukasz, als er in die ruhige und stille Landschaft durch das Fenster blickte. Plötzlich fühlte er, wie sein Herz heftig zusammenzuckte. Durch die blaue Dämmerung huschte über den Abhang zwischen den sich rötenden Bäumen der goldene Fuchs. Ja, das war er, ganz gewiß er! Er lief auf die Treppen zu, also in Richtung Stadt. Zu Menschen?

Łukasz trat näher an die Scheibe heran, und dann verstand er, daß er einer Täuschung unterlegen war. Es war kein Fuchs zu sehen. »Aber vielleicht werde ich ihn noch einmal sehen«, dachte er plötzlich. »Vielleicht kommt er noch einmal zu mir?« Aber ebenso wie das, was er gesehen hatte, zerstob auch dieser unerwartete Gedanke auf der Stelle.

»Łukasz«, rief Grzesiek, »komm spielen.«

Łukasz wandte sich um und umfaßte die auf dem Teppich sitzenden Jungen und Emilka mit einem Blick.

»Komm schon«, sagte Grzesiek lächelnd.

Von diesem Lächeln wurde es Łukasz ganz warm ums Herz.

»Ich habe niemals einen goldenen Fuchs gesehen«, rief er fast triumphierend.

»Hurra!« rief Grzesiek.

Und das fröhliche Spiel ging weiter.

EIN PARADIESVOGEL

Seit einiger Zeit bin ich übermäßig lärmempfindlich. Früher hat mir Lärm ganz und gar nichts ausgemacht. Das Radio des Nachbarn mochte hinter der Zimmerwand brüllen, die Straße mit ihrem wütenden Knirschen, Quietschen und Dröhnen mitten ins Zimmer drängen. All das machte keinerlei Eindruck auf mich, ich konnte es abschalten und hören, ohne es zu hören. Jetzt hat sich das geändert: Alles stört mich. Ich hege den Verdacht, daß mich sogar der Seufzer einer Maus aufregen könnte.

Wiederholt habe ich mir Gedanken darüber gemacht, wie ich zu dieser Sensibilität für die Geräusche der Außenwelt gekommen bin. Ein absolutes Gehör habe ich zwar nie besessen, aber ein gutes, ja sogar ein mehr als gutes Gehör gewiß. Indessen hat sich dieses mehr als gute Gehör in der letzten Zeit zusehends verschlechtert. Allerdings ist es noch weit bis zur völligen Taubheit, und ich glaube nicht, daß mir eine solche droht; jedenfalls hat mir der Arzt, den ich deswegen konsultierte, versichert, daß keine ernstere Veränderung meines Gehörs vorliege und daß es auch für die Zukunft nicht danach aussehe. Mag sein. Aber die Tatsache, daß ich immer schlechter höre, unterliegt keinem Zweifel mehr.

Wie mag es nun aber kommen, daß ich zur Zeit meines mehr als guten Gehörs gegen jegliche Geräusche gefeit war und jetzt, leicht zur Taubheit neigend, auf jeden Laut krankhaft reagiere? Das begreife ich nicht. Auch mein Arzt vermag diese Erscheinung nicht zu erklären. Er sprach von einer Schwächung des Nervensystems und einer erhöhten Reizbarkeit. Lassen wir es damit bewenden. Doch völlig überzeugt bin ich nicht, denn schon der Umstand, daß jetzt allgemein über die Nerven geklagt wird, heißt mich auf der Hut sein. Kurz und gut, weder die Schwächung des Nervensystems noch die sogenannte erhöhte Reizbarkeit erscheinen mir eine überzeugende Erklärung für die Tatsache, daß mich die Geräusche der Umwelt – wie schon erwähnt – erst von dem Moment an zu bedrängen begannen, als sich mein Gehör verschlechterte. Eine Zeitlang war ich der Ansicht, daß es meine unvollkommene, gedämpfte und gleichsam getrübte Wahrnehmung von Stimmen und Lauten war, die mich irritierte. Vielleicht trieb mich der vergebliche Wunsch, die entschwindenden Stimmen dieser Welt zu erhaschen und sie alle auf einmal – und jede für sich – in ihrem vollen, mir noch gut erinnerlichen Klang zu erlauschen, in diese Unruhe? Vielleicht war es die Verunstaltung, die mich erregte und bedrückte?

Ich stellte mir viele derartige Fragen (beglückt, solche Möglichkeiten noch wünschen zu können), bald aber begriff ich, daß etwas gänzlich anderes mit mir vorging. Nach eingehenderen Überlegungen mußte ich nämlich zu der Überzeugung kommen, daß ich mich nicht nach der verlorenen Lautfülle sehnte, sondern nach Stille! Einer Stille bedurfte ich, die sicher war wie ein traumloser Schlaf und fest wie ein Stein.

Angesichts dieser Entdeckung vertiefte ich meine Untersuchungen. Es konnte ja sein, daß früher ein gewaltiges Lärmen in mir selbst tobte und das Getöse der Welt so zu überdröhnen vermochte, daß es dem mehr als guten Gehör gar nicht mehr auffiel und daß dagegen jetzt alles Widerspruchsvolle, Heftige, Wütende und Leidenschaftliche in mir verloschen war und ich mit einer toten Stille tief in mir umherging, stumm und leer wie ein ausgebrannter Ofen. Und konnte es nicht sein, daß es mich, eben weil ich diese große Stille in mir trug, auch nach einer Stille um mich her verlangte?

Hier jedoch, bei dieser drastischen Fragestellung, hielt ich inne, von einem gesunden und natürlichen Widerspruchsgeist geleitet. Du bist toll geworden, Mensch! In deinem Innern ist es keineswegs leer, das schwöre ich. Die widerspruchsvollen, heftigen, wütenden und leidenschaftlichen Geräusche brodeln genau wie ehedem in dir. Sammlung und Stille brauchst du lediglich deshalb, weil du schlechter hörst.

Das leuchtete mir schließlich ein. Früher bedurfte ich der Stille nicht, und jetzt bedurfte ich ihrer, das war alles. Woher das aber rührte, wußte ich nicht. Und ehrlich gesagt, ich hatte nicht einmal nötig, es zu wissen. Jedenfalls brauchte ich mich nicht um den Grund zu kümmern. Ein Leben ohne eine Prise folgsamen Unbewußtseins schmeckt wie ein alter Riemen. Bei der Gelegenheit möchte ich erklären, daß ich mich entschieden zur Unabhängigkeit des Denkens bekenne und das dünkelhafte Gefühl eines sogenannten vollen Bewußtseins für Einbildung erachte; natürlich – in diesem Fall kann auch ein Riemen wie Brot schmecken. Was mich betrifft, so wünsche ich nicht, einen Riemen für Brot zu halten. Mag ich auch schlechter hören, mag ich auch wegen meiner Sensibilität leiden, auf den gesunden Menschenverstand möchte ich nicht ganz verzichten. Jeder sollte auf seinen Federbusch achthaben.

Anfang dieses Jahres habe ich aus den Händen des Herrn Premierministers eine neue Wohnung zugeteilt bekommen. Bis dahin wohnte ich mehr als bescheiden in einem Einzelzimmer ohne Küche und Bad und wäre wahrscheinlich noch lange in diesem aus anderen Gründen angenehmen Zimmerchen geblieben, hätte ich mich nicht einer Gallenoperation unterziehen müssen, die ihrerseits zur Folge hatte, daß ich längere Zeit eine ziemlich strenge Diät einzuhalten gezwungen war, die in meinen damaligen Wohnverhältnissen ohne Küche und ständige Haushilfe ungewöhnlich erschwert, ja geradezu unmöglich wurde. Diese Rücksichten sozusagen menschlicher Natur gaben den Ausschlag, daß ich, wie schon erwähnt, aus dem besonderen Wohnungsbudget des Herrn Premierministers eine Zweizimmerwohnung mit Küche und Bad in einem gerade fertiggestellten Wohnblock in der *ulica Belwederska* erhielt. Natürlich zog das eine Menge kleinerer und größerer Umstände mit sich, die mit jedem Umzug unausbleiblich fällig werden, dennoch entlohnten mich die Freude über die neue Wohnung und die Aussicht auf die nunmehr gesicherte hygienische Lebensführung für alles, was ich in den Momenten, in denen ich die Güte des Schicksals verkannte, für einen Zeitverlust und eine materielle Einbuße anzusehen geneigt war. Um mich kurz zu fassen, füge ich nur noch hinzu, daß ich Anfang März in der *ulica Belwederska* Wohnung bezog und daß es mir zu dieser Zeit gelang, durch Vermittlung von Bekannten eine Zugehfrau zu finden. Also machte ich mich am siebten März – das Datum steht in meinem Tagebuch! – an die Arbeit mit jenem besonderen Gefühl der Bewegtheit, das jedem Schriftsteller vertraut ist, der nicht auf die trügerischen Augenblicke der Inspiration wartet, sondern ständig arbeitet, in der richtigen Überzeugung, daß jeder Tag unwiderbringlich verloren ist, an dem man sich nicht mit wenigstens einer einzigen Seite ausweisen kann. Obgleich das meine Schriftstellerkollegen gelegentlich zu nicht gerade gewählten Witzen provoziert, verberge ich nicht, daß mir dank meiner eingeborenen Neigungen und meines ständig wachsenden Willens eine geregelte Lebensführung zusagt. Ich rauche nicht, ich trinke nicht, ich bin nicht verschwenderisch auf eine leichtsinnige Weise, aber ich geize auch nicht; ich arbeite systematisch acht Stunden pro Tag, habe einen guten Schlaf und schäme mich dessen nicht, daß ich weder meine Geliebten noch meine Ansichten wechsele.

Ich bin beständig in den Gefühlen, man kann sich auf mich verlassen; es ist daher nur zu verständlich, daß ich auch meinerseits vor allem solchen Menschen und Gedanken zuneige, denen man vertrauen kann. Ich bin mir dessen bewußt, daß mein skizziertes Selbstporträt unvollkommen ist, aber dieses zu entwerfen ist hier nicht die Absicht, außerdem rechne ich damit, daß die rege Phantasie des Lesers in die eigentliche Richtung geht, denn obwohl ich mir der Lückenhaftigkeit der gegebenen Schilderung bewußt bin, kann ich doch allen an meiner Person und meinem Werk Interessierten ruhig versichern, daß diese Lücken nichts verheimlichen und nichts verschweigen. Über meine gegenwärtige Geräuschempfindlichkeit habe ich alles gesagt. Ich rate von der häßlichen Gewohnheit ab, zwischen den Zeilen zu schnüffeln. Ich habe stets ein eindeutiger Schriftsteller sein wollen, und ich glaube, daß ich diesen Grundsatz nie verraten habe. Über die Begebenheit, die sich aus meiner Empfindlichkeit ergeben hat, werde ich auch eindeutig schreiben. Für Menschen bösen Willens und krankhafter Phantasie übernehme ich keine Verantwortung. Die Welt ist eindeutig; selbst wenn das gegen mich sprechen sollte, bleibt der Tisch ein Tisch, die Erde die Erde, und auch der Lärm, gleich welcher – um das Pünktchen auf das »i« zu setzen –, ist leider nur Lärm und nichts als Lärm, auf den ich aus für mich unbekannten Gründen seit einiger Zeit empfindlich reagiere.

Die Fenster meiner neuen Wohnung gehen auf ein noch nicht geordnetes Gelände hinaus, aber wie man mir in der Hausverwaltung versicherte, werden diese hier und dort mit Gras bedeckten und von Neubauspuren durchzogenen Unwegsamkeiten alsbald in Ordnung gebracht und die Gestalt einer modernen Grünanlage annehmen. Ungefähr dreihundert Meter von meinem Block entfernt ist der Bau eines Musterkindergartens geplant, augenblicklich befindet sich dort noch ein seichter Tümpel.

Ich wohne im Parterre. Vor dem großen Fenster meines Arbeitszimmers steht eine wie durch ein Wunder erhaltene junge Kastanie, und wenn ich ihre jetzt noch winterliche Verlassenheit betrachte, erfüllt mich eine Rührung darüber, daß ich in meiner Nähe, zum Handausstrecken nahe, im Frühling das Grün junger klebriger Blätter haben werde. Ich liebe die Schönheit der Natur, aber ohne Übertreibung. Als ich diese Kastanie sah, freute ich mich auch aus einem anderen Grund über sie. Ich verberge nicht, daß die wichtigste Sorge, die mich bei meinem Wohnungswechsel begleitete, die Befürchtung war, die neue Behausung könnte sich als lauter erweisen.

Die Gegenwart des jungen Baumes vor meinem Fenster erschien mir gleichsam als Garant für eine vollkommene Stille. Und anfangs bestätigte alles meine nicht gänzlich vernünftigen Hoffnungen. Der Lärm der *ulica Belwederska* drang nur gedämpft zum Hinterhaus, und dank meines geschwächten Gehörs machte er eher den Eindruck eines entfernten Meeresrauschens als den des Tosens einer Straße. Auch der Neubau erwies sich als recht solide, so daß mir das Leben der nächsten Nachbarn nicht in den Ohren saß. Nach zwei Monaten Krankenhaus und dem Wirrwarr des Umzugs kehrte ich schnell zu dem Zustand der Konzentration zurück, der mir bei der Arbeit unentbehrlich ist. Meine inneren Stimmen – um ein pathetisches Wort zu riskieren – wurden durch keinerlei störende Dissonanzen von außen getrübt, ich lebte in Stille, und die Stimmen lebten in mir.
Den Eintragungen meines Tagebuchs gemäß erschienen am sechsundzwanzigsten März nachmittags zwischen vier und fünf zum ersten Mal zwei Knaben auf dem Hofgelände, ich erinnere mich sehr wohl daran. Eine kurze Nachmittagssiesta und der Kaffee, den ich nur einmal täglich zu trinken pflege, verleihen meinen Nachmittagsstunden eine besondere Regsamkeit der Gedanken; um diese Zeit geht mir die Arbeit am besten von der Hand. Mit dem sicheren Gefühl, daß es mir gelingen würde, machte ich mich an jenem Tag an die Entknotung einer verfahrenen Romansituation. Da fuhr ich plötzlich auf, als wäre eine Bombe neben mir eingeschlagen. Das war kein Schrei, das war weder Grölen noch Kreischen, auch kein Brüllen, das war alles zusammen: Schreien, Grölen, Kreischen und Brüllen, alles zu einem gewaltigen Stapel von Lärm aufgehäuft – und mehr noch als das. Bis auf den heutigen Tag kann ich nicht begreifen, auf welche Weise und mit welchen Mitteln zwei elfjährige Fußballspieler die Ursache solch unwahrscheinlichen Getöses werden konnten. Zwei elfjährige Knaben, ich unterstreiche, es waren nur zwei, trugen unter meinem Fenster ein verbissenes Fußballspiel aus. Nichts mehr,

eine Kleinigkeit, eine winzige Begebenheit, ein Schülervergnügen. Die beiden wirkten wie Zwillinge. Beide waren zerzaust und blond, flink wie Flämmchen, ähnlich gekleidet: in dunkelblaue Cordhosen, Pullover und Turnschuhe, und sie vollbrachten auf dem Gebiet der unglückseligen Laute mehr, als sich die kühnste Phantasie vorstellen kann. Die Ausmaße meiner Niederlage waren entsetzlich. Aber übergehen wir das mit Schweigen. Ich bin kein Exhibitionist. Nur diese verteufelten Nerven! Gestern, als Halina kam, endete es ungut. Ich erklärte ihr im Allgemeinen, im Besonderen auf unsere gemeinsame Sprache zurückgreifend, daß ich überarbeitet sei. Ich konnte mich nicht mehr entsinnen, ob die Aloë die Blüte der Agave ist oder umgekehrt.
Es war mir peinlich, unter für mich ungünstigen Umständen danach zu fragen. Aber die Aloë ist, glaube ich, etwas, das einmal in hundert Jahren blüht und danach nur einen trockenen Stiel hinterläßt.
Auch Träume suchten mich heim. Fast jede Nacht träumte ich mich selbst. Sehen konnte ich mich zwar nicht, aber ich wußte, daß ich in der Nähe war, eingeschlossen in ein kleines, fensterloses Zimmer. Ich ging umher, im Dunkeln. War hier und dort. Vor einer unsichtbaren Tür stehend erfaßte mich plötzlich ein Schrecken, ich wollte fliehen, aber ich konnte es nicht. Ich war in der Dunkelheit festgewachsen. Dann begann ich, mich loszureißen und zu schreien, und da begann jener andere, der im anderen Zimmer lauerte, ebenfalls zu schreien! Ich kann verstehen, daß man im Traum schreit, aber gleich für zwei?
Am Morgen war ich dann sehr erschöpft.
Am folgenden Tag, wieder zwischen vier und fünf, kamen sowohl die beiden als noch zwei weitere. Sie spielten zu viert Fußball. Selbstverständlich gelang es mir nicht, die Schwierigkeiten zu lösen, die mir meine Romansituation machte. Am achtundzwanzigsten März waren es sechs Knaben. Sie spielten bis in die Dämmerung. Von ihren Schreien sträubten sich mir die Haare, die Ohr-

läppchen brannten wie verbrüht, meine Romansituation verwirrte sich immer mehr. Ich glaube, ähnlich müssen jene Säue aus dem Evangelium gebrüllt haben, als die Teufel in sie fuhren.

Und am neunundzwanzigsten – auch dieses Datum habe ich in meinem Tagebuch notiert – erschien ER. Mir kam er älter vor als die übrigen, etwa dreizehnjährig. Ich bemerkte sogleich, daß er im Gegensatz zu seinen Gefährten dunkles, kurzgeschorenes Haar hatte, auch er trug Turnschuhe, war aber nicht wie die anderen in Cordhosen, sondern in engen, schmalen Jeans und in einem karierten Hemd. Er begann auf der Stelle, auch das fiel mir auf, die übrigen zu kommandieren. Ich kenne mich im Fußball nicht aus, trug jedoch den Eindruck davon, daß das Spiel an diesem Tag auf einem höheren Niveau stand als zuvor. Von den sechs Jungen wählte sich der neue nur zwei aus, wahrscheinlich die besten Spieler, er hatte wohl ein gutes Gefühl dafür, wer was wert war, denn seine Dreiermannschaft übernahm sofort die Initiative und war die ganze Zeit über den vier anderen Spielern deutlich überlegen. Was den Lärm anbetrifft ... nein, ich will mein Innenleben nicht preisgeben, zum Thema meiner Empfindlichkeit habe ich vielleicht nicht alles, aber mit Gewißheit gerade so viel gesagt, wie innerhalb der Grenzen einer ehrlichen Zurückhaltung zu sagen war. Die Kunst besteht meiner Meinung nach in der Überwältigung seiner selbst und seiner Schwächen und nicht darin, sie in aller Öffentlichkeit herauszuposaunen. Darum habe ich keineswegs abstehende Ohren, und niemand darf Gerüchte darüber verbreiten, daß ich gerne Grimassen vor dem Spiegel ziehe. Alfred zieht Grimassen, ich nicht. Beatrycze, Artur Sandauers Töchterchen, hat deshalb ganz richtig gesagt, als jener aus einem unerfindlichen Grund im Łazienkipark eine Wurzel ausreißen wollte: »Vati, reiß keine Wurzeln aus, denn das sind die Füßchen der Bäume.« Die Buben hatten verteufelt starke Beine, ich gebe zu, ich habe Fliegenbeine ausgerissen, als ich klein war, aber jetzt reiße ich keine mehr aus, und da sich die Tage mit nahendem Frühling immer mehr in die Länge zogen, verlängerten sich die Fußballkämpfe ebenfalls, fast immer bis zur Dämmerung. Der neue hieß Michał. Ich bin objektiv und muß ihm Gerechtigkeit widerfahren lassen, er war ein sehr guter Fußballer, er schoß herrlich und spielte immer im Sturm. Von meinem Beobachtungspunkt aus, das heißt von dem Sessel aus, den ich mir ans Fenster gerückt hatte, wobei ich mich allerdings aus verständlichen Gründen mit einem Teil des Vorhangs abdeckte, bemerkte ich, daß Michał bei seinen Gefährten großes Ansehen genoß. Er hatte mit solcher Leichtigkeit die Macht über sie gewonnen, als hätte er sie vom Boden aufgelesen.

Und ich legte nicht nur die Entwirrung der verstrickten Romansituation bis zu einem unbekannten Zeitpunkt beiseite, sondern reagierte nicht einmal mehr auf das Telephon. Ich hatte keineswegs die Absicht, Menschen zu meiden, aber ich mußte – Sie werden das verstehen – das Spiel, das vor meinem Fenster ausgetragen wurde, pausenlos verfolgen. Ich kann Zahnärzte nicht leiden, denn beim Bohren weiß man nie, wann es wehtut. Indem ich nun das Spiel beobachtete, lernte ich fast ohne Irrtum voraussehen, in welchem Augenblick der Lärm, der übrigens ohne Unterlaß brauste, plötzlich sich steigerte. Von den Beinen las ich die Anspannung der Leidenschaft ab. Zum eigenen Gebrauch nannte ich diese Selbstwehr Bereitschaftszustand. Ich verharrte in diesem Zustand von dem Augenblick an, da der erste Junge auf dem Hof erschien, bis zu dem, da der letzte das Kampffeld verließ. Es fällt mir schwer festzustellen, inwieweit meiner Empfindlichkeit allzu heftige Erschütterungen dank dieser Methode erspart blieben. Fest steht jedenfalls, daß, wenn mir in diesem beklagenswerten Unglück überhaupt etwas erspart blieb, es dann die Unsicherheit und die Überrumpelung waren. Ich lebte in Leiden, aber ich lebte bewußt. (Ich schätze Sätze, die mit wenigen Worten das Wesen einer Sache ausdrücken.)

Eines Tages, es war schon April, ereignete sich ein zwar geringfügiger Vorfall, der aber sehr charakteristisch war, denn er zeigte, daß nicht ich als einziger Mieter des Blocks mit meiner Empfindlichkeit das Opfer der Knabenspiele geworden war. Gerade als sich die jungen Fußballer ihrer Gewohnheit gemäß unter meinem Fenster versammelten, ich schon meinen Platz im Sessel eingenommen hatte und das Spiel in einem Augenblick beginnen sollte, hörte ich, wie jemand aus dem ersten Stock das Fenster öffnete und gleich danach eine Frauenstimme sehr ruhig, sogar mit einem bittenden Unterton laut wurde: »Jungens«, sagte die Frau, »könnt ihr nicht ein wenig weiter weg von hier spielen, mein Mann ist krank, und der Lärm quält ihn sehr.« Mir verschlug's förmlich den Atem vor Überraschung. Und was wird jetzt geschehen? Was jetzt? Werden sie wohl weggehen, wird die gesegnete Ruhe wiederkehren? Meine Ungewißheit währte nicht länger als meine Atemlosigkeit. Die Knaben waren gänzlich ungerührt ob der Person, die sich an sie gewandt hatte. Sie sahen einander ein wenig erstaunt an, aber keineswegs übermäßig, ja eigentlich eher ganz wie üblich. Und danach sagte Michał ebenfalls ganz wie üblich: »Fang an, Andrzej!« Andrzej, ein rotbäckiger, blonder Junge aus der Vierermannschaft, kickte den Ball, und ich wußte bereits, daß der Lärm, das Geschrei, das Gebrüll und das Gejohle, alles zusammen und noch mehr wieder auf mich prallen würden. Und so geschah es dann auch.
Ich erwähne diese Begebenheit auch deshalb, weil ich dank ihrer den Unannehmlichkeiten entging, denen ich unausweichlich ausgesetzt gewesen wäre. Ich gestehe nämlich, mich bis zu jenem Tag mit der Absicht getragen zu haben, bei der ersten besten Gelegenheit freundschaftlich mit den Burschen zu verhandeln. Und ich war nahezu sicher, daß ich die rechte Methode gefunden hätte, zu ihrer Vernunft und zu ihrem guten Willen vorzustoßen.
Und außerdem ... aber ich ahne seit einigen Minuten, daß ich in eine Falle geraten werde, wie immer, wenn ich

mit einem angefangenen Gedanken nichts anzufangen weiß. Plötzlich, als wäre ein Messer dazwischengefahren, wurde es leer im Kopf. Eigentlich nicht einmal leer, es war eher so, als dröhne es rings um mich her, und ich fühlte, daß es geschehen würde – wie ich voller Haß, Haß und noch einmal Haß bin, mit Peitschen würde ich die nackten Hintern dreschen, das Weltende würde mir die größte Freude bereiten ... trinken werde ich, besaufen werde ich mich, o wie ich trinken werde, und dann werde ich auf allen Vieren vor den Spiegel treten und brüllen ...

Ich hatte den ganzen Plan genauestens überdacht. Er schien mir vollendet, da er mich keinem Risiko aussetzte. Ich konnte nichts dabei verlieren, im Falle des Erfolgs aber großen Gewinn haben.

Gelegentlich, wenn auch sehr selten, kam es vor, daß Michał als erster erschien. Er pflegte dann, sichtbar gelangweilt, an meinem Fenster vorbeizuschlendern, die Hände in den Hosentaschen; er schien gleichgültig, aber man konnte sehen, daß er unzufrieden war, und diese Unzufriedenheit und Ungeduld offenbarten sich in immer fahriger werdenden Bewegungen oder auch in der Gleichgültigkeit, mit der er die Steinchen wegtrat, deren es auf dem ungeordneten Hof eine Menge gab. Eben einen solchen Umstand beschloß ich bei der nächsten Gelegenheit für meine Zwecke zu nutzen. Leider mußte ich von dem Augenblick an, da sich der erwähnte Plan endgültig in mir herauskristallisierte, recht lange auf diese Gelegenheit warten. Wenn Michał als erster auf dem Sportplatz erschien, dann keinesfalls deshalb, weil er der erste sein wollte. Im Gegenteil, er wich, wahrscheinlich von seinem Führerinstinkt geleitet, einer solchen Situation aus, und wenn er auf die Gefährten wartete, so war es die Folge einer kurzen Verspätung der anderen. Erst irgendwann in der ersten Maihälfte konnte ich mich von meinem Sessel erheben und gelassen das Fenster öffnen.

Michał stand davor, die Hände in den Jeans. Er trug eine vollendete Gleichgültigkeit zur Schau, und obwohl er bemerkt haben mußte, daß ich das Fenster öffnete, wandte er keinen Blick in meine Richtung.

»Guten Tag, Michał«, sagte ich. »Du heißt doch Michał? Nicht wahr?«

Jetzt sah er her, aber ohne Eile und ohne den leisesten Schimmer von Interesse. Da ich ihn zum ersten Mal aus solcher Nähe sah, fiel mir auf, daß er ein wenig schielte, was, ich gestehe es, seinen dunklen, eher kleinen, aber Neugier erweckenden Augen einen besonderen Reiz verlieh.

Ich setzte mich auf das Fensterbrett, denn meine tadellose Ruhe und meine Geistesschärfe hatten mir ein peinliches Zittern in den Beinen eingebracht; meine Knie waren wie mit Sägespänen gefüllt.

»Ich habe eine Bitte, Michał«, sagte ich, »es scheint, daß du der älteste deiner Kollegen bist, deswegen wende ich mich an dich. Mich stören eure Spiele natürlich ganz und gar nicht, ich mag Fußball, ich habe diesen Sport früher selbst betrieben, du besitzt meiner Meinung nach vorzügliche Anlagen für einen großen Fußballer, aber könntet ihr eure Kämpfe nicht ein wenig weiter vom Haus entfernt austragen?«

Die Hände weiterhin in den Hosentaschen, das linke Bein im Knie gebeugt, sah er mich zwar ohne Freundlichkeit, aber auch ohne eine Spur von Feindseligkeit an.

»Dort, am anderen Hofende zum Beispiel, ist auch ein gutes Gelände«, sagte ich.

Darauf entgegnete er kurz: »Nein, das hier ist besser.«

Ich verstand sofort, daß er die Diskussion zu diesem Thema als beendet betrachtete. Daher ging ich in Übereinstimmung mit meinem Plan sofort zum Angriff über.

»Magst du Vögel?«

Ich glaubte, ihn zu überraschen, aber nein.

»Ich verstehe nicht«, sagte er.

»Wieso verstehst du nicht? Ich frage dich ganz einfach, ob du Vögel magst.«

Ob es nun wegen des leichten Schielens war oder auch nicht, jedenfalls nahm ich in seinem Blick deutlich einen Schatten von Verachtung wahr.
»Warum soll ich sie mögen?«
Ich lächelte leicht, obwohl mir nicht danach zumute war.
»Was weiß ich warum? So, ganz einfach, gewisse Dinge mag man, andere wieder nicht. Man kann zum Beispiel Fußball mögen, nicht wahr? In diesem Sinne fragte ich dich. Also was ist, magst du Vögel?«
Jetzt unterlag es keinem Zweifel mehr, daß in seinem Blick sowohl Verachtung als auch ein wenig Ironie lagen.
»Nein«, sagte er, »ich mag keine.«
Ich hatte in meinen Plänen verschiedene Situationswechsel in Betracht gezogen, diesen jedoch hatte ich nicht vorausgesehen, ich weiß nicht warum. Ich stand vor der Notwendigkeit zu improvisieren.
»Schade«, sagte ich.
Er darauf: »Warum?«
»Ich dachte, du magst Vögel.«
»Ich mag keine. Muß ich sie mögen?«
»Nein, natürlich nicht. Ich verstehe, daß du Vögel nicht unbedingt magst, ich dachte nur, falls du sie magst, dann wird dich bestimmt ein gewisser interessieren, der nicht nur sehr schön, sondern auch unerhört selten ist.«
Während ich das sagte, pfiff er, wobei er zur Seite schielte, durch die Zähne: *»Que serà, serà ...«*
»Hast du schon mal was von einem Paradiesvogel gehört?«
— Wenn du antwortest, dann habe ich dich, du Lausebengel — dachte ich.
Er antwortete: »Nein, was ist das für einer?«
»Ein sehr schöner und seltener Vogel. Er lebt auf Neu-Guinea.«
»Der Insel?«
»Eben. Nur auf Neu-Guinea leben die Paradiesvögel, und anderswo, zum Beispiel in Europa, kann man sie

einzig und allein im Zoo sehen, und auch das nicht überall.«
Er begann wieder zu pfeifen.
»Der hat aber einen dummen Namen.«
»Warum? Das klingt doch schön: Paradiesvogel. Gefällt es dir nicht?«
»Komisch. Und wie sieht er aus?«
»Der Paradiesvogel?«
»Was denn sonst!«
»So groß wie ein Spatz. Warte mal, er ist klein, aber dafür hat er einen herrlichen Schwanz, einen Fächer aus ungemein bunten Federn, die schöner sind als Pfauenfedern. Und er ist auch unglaublich bunt, er hat ein schwarz-weiß-goldenes Köpfchen und einen graublauen Körper.«
Ich sprach ruhig, sachlich, sogar ein wenig bagatellisierend, endlich, ach endlich hatte ich den Knaben fast in der Hand, es war mir gelungen, aus seinen Spitzbubenaugen einen Schimmer, ein Fünkchen Interesse herauszuschlagen.
»Haben Sie ihn gesehen?«
Bevor ich antworten konnte, erschienen drei der verspäteten Jungen auf dem Hof. Mit dieser Möglichkeit hatte ich in meinen Plänen gerechnet und verschiedene daraus entstehende Komplikationen vorausgesehen, aber jetzt konnte ich mir gratulieren, daß sie erst in diesem Augenblick kamen, da der Bengel den Haken bereits geschluckt hatte.
Er rief ihnen zu: »Wartet, ich komme gleich.«
Und dann, wenn auch ohne Eile, wandte er sich an mich.
»Haben Sie ihn gesehen?«
»Ja.«
»Im Zoo?«
»Nein.«
Wärmer, wärmer, immer wärmer, fast heiß.
»Sind Sie auf Neu-Guinea gewesen?«
»Ich war nicht dort, aber vor ein paar Jahren war ein

Freund von mir da, er wußte, daß ich Vögel mag, und brachte mir einen Paradiesvogel mit.«
»Ist er eingegangen?«
Ich darauf beflügelt und heiter: »Aber woher? Er ist bei mir, es geht ihm prima. Paradiesvögel gewöhnen sich ohne Schwierigkeiten an unser Klima. Natürlich müssen sie es warm haben.«
Ich beugte mich zum Schreibtisch nach den Zigaretten, die ich eben für diesen Augenblick bereitgelegt hatte, ich nahm eine und zündete sie gelassen an. Ich wußte nur zu gut, daß dieses Kerlchen, falls er seine Verwunderung nicht verbergen konnte, es sicher vorziehen würde, wenn ich es nicht bemerkte. Deshalb kann ich auch bis heute nicht sagen, was für eine Miene er in diesem Augenblick machte.
Rauchend sagte ich: »Siehst du, jetzt werde ich dir erklären, warum ich dich fragte, ob du Vögel magst. Ich dachte mir, wenn du sie magst, dann wird dich mein kleiner bunter Freund aus Neu-Guinea sicher interessieren und deine Sympathie gewinnen. Es handelt sich darum, mein Lieber, daß sich Paradiesvögel einem Leben im Käfig völlig anpassen können, sie machen keine Schwierigkeiten in der Ernährung, sie gewöhnen sich leicht an Menschen, aber etwas brauchen sie unbedingt für ihr Wohlbefinden. Und weißt du was? Stille! Du kannst dir nicht vorstellen, in was für eine entsetzliche Aufregung diese Vögel geraten, wenn sie Lärm oder lautes Schreien hören, sie vertragen das denkbar schlecht. Du verstehst jetzt, warum ich dich bat, daß ihr eure Spiele nicht gerade unter meinem Fenster austragt, sondern etwas weiter weg. Ich verstehe es sehr wohl, daß man Fußball nicht mit geschlossenem Mund spielen kann, mich stören eure Schreie ganz und gar nicht, mir macht es Spaß, euch zuzusehen, aber mit den Paradiesvögeln ist das eine andere Sache.«
Erst jetzt wagte ich einen Blick auf den Lausebengel. Ach, du Schuft, jetzt hat's dich erwischt, dachte ich.
Er starrte mich an, und ich zweifle, ob er sich dessen

bewußt war. Er schien mir in diesem Augenblick als jemand ganz anderer, sein Gesicht war aufgehellt, wie blankgewischt, seine Augen mit ihrem kleinen Schielen waren auch aufgehellt, sie waren sehr klar und glänzten warm. Ich haßte diesen jungen Hund, mit Befriedigung hätte ich ihm die Fresse zerschlagen, aber ich konnte nicht umhin zuzugeben, daß er in diesem Augenblick fast schön war.

»Wo ist er?« fragte er halblaut.

Ich wies mit der Hand in die Wohnung.

»Dort in dem Zimmer. Ich würde ihn dir gerne zeigen, aber sicher schläft er. Immer bevor ihr kommt, decke ich seinen Käfig mit etwas Schwarzem zu, damit er einschläft. Leider wird er oft wach. Aber jetzt schläft er, ganz gewiß sogar, denn ich höre ihn nicht.«

»Ist der Käfig groß?«

»Ziemlich, so ungefähr.«

»Das ist groß.«

»Für einen Käfig ist das groß. Dafür ist er klein, nur sein Schweif ist im Verhältnis zu seinen Ausmaßen gewaltig.«

Er nahm die Pfoten aus den Taschen. »So?«

»Michał!« rief einer der Jungen von der Kastanie her, »was ist, spielen wir?«

Er wandte sich ungeduldig um. »Halt die Schnauze, ich komme gleich.«

Und wieder legte er die Hände auseinander.

»So?«

»Was?«

»Der Schweif?«

Ich dachte nach.

»Ja, ungefähr, vielleicht sogar etwas größer.«

»Wie ein Fächer?«

»Genau wie ein Fächer. Früher einmal, noch vor dem ersten Weltkrieg, wurden Damenhüte mit Federn von Paradiesvögeln geschmückt.«

»Und wenn er am Tag schläft, schläft er dann in der Nacht auch.«

»Nicht viel. Paradiesvögel brauchen wenig Schlaf. Auf Neu-Guinea, wie in jedem subtropischen Land, sind die Nächte kurz.«
»Singt er auch?«
»Jetzt fast gar nicht.«
»Und früher?«
»O ja, früher hat er gesungen.«
»Wie?«
»Weißt du, das läßt sich schwer erzählen, das muß man hören.«
»Wie ein Kanarienvogel?«
»Ach wo, viel schöner als ein Kanarienvogel.«
Er schwieg einen Augenblick.
»Morgens schläft er wohl nicht?«
»Nein, morgens schläft er nicht.«
»Wirklich nicht?«
»Natürlich nicht. Morgens ist es hier still, und dann fühlt er sich am wohlsten.«
Ich bemerkte, wie sein Blick ein wenig zur Seite glitt.
»Wenn ich wollte«, sagte er gleichgültig und gleichsam an mir vorbei, »dann brauchte ich morgen nicht zur Schule zu gehen.«
Sofort wappnete ich mich.
»Brauchtest du nicht?«
»Hm.«
»In welche Klasse gehst du?«
»In die sechste.«
»Das ist eine schwierige Klasse, oder?«
»Es geht. Langweilig.«
»Ist es dir in der Schule langweilig?«
»Hm.«
Ich war zwar einmal Primus, aber ich sagte: »Mir war's auch langweilig. Das kommt oft vor. Weißt du, wenn du den Paradiesvogel wirklich sehen möchtest, dann würde ich ihn dir gerne zeigen.«
»Morgen?«
»Leider nein, morgen muß ich weg, ich habe mich mit dem Zoodirektor verabredet, um ihm den Paradiesvo-

gel zu überlassen, ich will mich lieber von ihm trennen, als daß er hier verkommt.«

Ich stand vom Fensterbrett auf.

»Na, Michał, es war angenehm, sich mit dir zu unterhalten, aber ich muß an meine Arbeit, ich habe noch viel zu tun, und auf dich warten deine Kameraden, die sind sicher schon ungeduldig.«

Nachdem ich das gesagt hatte, schloß ich das Fenster und zog mich ins Zimmer zurück. Die Knie waren immer noch wie aus Sägespänen, und überhaupt fühlte ich mich entsetzlich, die Ohren brannten mir, und die Fingerspitzen an beiden Händen waren völlig steif. Der Bengel lungerte noch einen Augenblick vor meinem Fenster herum, dann richtete er sich auf, schob die Pfoten in die Taschen und bewegte sich langsamen Schrittes auf seine Kollegen zu. Ich hatte alles getan, was ich konnte, ich war leer, ausgehöhlt, ich konnte nur noch stehen, gucken und warten. Die Spielgenossen umringten den Bengel, redeten aufeinander ein, gestikulierten, und er stand ruhig und vollkommen in seiner Überlegenheit (o, dieser Hundskerl!) zwischen ihnen, die Hände in den Taschen, und als sie sich beruhigt hatten, machte er eine Kopfbewegung und ging über die Unwegsamkeiten des Hofes hinweg, die anderen hinterher.

Innerlich völlig zermürbt ging ich zum Fenster. Was für eine Stille! Sie gingen alle zusammen über den Hof, der Hundskerl in der Mitte, mir schien, daß jetzt er sprach und sie zuhörten. So gelangten sie ganz bis zum Ende des Geländes, wo der Tümpel war, sie standen noch ziemlich lange da und redeten, dann rannten sie plötzlich auseinander, vier in eine Richtung, drei in die andere, und begannen Fußball zu spielen. Sie spielten bis zur Dämmerung, ich saß in meinem Sessel am Fenster, sah ihre Silhouetten, aber keiner der das Spiel begleitenden Laute drang zu mir, ich war erschöpft, furchtbar erschöpft, und das war alles, wenigstens fast alles. Auch jetzt fühle ich mich übel, auch jetzt bin ich sehr erschöpft. Alle sind erschöpft. Stille ...

Am nächsten Tag erschien er ebenfalls vor seinen Kollegen und pochte an mein Fenster. Da ich das vorausgesehen hatte, hatte ich beizeiten die Vorhänge zugezogen und mich selbst im Zimmer verborgen. Er pochte mehrmals, der unverschämte, aufsässige Hundskerl. Ich sah sein an die Scheibe gepreßtes Gesicht, aber er konnte mich nicht sehen, dennoch machte ich mir Vorwürfe, daß ich mich nicht im Korridor versteckt hatte. Jetzt zog ich es vor, mich nicht mehr zu rühren, und in dieser nicht allzu bequemen Stellung, in einem Winkel des Zimmers an die Wand gedrückt, verharrte ich bis zu dem Augenblick, da er sich endlich davonmachte. Er überquerte den Hof im Laufschritt, die Kameraden hatten sich schon am anderen Ende eingefunden, wieder brachte ich den ganzen Nachmittag bis zur Dämmerung in meinem Sessel zu, sie spielten wie gewöhnlich, es herrschte Stille, ich war zu Tode erschöpft, eigentlich hatte ich keine Lust zum Schreiben, aber ich wollte es versuchen.
Ein Bekannter von mir aus der Kriegszeit, der Seifenhändler Bieniek, pflegte, wenn eine Gefahr in der Luft hing, zu sagen: »Man muß hinausgehen und nachsehen, ob eine Situation im Anzug ist oder nicht; ist eine da, dann ist es am besten ihr entgegenzugehen.« Eben das tat ich am folgenden Tag. Da ich wußte, daß der verflixte Bursche wieder auftauchen würde, öffnete ich um halb fünf das Fenster und setzte mich an den Schreibtisch, breitete die Seite vor mir aus, auf der es seinerzeit zu der Verwicklung meiner Romansituation gekommen war, nahm die Füllfeder zur Hand und gab vor zu arbeiten. Ich fühlte mich ermüdet, zerschlagen, alle Gedanken konzentrierten sich im Hinterkopf auf eine hinderliche Weise, aber trotzdem fuhr ich fort, einen in seiner Arbeit vertieften Menschen zu mimen, und das tat ich längere Zeit hindurch so gelungen, daß ich den Hundskerl, als er am Fenster auftauchte, den Kopf von der leeren Seite hochhebend, mit abwesenden Augen ansah. Von meinem Erfolg überzeugte mich die ein wenig verlegene Visage des Bengels.

»Guten Tag«, sagte er fast schüchtern.
Darauf ich, wie aufgestört: »Ach, du bist es! Guten Tag. Wie geht's?«
Ich sah, daß er leicht errötete, aber das bereitete mir keinerlei Vergnügen. Ich war wahrscheinlich über alle Maßen müde.
»Ist er da?« fragte er.
»Wer?«
»Na er?«
»Wer, was für ein er? Ach, der Paradiesvogel! Natürlich ist er da. Nun hätte ich fast vergessen, dir und deinen Kameraden zu danken, daß ihr mit dem Fußball umgezogen seid, das ist sehr nett von euch. Ihr seid prima Burschen.«
»Geben Sie ihn nicht weg?«
»Wohin?«
»In den Zoo?«
»Nein, wozu? Jetzt wo es still ist, hat er es hier am besten. Alles ist in Ordnung. Nochmals vielen Dank. Aber jetzt verschwinde Michał, ich bin sehr beschäftigt. Adios!«
Diesmal war es mir gelungen, ihn zu verscheuchen. Wenn auch zögernd, so machte er sich doch aus dem Staub. Dann spielten sie Fußball, ich schloß das Fenster und sah ihnen zu. Ich will nicht noch einmal wiederholen, daß ich erschöpft war, aber ich war es. Mein Plan war, wie schon erwähnt, äußerst detailliert ausgearbeitet, und ich führte ihn präzis und mit Erfolg durch, alles, so schien mir, hatte ich vorher überlegt und vorausgesehen. Und jetzt plötzlich, da das ganze Unternehmen Frucht zu tragen begann, erschien ein winziger schwacher Punkt, nicht rechtzeitig entdeckt, ja vielleicht überhaupt nicht in Betracht gezogen. Er begann zu wachsen, sich breit zu machen, Überhand zu gewinnen, bereit, das ganze Werk zu verschlingen. Böse Gedanken zermürbten mich. Oh, wenn dieser Schuft doch unter irgend etwas geraten wollte, unter eine Straßenbahn, einen O-Bus, ein Auto, einen Lastwagen, ein Motorrad oder

was auch immer. Soll er sich doch wenigstens seine langen Stelzen in den Jeans zerbrechen. Und am besten wäre es, wenn er überhaupt umkäme, verschwände, mir für immer aus den Augen käme, wozu soll ein solcher Hundskerl leben, aus soviel Schufterei kann ja sowieso nur neue Schufterei gedeihen, warum soll ich mich wegen eines solchen Bengels quälen, ich habe genug Sorgen auf dem Rücken. Ohnedies wächst mir schon ein Buckel, ich höre, wie er wächst, es mag andere geben, die ihre Buckel nicht hören. Ich komme nicht umhin, meinen wachsen zu hören, alles in mir strömt wie Blut aus einer Wunde in die verdrehten Wurzeln dieses verfluchten Buckels. Wenn doch wenigstens dieser Kerl aufhören wollte, mich zu belästigen, an mein Fenster zu klopfen und zu warten. Ich war von diesen Gedanken und rachsüchtigen Träumen so zerschlagen, als wäre ich ohne Haut. Genau kann ich mich nicht mehr entsinnen, denn ich bin erschöpft, aber mir scheint, daß ich in jenem Zeitraum sogar weniger lärmempfindlich war, der Beginn der ganzen Geschichte kam mir so unwahrscheinlich entfernt vor, als sei er ein Mythos, verloren in den unermeßlichen Räumen der Vergangenheit. So pflegt es immer zu sein. Erst geht es um etwas, aber wenn man dieses Etwas richtig anpackt, damit es Frucht trage, dann bleibt nichts außer dem Anpacken, und das, was anfangs war, begibt sich irgendwohin, zerbricht, zerbröckelt, verblaßt, magert ab, verliert die Gestalt, verliert sich und verebbt wie ein Atem. Nur das Anpacken zählt, es bewirkt, daß ihr euch, ohne es zu wissen, plötzlich in der Lage eines Kopfstehenden befindet. Immer häufiger sehe ich euch in dieser Lage. Noch geht ihr zwar auf der Straße, unterhaltet euch, versucht, verschiedene Rollen zu spielen, paart euch, stöhnt auf den Klosetts, wollt die Welt und den Menschen erlösen (möge der ewige, ewige Friede auf eure gequälten Seelen herabfließen!), aber im Grunde ist das nur ein Schein und die Täuschung blinder Augen, in Wirklichkeit steht ihr auf dem Kopf, und ich sehe um mich herum nur

Beine, Beine und nochmals Beine, Paare von kraftlosen Beinen, die sich säuglingshaft schließen und öffnen.
Ich hatte mich in den Paradiesvogel verstrickt. Dieser Hundesohn – ich meine selbstverständlich den Lausebengel – tänzelte vor mir herum wie vor einer Geliebten, jeden Tag suchte er mich heim und belästigte mich, auch er hatte sich in den Paradiesvogel verstrickt, in dieses verkrüppelte Federvieh mit dem wahnsinnigen Schwanz, in dieses Gebilde meiner Phantasie, entstanden in der Stunde des Zagens und der Verzweiflung. Was konnte ich tun? Leider weniger als nichts. Anfangs drohte mir die Gefahr nur in den Nachmittagsstunden, regelmäßig erschien er vor vier Uhr auf dem Hof, klopfte, wartete und klopfte wieder, aber alsbald begann er auch dann nach mir zu verlangen,wenn er in der Abenddämmerung mit den Gefährten den Platz verließ, ich konnte kein Licht anmachen, verharrte im Dunkeln, oft bis zum späten Abend. Ein paar Mal ließ ich mich aus taktischen Gründen erwischen, er war nicht mehr scheu und geniert, er war ungeduldig, heftig und schamlos, und in seiner Schamlosigkeit wahrte er nicht einmal mehr den Schein, ich weiß nicht, was am stärksten in ihm wach war: Trotz, Ehrgeiz oder Leidenschaft der Neugier. Wahrscheinlich zerrten alle diese Furien zusammen an ihm.
Aber auf welche Weise und vor allem um welchen Preis ich diesen höllischen Angriff auszuhalten vermochte und den Moment, in dem ich ihm den Paradiesvogel zeigen sollte, von Tag zu Tag verschob – verschweige ich. Dann kam die Katastrophe.
Es war in den Vormittagsstunden, ich machte mich in der Wohnung zu schaffen, wischte Staub, weil meine Zugehfrau ungenügend auf Sauberkeit achtete, ich hingegen der Reinlichkeit große Bedeutung beimesse. Ich war also gerade dabei, der nachlässigen Ordnung meiner Aufwartung nachzuhelfen. Das Fenster in meinem Arbeitszimmer stand offen, als ER plötzlich auf dem Hof erschien. Er kam geradewegs auf mich zu, die

Schultasche unter dem Arm, in den alten Jeans, dafür aber in einem neuen gelben Hemd, das ich nicht kannte, und näherte sich mir mit seinem leichten, üblen Banditenschritt.

Ich stand vor Schreck versteinert in der Mitte des Zimmers. Aber das dauerte nur den Bruchteil einer Sekunde, denn schon zu Anfang des nächsten Bruchteils wehte mich ein Reflex des Selbsterhaltungstriebes aus dem Gesichtsfeld. Ich floh ins Badezimmer.

»Flieh«, dachte ich bei mir, indem ich mich auf dem Badewannenrand niederließ, »rette dich, fahre für einige Zeit weg, verriegele diese Wohnung wie eine Gruft, setz dich nicht deinem Verderben aus, laß dich nicht von der Rotznase zur Rechenschaft ziehen, spring aus der Falle.«

Dieses und Ähnliches dachte ich bei mir. Der Wasserhahn tropfte, ich drehte ihn zu, aber er tropfte weiter. Meine Hände wurden feucht, ich wollte sie waschen, da stellte sich heraus, daß ich den Hahn so fest zugedreht hatte, daß ich ihn jetzt nicht mehr aufbekam. Ich ließ es sein und setzte mich wieder auf die Wanne. Bis es dann plötzlich geschah, daß sich meine Gehörempfindlichkeit zum ersten Mal als nützlich erwies. In der Wohnung war jemand. Jemand! Ich wußte sofort, wer. Leise schnüffelte dieser Lausbub in meiner Wohnung herum, ganz leise, aber ich hörte ihn dennoch, und wie ich ihn hörte! Das Schwein war durchs Fenster gekrochen.

Und da drehte sich etwas in mir, und ich ging der Situation entgegen.

Er ließ sich durch mein plötzliches Erscheinen durchaus nicht aus der Ruhe bringen. Er fuhr nicht einmal zusammen, ich konnte nicht den Schatten einer Verlegenheit auf seinem Gesicht wahrnehmen, und mit was für einem Blick er mich bedachte! Nicht als ob Zorn oder Enttäuschung darin gewesen wären, nichts dergleichen. Nur eine ruhige Kühle und Fremdheit.

Sofort begann ich von oben herab und streng: »Was

machst du hier? Wer hat dir erlaubt, hereinzukommen?«

»Wo ist er?« fragte er.

Ich in demselben Ton: »Schäm dich, wie kann ein großer Junge durchs Fenster in eine fremde Wohnung kriechen. Wie kannst du nur? Scher dich weg, los!«

Aber das machte auf ihn keinerlei Eindruck.

»Sie haben geschwindelt«, sagte er leicht heiser. »Sie haben gar keinen Paradiesvogel, alles Schwindel.«

»Verschwinde, hörst du?«

»Ich habe meinen Kumpels erzählt, was Sie gesagt haben, sie haben's geglaubt. Jetzt werde ich ihnen sagen, daß Sie geschwindelt haben und daß das alles Bluff war.«

Ich begriff, daß ich mit Kraft, Brüllen und leeren Drohungen nichts ausrichten konnte.

Also meinte ich ruhig: »Hör mal, Michael. Reden wir ernst miteinander. Du bist doch schon ein vernünftiger Junge.«

»Sie haben geschwindelt.«

»Ich habe nicht geschwindelt, nur ...«

»Haben Sie niemals einen Paradiesvogel gehabt?«

»Nein.«

»Und haben Sie jemals einen gesehen?«

»Auf dem Bild.«

»Ist es wahr, daß er ein schwarz-weiß-goldenes Köpfchen hat?«

»Ich weiß nicht, vielleicht. Hör zu ...«

»Und daß er einen großen Schweif hat wie ein Fächer, das auch nur vielleicht?«

»Nein, das wirklich.«

»Woher wissen Sie das?«

»Ich sagte dir doch, daß ich ihn auf dem Bild gesehen habe.«

»Braucht er wirklich Stille?«

»Hör zu, Michał, ich muß dir alles erklären.«

Und er darauf: »Schon gut, schon gut, regen Sie sich nicht auf, ich werde alles erklären, ich werde meinen Kameraden sagen, daß Sie geschwindelt haben. Ich habe ihnen versprochen, daß ich den Paradiesvogel zu sehen bekomme, ich werde ihnen sagen, daß es ihn gar nicht gibt und daß Sie alles geschwindelt haben.«

Großer Gott, mit welcher Lust würde ich diesem Scheißkerl die Fresse zerschlagen! Alles wütete und schrie in mir, ihn zu schlagen, zu zerschlagen, und zwar so, daß er sich winden, stöhnen und jaulen würde, daß er sich vor Angst und Schmerz in die Hosen machen würde, ich würde nur schlagen, schlagen und schlagen. Ich bin ein großer, ziemlich starker Mann und wäre mit dieser Rotznase schon fertig geworden, wenn er auch sonstwas gemacht, gebissen oder gar getreten hätte. Zum Glück kam ich beizeiten zu mir.

Noch jetzt überläuft mich ein kalter Schauer bei dem Gedanken, was alles hätte passieren können. Dieser Hundesohn hätte ein Geschrei gemacht, die Leute wären zusammengelaufen, ich ziehe vor, nicht daran zu denken.

Als ich mich also besonnen hatte, sagte ich unbekümmert:
»Sag es doch.«

»Ich werde es sagen. Der Platz, auf dem wir jetzt spielen, taugt nichts. Die Jungen werden scharf auf Sie sein! Sie mögen wohl keinen Lärm?«

»Nein.«

»Eben. Die Jungen werden scharf auf Sie sein. Es kann überhaupt noch eine tolle Geschichte werden.«

Ich hatte die Situation bereits in der Hand. Ich legte das Staubtuch auf den Tisch, das ich immer noch in der Hand hielt.

»Eine tolle Geschichte sagst du? Was kann man da machen, ich werde es schon überstehen. Wenn du aber vernünftig wärst ...«

»Was dann, soll ich mir selbst einen Paradiesvogel spendieren?«

Ich zuckte die Achseln. »Ich sehe, es lohnt sich nicht, mit dir zu reden.«

»Warum? Reden Sie doch.«

»Wozu? Verschwinde, du kannst deinen Kollegen erzählen, daß ich keinen Paradiesvogel habe. Hau ab, wir haben uns nichts mehr zu sagen.«

»Und was wollten Sie sagen?«

»Nichts.«

Er zog die Augen zusammen.

»Nichts?«

»Jetzt nichts mehr.«

Sein Blick wurde plötzlich wachsam, aber nur für einen Augenblick sah ich darin etwas Lauerndes, gleich darauf senkte er die Augen auf die Turnschuhe. »Gut«, sagte er, »in diesem Falle gehe ich. Ich glaube, meine Kameraden werden nicht länger auf dem anderen Ende spielen wollen.«

Ich setzte mich auf die Tischkante.

»Mag sein. Mich interessiert nicht, was deine Kameraden wollen oder nicht wollen. Wenn du aber ein vernünftiger Junge wärst ...«

»Dann was?«

»Dann würdest du den Mund halten.«

Er stand immer noch mit gesenktem Kopf und sah seine Turnschuhe an.

»Wollen Sie, daß ich auch schwindele?«

»Ich will gar nichts. Wollen mußt du.«

Einen Augenblick herrschte Stille. Dann hob er den Kopf und sah mir direkt in die Augen.

»Wieviel geben Sie?«

Mir schwindelte, ich verabscheue Schuftereien. Und wieder brüllte es in mir, in diesen frechen, unverschämten Rüssel hineinzuschlagen.

»Ich glaube, du hast mich schlecht verstanden«, sagte ich sanftmütig. »Du bist vielleicht ein bißchen enttäuscht. Wenn ja, dann würde ich dir gerne eine kleine Freude machen. Sammelst du Briefmarken?«

»Nein.«

»Schade, ich habe eine Menge Briefe mit ausländischen Briefmarken bekommen. Aber Schokolade magst du doch sicher?«

»Nein.«

»Du magst keine? Das ist seltsam. Jungen in deinem Alter mögen im allgemeinen Schokolade.«
»Ich nicht.«
»Also was magst du?«
»Was geht Sie das an?«
Es schwindelte mir immer mehr.
»Eigentlich geht mich das nichts an . . .«
»Also wozu das Gerede?«
»Aber wenn ich dir eine kleine Freude bereiten will . . .«
Er unterbrach mich mitten im Satz: »Geben Sie fünfhundert?«
Es war, als träfe mich ein Blitz. Schlagen, schlagen, dreinschlagen, soviel wie reingeht und noch mehr.
»Wieviel?«
»Fünf.«
»Bei Gott, wozu braucht ein Junge in deinem Alter so viel Geld? Besinne dich.«
»Geben Sie?«
»Ausgeschlossen«, sagte ich.
Hätte er sich jetzt vertrotzt und wäre gegangen, so wäre auch ich unbeugsam geblieben. Aber er blieb stehen, direkt vor mir, und aus dem Ausdruck seines ruhigen, schuftigen Gesichtes verstand ich, daß ich mich fügen mußte.
Ich wandte mich wortlos ab, ging zum Schrank, öffnete ihn, holte die Brieftasche aus der Anzugsjacke und nahm fünfhundert heraus – soviel waren gerade darin – danach steckte ich die Brieftasche wieder weg, schloß den Schrank und kehrte mit dem Geld zu dem Verfluchten zurück.
»Hier«, sagte ich.
Er nahm es, zählte es und steckte es nachlässig in die hintere Hosentasche.
»Verlier's nicht«, sagte ich mechanisch.
Und nach einer Weile: »Wirst du was sagen?«
Er zuckte die Achseln.
»Was Sie wollen. Zufrieden?«
»Geh«, sagte ich.

»Kann ich durchs Fenster?«
»Ist mir egal«, sagte ich, »du kannst durchs Fenster.«
Er drehte sich um, rückte die Tasche unter dem Arm zurecht und sprang mit einer weichen Bewegung auf das Fensterbrett. Einen Augenblick später sah ich seine Gestalt auf dem Hintergrund des leeren Platzes, dann sprang er lautlos hinunter. Danach habe ich ihn nicht mehr gesehen. Weder er noch seine Kameraden erschienen jemals wieder auf dem Hof, sie hatten sicher einen anderen Platz gefunden.
Ich schloß das Fenster. Stille.

DIE REISE

Für Jarosław Iwaszkiewicz

Einige Minuten nach neun Uhr morgens fuhr der Eilzug nach Lemberg vom Krakauer Bahnhof ab. Es war dies damals – zu Beginn des dritten Kriegssommers – der einzige direkte Zug auf dieser Linie, allerdings war er nur der Wehrmacht und deutschen Zivilisten zugänglich. Aber Major Staniecki beschloß, das Risiko einzugehen. Denn schon am frühen Morgen hatte er alles erledigt, was er in Krakau zu erledigen hatte, und wußte nicht recht, was er mit der Zeit anfangen sollte, die ihm bis zum Mittag – bis zur Abfahrt des normalen Personenzuges in Richtung Dębica blieb.

Er zog es vor, nicht in der Stadt herumzuschlendern, man hatte ihn vor den seit einigen Tagen durchgeführten Straßenrazzien gewarnt. Der enge und vollgepfropfte Teil des Bahnhofs, der der polnischen Bevölkerung als Warteraum diente, schien ihm auch nicht sonderlich sicher. Überall sah man deutsche Gendarmerie, die Razzien konnten bis hierher vordringen. Auch spürte er, daß ihn seine militärische Haltung und sein Intelligenzlergesicht trotz Sportmütze und abgeschabtem Mantel von der grauen Menge kraß abhoben, die überwiegend aus Bauern, Schmugglern und lembergisch sprechenden Kerlen bestand. Wiederholt war es ihm so vorgekommen als musterten ihn die Gendarmen besonders mißtrauisch. Er wollte ihnen lieber beizeiten aus den Augen gehen.

Für teures Geld kaufte er, auf sein Glück bauend, von einem Gepäckträger eine Fahrerlaubnis und eine Fahrkarte und begab sich, zu einem guten Ausgang entschlossen, auf Bahnsteig vier.

Der Lemberger Zug war schon bereitgestellt. Auf dem Bahnsteig ging eine Reihe Militärs und SS-Männer auf

und ab, unter ihnen einige wenige Zivilisten mit Hakenkreuzen. Bei den letzten Wagen hatte sich um einen Stapel von Holzkoffern eine kleine Gruppe ungarischer Soldaten versammelt. Bis zur Abfahrt des Zuges war noch gut eine halbe Stunde Zeit, es sah nach großem Gedränge aus. Staniecki machte sich klar, daß, falls er überhaupt in den Zug hineinkäme, es nur in einem der letzten Wagen möglich wäre. Als er sich dorthin aufmachte, sah er, daß ihn sein Instinkt nicht getäuscht hatte. Hier gab es eine Menge Leute von seiner Art: nervös rauchende Männer, ein paar um ihre Reisebündel gescharte Frauen. Alle hielten sich in der Nähe der ungarischen Soldaten auf. Staniecki hörte, wie eine der Frauen, eine ältere und völlig ergraute Dame, zu ihrer Begleiterin, einem jungen Mädchen, das diese Reise offenbar zum ersten Mal antrat, sagte: »Jetzt ist es nicht schwer, in den Zug zu kommen, aber später, kurz vor der Abfahrt, werden sie die Papiere prüfen.«
»Und was dann?« fragte das Mädchen erschrocken.
»Dann werfen sie einen wieder raus.«
»Mein Gott!«
Die grauhaarige Frau lächelte beschwichtigend. »Vor allem darf man nicht die Nerven verlieren, mein Kind. Wenn sie einen rauswerfen, dann kann man noch im letzten Augenblick wieder hinein. Man muß es eben versuchen, vielleicht gelingt's. Angenehm ist es nicht, aber was soll man machen? Um mit dem Personenzug zu fahren, muß man sehr gesund sein.«
Staniecki lehnte sich an das Treppengeländer und zündete sich eine Zigarette an. Ein eleganter, in den Hüften schwingender ungarischer Offizier kam heran, und die Soldaten, die schwarz, schmutzig und seit vielen Tagen nicht rasiert waren, suchten ihre Köfferchen zusammen.
»Fahren Sie oft?« fragte das Mädchen.
»Gewiß, mindestens zweimal die Woche. Es gibt Schlimmeres, mein Kind. In Lemberg herrscht schreckliche Teuerung und ich habe einen Sohn im Gefangenenlager und einen in Brygidki.«

»Was ist Brygidki?«
»Ein Gefängnis.«
»Ach so.«
»Beiden muß ich Päckchen schicken. Aber wirklich, mein Kind, das ist bei weitem nicht das schlimmste. Wenn es mit diesem Zug klappt, dann sind wir am Abend in Lemberg.«
»Um Gottes willen, hoffentlich klappt es«, sagte das Mädchen seufzend, »ich habe dann noch einen weiten Weg.«
»Bis wohin müssen Sie?«
»Bis nach Kuta. Mein Vater ist dort, und ich muß ihn holen, denn er ist allein und schreibt, daß sie dort hungern.«
Während Staniecki die zum Zug drängenden Soldaten beobachtete, hörte er unwillkürlich das ganze Gespräch mit, und alles schien ihm noch schwerer. Vom letzten Wagen drangen plötzlich schrille Rufe. Ein untersetzter Schaffner warf einen schmächtigen, kleinen Mann in grasgrünen Knickerbocker und einem knappen Mäntelchen auf den Bahnsteig.
»Raus! Raus!« schrie der Deutsche. Der Kleine bekam einen Tritt, wobei er seinen schäbigen, winzigen Koffer fallen ließ, er hob ihn aber in aller Eile auf, klemmte ihn unter den Arm und flitzte in seinen weitleuchtenden grasgrünen Knickerbocker den Bahnsteig entlang.
»Es fängt schon an«, flüsterte das Mädchen.
»Regen Sie sich nicht auf, mein Kind«, sagte die grauhaarige Frau beruhigend, »dieser Herr hat besonderes Pech. Letzte Woche hat man ihn sogar nach Dębica rausgeworfen. Ihn kennen schon alle Schaffner, und deshalb ...«
Mit dem Näherrücken der Abfahrt nahm das Gedränge auf dem Bahnsteig weiter zu. Es wimmelte jetzt von deutschen Zivilisten, denen riesige Koffer nachgetragen wurden. Auch viele Frauen fuhren mit dem Zuge. Der vordere Bahnsteig war voll Militär. Man erwartete offenbar die Ankunft einer höheren Charge, denn plötzlich

erschien der Bahnhofskommandant, ein beleibter Major mit dem verschwommen-roten Gesicht eines Biertrinkers. Aus dem letzten Wagen wurde wieder jemand hinausgeworfen. Diesmal war es ein dürres, pockennarbiges Weiblein. Als es sich auf dem Bahnsteig wiederfand, setzte es sich auf sein Köfferchen und weinte laut. Die Aufregung unter den übrigen Polen wuchs. Des natürlichen Schutzes, den die ungarischen Soldaten bis dahin gebildet hatten, beraubt, lief man in verschiedene Richtungen auseinander. Staniecki war es ganz entgangen, wann und wohin die beiden Frauen verschwunden waren. Es wurde leer um ihn herum. Er entschloß sich zu der Erkenntnis, daß es unangebracht sei, den Schaffnern noch länger in die Augen zu fallen. Er nutzte den Augenblick, in dem sich einer von ihnen, der in seiner nächsten Nähe stand, abwandte, und ging schnell und entschieden auf den erstbesten Wagen zu. Dieser Wagen war von Ungarn besetzt, die sich bereits häuslich in den Abteilen niedergelassen hatten. Sie hatten ihre Köfferchen geöffnet, unterhielten sich laut und tranken Wodka. Der Geruch von Juchtenlederstiefeln mischte sich mit dem beißenden Dunst von Tabak und Schweiß.
Der Tag versprach sehr klar und heiß zu werden. Ein Stück Himmel, das man durch die Verstrebungen der Bahnhofshalle sehen konnte, hing über den Dächern und Türmen der Stadt, reglos, grau und schwer von Qualm. Ein trauriger und toter Anblick. Durch den Gang des Wagens drängten hastig blinde Passagiere, die vornehmlich nach solchen Plätzen Ausschau hielten, von denen aus das Herannahen der Kontrolle beobachtet werden konnte und die gleichzeitig einen gefahrlosen Rückzug garantierten. Unter dem Bahnhofsgewölbe dröhnte eine Stimme: »Achtung! Achtung!« In einen der anderen Bahnsteige fuhr ein Zug ein.
Staniecki hörte hinter sich eine gedämpfte Stimme: »Rück doch weiter, Mann, hier kann man nicht bleiben.«
»Bist du verrückt geworden«, zischte eine andere.
Staniecki wandte sich um und sah zwei Halbwüchsige

in abgenützten, ausgeblichenen Mänteln, die irgendwann einmal Gymnasiastenmäntel gewesen sein mußten.
»Rücken Sie weiter«, wiederholte der erste. »Am besten kann man vorn ausreißen.«
Staniecki drängte sich wortlos durch die Soldaten zur vorderen Plattform durch. Die Burschen waren erregt.
»Siehst du, heute hat diese Bulldogge Dienst«, sagte der erste. »Der wird uns auf die Pelle rücken, dieser Saukerl.«
»Halt die Schnauze«, murrte der andere, »mach, daß du durchkommst.«
Bevor Staniecki das Ende des Ganges erreicht hatte, begannen die Leute von der vorderen Plattform plötzlich zu flüchten. Die beiden Burschen, die ihrem Akzent nach aus Lemberg stammten, machten auf der Stelle kehrt.
Staniecki überholten panisch flüchtende Männer. Er wollte ihnen nach, aber es war schon zu spät. In der Tür erschien der Schaffner, es war derselbe, der vor kurzem den Mann in den grasgrünen Knickerbocker hinausbefördert hatte. Staniecki sah sein rotes, auf einem breiten Nacken sitzendes Gesicht mit der plattgedrückten Nase und dachte: »In der Tat, eine Bulldogge.«
Der Schaffner wandte sich an ihn: »Sind Sie Deutscher?«
Staniecki konnte gut Deutsch. Mit der Ruhe, an die er sich stets in entscheidenden Augenblicken hielt, machte er sich klar, daß er, wenn er keine seine Fluchtabsicht verratende Bewegung machen würde, ein weiteres Risiko eingehen und gelassen »ja« sagen müßte. Aber er sagte »nein«.
Der Gesichtsausdruck der Bulldogge ließ darauf schließen, daß der Deutsche mit einem »ja« gerechnet hatte. Erst nach kurzem Zögern wurde er rot und schrie: »Hier nur für Deutsche, verstanden!« packte Staniecki an der Schulter und wollte ihn zum Ausgang stoßen. Staniecki machte sich ruhig los und sagte: »Ich gehe allein hinaus.«
Er sprang aus dem Wagen und ging, ohne sich umzusehen, über den Bahnsteig zum Bahnhofsausgang. Im

Tunnel passierte er eine Gruppe Offiziere, die einen alten General großen Wuchses begleiteten. Am oberen, in der Sonne liegenden Treppenabsatz, standen zwei Gestapoleute. Als er absichtlich verlangsamten Schritts an ihnen vorbeiging, trat ihm einer der beiden in den Weg.
»Halt!«
Staniecki blieb stehen. Er war ruhig genug, um seinem Blick einen Ausdruck der Verwunderung zu geben. Er fühlte nur, wie sich seine linke Hand enger um den Koffergriff legte.
»Bitte«, sagte er auf deutsch.
»Die Ausweispapiere.«
Er stellte seinen Koffer gleichgültig auf der Treppe ab, knöpfte den Mantel auf und zog seine Brieftasche heraus, der er seinen Personalausweis, die Arbeitsbescheinigung sowie einen ihm auf den Weg mitgegebenen Brief einer deutschen Baufirma entnahm, der bescheinigte, daß er im Auftrage des Unternehmers nach Lemberg reise. Der Gestapomann ging die Papiere aufmerksam durch. Der andere deutete auf den Koffer.
»Bitte öffnen.«
Staniecki bückte sich und öffnete den Koffer mit der linken Hand, um im Falle einer Körpervisitation mit der Rechten nach dem Revolver greifen zu können, den er in einer Manteltasche trug.
»Wie dumm, gleich am Anfang reinzufallen.« Er war auf das schlimmste gefaßt. Den Ort, an dem er sich befand, mit einem Blick erkundend, wurde ihm klar, daß er, falls es zum Äußersten kommen sollte, weder fliehen noch die kompromittierenden Papiere würde vernichten können. Oben auf dem Bahnsteig gingen Soldaten auf und ab, und es konnte keine Rede davon sein, aus dem Bahnhof zu entkommen. Unterdessen kehrte der eine Gestapomann den Inhalt des Koffers teilnahmslos um. Plötzlich beugte sich derjenige, der die Papiere durchsah, zu ihm und sagte: »Laß sein, das ist nicht der. Der andere ist jünger.«

»Sie suchen jemand«, dachte Staniecki, jedoch ohne das erhoffte Gefühl der Erleichterung zu spüren. Und in der Tat, nach einer Reihe belangloser Fragen ließ man ihn gehen. Bald darauf war er vor dem Bahnhof. Erst jetzt, in der frischen Luft, in der Sonne, die trotz der frühen Morgenstunde den Bahnhofsplatz mit gleißendem Licht erfüllte, fühlte er Entspannung. Aber weder Erleichterung noch Genugtuung kamen hinzu. Die Beherrschung wich von ihm, nicht aber die Bereitschaft zum Äußersten. Das war alles.

Er zündete sich eine Zigarette an und sah auf die Uhr. Zwanzig nach neun. Der Zug nach Lemberg war gerade abgefahren. Auf den nächsten mußte man gut drei Stunden warten. Ohne sich im klaren zu sein, wie er diese Zeit verbringen sollte, ging er langsam in Richtung auf die Anlagen. Die Straßen waren menschenleer. Als er zu den Anlagen kam, sah er aus der *ulica Potockiego* ein großes Lastauto kommen. Einige Männer bogen um die Ecke. Sie flüchteten in die *ulica Radziwiłłowska.* »Razzia!« rief einer von ihnen, als er an Staniecki vorbeilief. Aber das Auto bog, ohne anzuhalten, an der Kreuzung ein und bewegte sich langsam auf den Schutzwall zu. Staniecki bemerkte, daß der Wagen mit Menschen vollgepfropft war. Er verzichtete auf die Anlagen. Er hätte zu einem Freund, der in Bahnhofsnähe wohnte, gehen können, aber er hatte keine Lust zum Sprechen und zog es vor, allein zu bleiben. Als er dann dem Bahnhof gegenüber an der Ecke der *ulica Radziwiłłowska* ein Lokal entdeckte, ging er hinein. Ein geräumiger Korridor führte rechts zu einer Ausschank, wo einige Männer Wodka tranken. Linkerhand lag eine Reihe Zimmer. Es war eine typische Kriegskneipe, die dem Anschein nach völlig ausgehungert war, in der man aber in Wirklichkeit für viel Geld alles bekommen konnte. Die Zimmer waren klein, mit einfachen Tischchen ausgestattet. Sie waren recht dunkel, hatten vergitterte Fenster, die zur einen Seite auf die stille *ulica Radziwiłłowska,* zur anderen Seite auf einen engen, von einer blinden Mauer eingefaßten Hof hinausgingen. Im ersten Raum saßen an einem üppig gedeckten Tisch ein paar Männer und Frauen, die nach Vorortschmugglern aussahen. Sie tranken Wodka und sprachen lärmend. Sie fühlten sich hier offensichtlich daheim.

Staniecki ging sofort in ein zweites Zimmer hinüber, das kleiner war und einen großen bauchigen Ofen hatte. Es war leer. In dem letzten Raum, in den er hineinsah, saß ein Bursche in Arbeitskluft, der mit aus der Stirn gerückter Mütze Milch trank. In einer anderen Ecke schminkte sich ein Backfisch mit Baskenmütze die Lippen. Staniecki kehrte in den vorigen Raum zurück und setzte sich ans Fenster. Die Wände waren ordinär knallgelb getüncht. Über das zerrissene Wachstuch des Nachbartisches krochen Fliegen in spärlichem Sonnenschein. Von der Lampe hing ein Fliegenkleber tief herunter. Aus dem Nachbarsaal drangen das Gewirr betrunkener Stimmen und Gläsergeklirr herüber. Staniecki lehnte sich an die Wand, streckte die Beine unter dem Tisch von sich und sah durch das Gitterfenster auf die Straße. Auf der gegenüberliegenden Seite schleppte sich ein mickriger Greis mit einem riesigen Sack auf dem gekrümmten Rücken vorbei. Er blieb stehen, lehnte sich mit dem Sack an die Wand, ohne sich aufzurichten, und fuhr mit dem Handrücken über die Stirn. Dann trottete er weiter. Nach ihm erschien ein dicker Mann in einem schwarzen Mantel, er trug eine Melone und hielt eine gelbe Tasche in der Hand. Er machte einen kurzsichtigen Eindruck und schien etwas zu suchen. Er blieb wiederholt vor einem Haustor stehen und reckte den Kopf, wobei er sich auf die Zehenspitzen stellte, zu den Nummernschildern empor. Offensichtlich fand er nicht das Gesuchte und ging weiter.

Längere Zeit nahm niemand von Staniecki eine Bestellung entgegen. Ein alter Kellner, der das linke Bein nachzog, kreuzte des öfteren den Raum. Er trug einen schmutzig-weißen Kittel. Ohne Hast kursierte er zwischen dem ersten Raum und der Küche, ohne den neuen

Gast auch nur zu bemerken. Von der Küche her drang einmal seine feierliche Stimme: »Einmal Wurst, einmal Schweinekotelett und Bratkartoffeln.« Erst jetzt kam es Staniecki zu Bewußtsein, daß er hungrig war. Er rief den zurückkehrenden Kellner zu sich und bestellte Dickmilch mit Kartoffeln.

»Sauermilch?« wiederholte der Kellner.

»Ja«, sagte Staniecki bereitwillig und spürte dabei, wie fremd er in dieser Stadt war. Der Kellner ging, das Bein nachziehend, zur Küche und rief mit weit gleichgültigerer Stimme als zuvor: »Einmal Sauermilch mit Bratkartoffeln.« Staniecki sah wieder auf die Straße hinaus. Über die Mitte des Gehweges gingen zwei Soldaten in Helm und Gewehr, und plötzlich schien ihm die ganze Reise, das ganze Vorhaben, das er begonnen hatte, auf eine zwar unbestimmte, aber doch sehr ergreifende Weise hoffnungslos und vergeblich. Er fühlte sich ermattet und wie jemand, der verspielt hat. Er besaß jedoch genügend innere Disziplin und Selbsterhaltungstrieb, um sich dieser Niedergeschlagenheit sofort zu widersetzen. Doch fühlte er, daß er sie nur schwach und ohne rechte Überzeugung mißbilligte. Stärker als die augenblickliche Lage beherrschte ihn die langjährige Zucht eines erfahrenen Konspirateurs. Mehr noch: er entdeckte einen ihm gänzlich neuen und unerwarteten Wunsch, er fühlte die Verlockung, diese seltsame Stimmung gründlicher zu durchforschen. Ein Bedürfnis wurde in ihm wach, diese Stimmung festzuhalten und abzuschätzen, was sie barg. Aber gleichzeitig wuchs eine nebelhafte Angst vor einer solchen Probe in ihm. Als der Kellner die Sauermilch und die Kartoffeln vor ihn hingestellt hatte, machte er sich eilig ans Essen. Die Sonne auf der Straße gewann immer mehr Raum, ihr weißheller Schimmer war schon bis zur Mitte der Fahrbahn vorgedrungen. Auf einem der Balkons des gegenüberliegenden gelben Hauses stand in grüngestrichenen reinlichen Kästen rote Kapuzinerkresse.

Staniecki fühlte einen fremden Blick auf sich ruhen.

Seine Empfindsamkeit in dieser Hinsicht trog ihn nie, und obwohl es ihm entgangen sein mußte, daß jemand das Zimmer betreten hatte, hegte er keinen Zweifel daran, daß ihn jemand ansah. Er wandte langsam den Kopf. Erst jetzt bemerkte er, daß er nicht, wie er gemeint hatte, allein im Raum war. An dem auf den Brunnenhof hinausgehenden Fenster saß ein Mann. Da die Sonne, die sich an den Gitterstäben brach, in schrägen Strahlen auf das blaue Wachstuch des Tisches fiel, rückte der blendende Widerschein das Gesicht des dort Sitzenden in einen noch tieferen Schatten. Staniecki konnte vorerst lediglich feststellen, daß jener ein brünetter Mann war, dessen dichtes, nachlässig zerzaustes Haar sich als dunkler Fleck von der gelben Wand abhob, daß er einen hellen Sportmantel trug und anscheinend jung war. Erst später erkannte er, daß der Unbekannte sogar sehr jung war, wenig älter als achtzehn, höchstens zwanzig Jahre alt. Als er ihn, ohne sein Essen zu unterbrechen, betrachtete, hielt der Bursche seinen Blick eine Weile aus, dann wandte er sich gleichgültig dem Fenster zu. Staniecki sah jetzt sein Profil, das von unten erhellt wurde, den sehr jugendlichen Umriß von Stirn und Nase, den kräftigen Bau des Kopfes, der die männliche Linie des Schädels mit dem noch jugendlichen Hals verband. Der junge Mann sah unablässig durchs Fenster, aber man sah, daß er den Blick des fremden Beobachters auf sich fühlte. Staniecki war das aus irgendeinem Grunde peinlich. Er wandte sich ab. »Ich bin alt«, dachte er. Und wieder ergriff ihn eine Aufwallung von Erschöpfung und Unwillen. Er schob die übriggelassene Milch von sich, stützte die Fäuste auf den Tisch und sah gedankenlos ohne sonderliches Verlangen durchs Fenster. Die Tür des Balkons mit der Kresse war jetzt weit geöffnet, eine junge blonde Frau in blauem Morgenrock schob vorsichtig einen Kinderwagen aus dem Zimmer hinaus. Von einer in der Nähe über die Straße laufenden Eisenbahnbrücke kam das Rattern eines Zuges. »Einmal Schweinekotelett mit Bratkartoffeln«, rief der Kellner feierlich ins Lokal. Das Stimmengewirr der Betrunkenen im ersten Raum wurde immer stärker. Staniecki dachte an nichts, aber er verfiel in eine immer größere Unruhe und Verwirrung. Er sah auf die Uhr: knapp ein Viertel nach neun. In der Meinung, schon lange Zeit am Tisch zu sitzen, wunderte er sich, daß es noch so zeitig war. Bis zur Abfahrt des Lubliner Zuges war immer noch eine Menge Zeit, es schien ihm unmöglich, hier noch länger zu verweilen. Er hatte das Gefühl, in dieser Tatenlosigkeit gedankenlos durchs Fenster blickend und dem Widerhall der Betrunkenen lauschend, sich gänzlich aufzulösen. Doch er entschloß sich nicht, den Kellner zu rufen, blickte weiterhin hinaus. Die Straße gleißte, die Sonne ergoß sich immer üppiger zwischen den Häusern, auf dem Balkon hinter der Kresse zitterten zwei weiche Händchen wie zwei rosafarbene Geschöpfchen. Er sah den kleinen ungeschickten Bewegungen zu und glaubte, wenigstens das schwache Echo einer warmen Regung verspüren zu müssen, aber er traf in sich nur auf dürre Teilnahmslosigkeit. Er begann über sein Verhältnis zu den Menschen nachzusinnen. Die im Nebenraum, die lärmend einen wahrscheinlich gelungenen Schmuggel begossen, laut und selbstvergessen in ihrem Vergnügen, weckten Verachtung in ihm; sie dünkten ihn eher Tiere als Menschen.

Den Burschen, der einsam in der Ecke saß, beneidete er um seine Jugend, er dachte ohne Freundlichkeit, fast feindlich an ihn. Das Gesicht des Kellners, der, sein Bein nach sich ziehend, gewaltige Schweinekoteletts auf Tellern dahertrug, erschien ihm als das Gesicht eines ältlichen Louis, er war sicher, daß sich dieses an Essen und Trinken so reiche Lokal in den hinteren Räumen in ein ganz gewöhnliches Bahnhofsbordell verwandelte. Dann fielen ihm die beiden Lemberger Pennäler aus dem Zug ein und jener kleine Mann in grasgrünen Knickerbocker. Es packten ihn ein Ekel vor den Menschen, eine ätzende Verachtung und zudem ein Gefühl der Fremdheit gegenüber diesem Gewimmel widersprüchlicher Interessen und Leidenschaften, diesem Gewimmel, das von Häßlichkeit und Bösem zersetzt wurde. Ein Schreckensbild, das ihn in letzter Zeit des öfteren geplagt hatte, befiel ihn: Das Bild der kommenden Jahre, der nächsten Zukunft, zeichnete sich vor ihm ab, wenn aller Haß, alle Grausamkeit und alle Verwilderung, die gegenwärtig inmitten dunkelster menschlicher Instinkte zusammenschmolzen, sich über die Erde ergießen würden, noch gemeiner als bisher und vom Pathos lügnerischer Phrasen entblößt, unfähig sogar, den Preis des Todes zu zahlen. Stärker als je zuvor war er gewiß, daß von den mannigfaltigen Heldentaten, Aufopferungen und großen Hoffnungen nur ein gestaltloser Brei übrigbleiben würde, auf dem die verwilderten menschlichen Herden, voller Sehnen nach einer Betäubung und dem Vergessen der Jahre des Schreckens und der Leiden, herumtrampeln würden. Alle Opfer schienen ihm vergebens und inmitten der blinden Kräfte, die das Leben lenkten, unwiederbringlich verloren. Auf den Balkon mit der Kresse trat die blonde Frau heraus, beugte sich über den Wagen und lachte, während sie eine Klapper schüttelte, die in der Sonne blitzte und schillerte, als wäre sie aus Glas. Die rosaroten Händchen des Kindes streckten sich nach dem Glitzerzeug aus und flatterten über der Kresse hin und her. Staniecki wandte sich ab und rückte dichter in die Zimmerecke.

»Ich bin alt und habe verspielt«, dachte er, »ich bin alt und habe verspielt.«

Ein neuer Gast betrat den Raum. Es war ein Mann mittleren Wuchses mit einem steifen, altmodischen Kragen. Er war kahlköpfig, aber sein Gesicht war einem traurigen Hammel so überraschend ähnlich, daß seine glänzende Glatze den Eindruck eines lockigen Vlieses machte. Die Beine vorsichtig in den Knien beugend, ging er zu dem nächsten Tisch am Ofen, setzte sich, glättete sorgfältig seine gebügelten Hosen, rückte den Kragen mit den Fingern zurecht, und aus seiner Jackentasche die Krakauer Nachrichten herausziehend, vertiefte er sich in ihre Lektüre. Nach einer Weile stellte der Kellner wortlos ein Glas Milch vor ihn hin. Jener netzte den Zeigefinger darin, und da die Milch noch zu heiß schien, las er weiter, von Zeit zu Zeit seinen Kragen zurechtrückend, wobei er den Hals verdrehte. Aus dem systematisch zunehmenden Lärm des ersten Zimmers konnte man deutlich das Klirren eines zerschlagenen Tellers heraushören. Fast zur selben Zeit erschien ein junger, untersetzter Bursche in langen, staubigen Stiefeln, kräftigen Wuchses und von gewöhnlichem, rotgesichtigem Aussehen in der Tür. Er war völlig betrunken, hielt sich aber leicht schwankend auf den Beinen. In der Hand hatte er eine halbvolle Wodkaflasche. Mit dem typischen Blick eines Betrunkenen sah er sich in dem kleinen Raum um, bis er sich plötzlich zu dem in der Ecke sitzenden Burschen hinbewegte.

»Trinkst du einen mit mir?« sagte er, wobei er sich über den Tisch beugte.

Staniecki beobachtete diese Szene uninteressiert und mißgelaunt. Der Mann mit dem Hammelgesicht hingegen geriet in große Unruhe und legte seine Krakauer Zeitung hastig beiseite. In der Tür waren inzwischen zwei Kumpane des Betrunkenen aufgetaucht: ein dicker, rothaariger Mann und ein junges Mädchen mit hervorstehendem Busen und großen roten Händen.

»Jasiek«, schrie sie, »komm her, du Affe.«

Jener wandte sich um, und sie von unten herauf anblickend winkte er mit der Hand ab. »Verschwindet, ich kenne euch nicht.«

»Jasiek, du dummer Kerl!«

»Ich bin nicht dein Jasiek«, brummte er, und dann brüllte er lauthals: »Raus! Ich will jetzt mit meinem Freund trinken!« Er beugte sich zu dem Burschen. »Du bist doch mein Freund, oder? Ich heiße Jasiek. Trinkst du was?«

Dann ließ er sich schwer auf den nächststehenden Stuhl fallen und schlug mit der Faust auf den Tisch. »Herr Ober, Gläser für mich und meinen Freund!«

Der Bursche machte eine Bewegung, als wollte er aufstehen, aber Jasiek hielt ihn an der Hand fest. »Wohin so schnell, wir haben doch Zeit. Gläser, Herr Ober!« Er schlug wieder auf den Tisch: »Du glaubst wohl, ich habe keine Moneten? Guck mal her!« Er zog ein dickes Bündel Banknoten aus der Jackentasche und warf es auf den Tisch. »Das wird wohl reichen?«
Der Herr, der die Krakauer las, sah sich verstört um und trank hastig seine Milch.
»Kellner!« schrie Jasiek, dessen Betrunkenheit immer mehr zunahm.
Endlich erschien der hinkende Kellner mit zwei Gläsern.
»Zahlen, bitte«, sagte der Bursche.
Er durchsuchte seine Taschen nach Geld, fand aber offensichtlich keins, knöpfte den Mantel auf und griff nach der Brieftasche. Gleichzeitig stand er auf, wobei er den Tisch etwas beiseite schob, um einen kleinen Koffer zu nehmen, der auf dem Fensterbrett lag.
Jasiek erhob sich abrupt, geriet ins Schwanken und griff mit beiden Händen nach der Tischplatte. Es sah nach einer Schlägerei aus. Die Genossen Jasieks standen immer noch in der Tür und lachten betrunken. Am meisten beunruhigt war der Mann am Ofen. Er trank seine heiße Milch, zwischen einem Schluck und dem anderen die verbrannten Lippen kühlend. Der Kellner hatte sich an den Nachbartisch gelehnt und sah dem Auftritt teilnahmslos zu.
»Hiergeblieben«, sagte Jasiek torkelnd. »Hiergeblieben, verstanden? Ich rede doch ganz vernünftig mit dir ...«
Der untersetzte breitschultrige Mann versperrte dem Burschen am Fenster den Durchgang. Als jener sah, daß er ohne Gewaltanwendung nicht heraus konnte, sah er sich um. Für einen Augenblick ruhte sein Blick auf Staniecki. Staniecki wandte kein Auge von ihm, aber sein gleichgültiger Blick sagte deutlich: »Hilf dir selbst.« Im Begriff, das Lokal zu verlassen, wollte er gerade den Kellner heranrufen, da packte Jasiek den Burschen,

der hinter dem Tisch hervorzukommen suchte, beim Arm. Dieser riß sich los, stieß den Betrunkenen von sich; es gelang ihm schließlich, aus der Ecke herauszukommen.
»Los, drauf! Jasiek!« schrie die Frau in der Tür.
»Gib dem Herrchen in die Fresse!« fügte der Mann hinzu.
Inzwischen hatte der Bursche seine Brieftasche herausgenommen. »Zahlen!« rief er dem Kellner zu.
Jasiek blickte ihn, hochrot im Gesicht, von unten herauf an. »So einer bist du also«, preßte er haßerfüllt durch die Zähne hervor. »Du Wichtigtuer!«
Er zielte schwerfällig, weit ausholend wie Bauernknechte zu schlagen pflegen. Der Bursche konnte sich rechtzeitig ducken. Da packte ihn Jasiek bei den Schultern. Beide begannen miteinander zu ringen. Während dieses Kampfes ging dem Burschen plötzlich die Jacke auf, und Staniecki sah auf seiner aufgedeckten Brust über dem gelben Sporthemd zwei an einem breiten Gürtel geheftete Reihen von Revolvern. Er sprang auf. Aber auch die übrigen hatten die Waffen bemerkt. Der Kellner fuhr zusammen, und sein trübes Gesicht wurde lang wie bei einem bösen Hund. Jasiek wich einen Schritt zurück und schüttelte den Kopf, als wolle er nüchtern werden. Der Mann mit dem Hammelgesicht griff nach dem Hut und sprang, die Knie angezogen, zum Ausgang. Es wurde still im Lokal.
Als letzter bemerkte es der Bursche selbst. Er stand mitten im Raum, sein Mantel war aufgeknöpft, und die Jacke klaffte nach beiden Seiten auf. Er war finster und hielt den Kopf geneigt, einem Tier in der Falle ähnlich. Plötzlich wurde er bleich, und mechanisch den Mantel auf der Brust zusammenraffend wich er zur Wand zurück. Staniecki war schon bei ihm. Er nahm den Koffer vom Fenster, die Mütze vom Stuhl und stieß ihm beides in die Hand.
»Schneller«, sagte er ruhig, aber befehlend. Unter dem Einfluß dieser Stimme kam der Bursche zu sich. Er setzte die Mütze auf. Staniecki warf einen Fünfzig-

Złoty-Schein auf den Tisch, den er in der Tasche fand. »Für mich und diesen Herrn.«

Er packte den Burschen am Arm und stieß ihn zum Ausgang. Sie gingen schnell durch die plötzlich leergewordene Kneipe. Dann waren sie auf der Straße. Der Bursche ging mechanisch auf die Anlagen zu, aber Staniecki, der ihn immer noch an der Schulter gepackt hielt, die, wie er fühlte, leicht zitterte, zog ihn in die entgegengesetzte Richtung. Sie kamen an einem großen Kaffeehaus vorbei, in dessen Garten im Schatten hoher Linden eine ganze Anzahl Soldaten Bier trank. Staniecki sah sich nicht um. Als sie die Eisenbahnunterführung erreichten, bemerkte er, daß auf den Treppen, die sie hinunterzugehen hatten, eine Gendarmeriepatrouille stand. Der Bursche fuhr zusammen und machte eine Bewegung, als wollte er umkehren. Staniecki hielt ihn zurück.

»Langsamer«, flüsterte er. Danach ließ er seine Schulter los und griff, während er die Treppen hinabging, nach der Zigarettenschachtel. Einige Schritte vor den Gendarmen sagte er lachend: »Heute wird es aber eine entsetzliche Hitze geben.« Und ohne anzuhalten, reichte er dem Burschen die Zigarettenschachtel. Sie gingen kaum einen Schritt entfernt an den Gendarmen vorbei. Staniecki fühlte ihren Blick auf den Schultern. Der Junge beschleunigte den Schritt. »Langsamer«, sagte Staniecki wieder. Auf der letzten Stufe hielt er an und gab dem Burschen Feuer, dann zündete er sich selbst eine Zigarette an. Das Gesicht des jungen Mannes war immer noch blaß, er hatte die Kinnladen fest aufeinandergepreßt und nagte an der Oberlippe. Staniecki zog den Rauch tief ein. Gerade hielt eine Straßenbahn an der Haltestelle, und sie mußten am Rande des Bürgersteiges warten, bis sie weiterfuhr. Es gingen viele Leute, die zum Bahnhof wollten, die Treppe hinauf. Bei dem Rasen, der sich mit seinem kläglichen, von der Hitze grau gewordenen Gras an einem Flügel des Bahnhofs entlangzog, blieb Staniecki stehen und stellte den Koffer ab. In der Nähe sonnten sich zwei Gepäckträger. Der Ver-

kehr vor dem Bahnhof war gering, und der weitläufige, ganz in Sonnenglut getauchte Platz machte einen ausgestorbenen Eindruck. Staniecki sah den Burschen an. »Das wär's gewesen.«
Der Bursche schwieg und hielt den Kopf gesenkt. »Jedenfalls vorerst«, fügte Staniecki hinzu.
Der Bursche hob seine dunklen Augen, die durch ein leichtes Schielen getrübt waren.
»Ich danke Ihnen«, sagte er.
»Lassen Sie nur. Was wollen Sie jetzt anfangen?«
Der Bursche war unentschlossen.
»Wenn Sie nicht wollen, brauchen Sie es nicht zu sagen«, sagte Staniecki.
»Nein, warum? Ich muß fahren.«
»Gleich?«
»Ja, bald.«
»Unbedingt mit diesem Gepäck?«
»Ja, unbedingt.«
Ein kleiner abgerissener Knirps trat an sie heran. »Zigaretten, Herr Graf?« sagte er und riß seinen flachsblonden kleinen Kopf, der in einer alten, zu großen Mütze steckte, zu den beiden Männern empor. »Clubs, Ägypter, unsrige?«
»Kein Bedarf«, sagte Staniecki und stieß ihn unwillig fort. Aber der Kleine gab nicht nach. »Na, dann geben Sie mir doch so 'ne Kleinigkeit, Herr Graf!«
Staniecki gab ihm einen Złoty, damit er verschwand. Der Knirps betrachtete die Münze, biß darauf und scharrte zum Abschluß mit den Füßen, die in gewaltigen Stiefeln ertranken. »Ich danke dem Herrn Graf, bitte eine Empfehlung an die Frau Gräfin.«
Stanieckis Begleiter, der den kleinen Mann mit freundlichem Lächeln betrachtete, lachte heiter und unbekümmert.
Staniecki sah ihn forschend an. »Wie alt sind Sie, wenn man das wissen darf?«
Der Bursche errötete. »Zweiundzwanzig.«
Staniecki war sicher, daß er sich um mindestens drei

Jahre älter gemacht hatte, aber er tat, als hätte er es nicht bemerkt.
»Passen Sie auf«, sagte er, »mit diesem Angebinde kann man nicht scherzen.«
Der Bursche wurde ernst. »Ich weiß.« Staniecki sah auf die Uhr.
»Wie spät?« fragte der Bursche beunruhigt.
»Einige Minuten nach elf.«
»Dann ist es Zeit für mich.«
»Wohin fahren Sie, weit?«
»Nach Lemberg.«
»Oh.«
»Sie vielleicht auch?«
»Ja.«
»Mit dem nach Dębica?«
»Ja.«
Der Bursche schwieg einen Augenblick, dann streckte er die Hand aus.
»Warum?« fragte Staniecki.
»Ich bin keine angenehme Reisebegleitung.«
Staniecki zuckte die Achseln.
»Übertreiben Sie nicht, die Sache ist nicht so bedeutend.«
Er fühlte, daß er den Ehrgeiz des Burschen verletzt hatte, und dieses Gefühl tat ihm ein wenig wohl. Er bückte sich nach dem Koffer.
»Von hier müssen wir jedenfalls weg. Das ist nicht der beste Ort. Haben Sie eine Reiseerlaubnis?«
»Noch nicht.«
»In diesem Fall gehen wir auf den Bahnhof, das muß erledigt werden.«
Der Bursche sah Staniecki direkt in die Augen. »Sie wissen doch gar nichts von mir.«
»Mir genügt, was ich weiß.«
»Nein, ich werde gesucht.«
Staniecki fielen die Gestapos auf dem Bahnhof auf.
»Ist Ihr Name bekannt?«
»Ja, aber das macht nichts, meine Papiere sind in Ordnung.«

»Und Ihre Personenbeschreibung?«
Der Bursche schwankte. »Ich fürchte ja.«
»Es wird Zeit für uns«, sagte Staniecki obenhin, als ginge es um etwas schon längst Beschlossenes und Abgemachtes. »Gehen wir.«
Die dunklen, leicht schielenden Augen des Burschen schienen sich mit einem warmen Schimmer zu erfüllen.
»Sie sind prima. Wirklich. Ehrenwort.«
»Gehen wir«, wiederholte Staniecki.
»Aber zunächst gehen wir solo, und auf dem Bahnsteig auch.« Staniecki willigte ein.
»Gehen Sie zuerst. Ich erledige die Fahrkarten.«
»Ich heiße Jacek«, sagte der Bursche.
»Ich Wiktor. Gehen Sie.«
Und als jener in Richtung auf den Haupteingang zum Bahnhof ging, folgte er ihm mit einigen Metern Abstand.
Er fühlte sich leicht, in einer plötzlichen Übereinstimmung mit der Welt und sich. Einen Augenblick dachte er, daß er sich angesichts der Dinge, die er übernommen hatte, mit keinem so unbequemen Reisebegleiter belasten sollte. Aber er schob diesen Zweifel von sich. »Der Bursche geht mich nichts an, aber ein Feigling bin ich auch nicht.«
Auf dem Bahnhof ging alles ordnungsgemäß vonstatten. Vom Gepäckmann kaufte er diesmal sogar billiger als zuvor eine Reiseerlaubnis und eine Fahrkarte, und da der Lubliner Zug nach Dębica eine Stunde vor Abfahrt eingesetzt werden sollte, entschloß er sich, unverzüglich auf den Bahnsteig zu gehen.
In dem finsteren und engen Flügel der Bahnhofshalle herrschte ein unglaubliches Gedränge, es war stickig. Nur zwei Kassen gaben Reiseerlaubnisse aus, und um sie herum wallte und klumpte sich eine dunkle, zänkische Menge. Von Zeit zu Zeit stellten deutsche Eisenbahner in dieser Menge wieder Ordnung her. Gerade stürzte ein kleiner, schmächtiger Mann vom Bahnschutz auf das Gedränge hinter der Schlange bei einer der Kassen.

Schreiend, wütend und schäumend schlug er auf die Nächststehenden mit einem Gummiknüppel ein. Die Leute wichen in Panik zurück und flohen. Vor den Kassen wurde es leer. In dieser Verwirrung verlor Staniecki, der durch die Menge bis zur Gepäckstelle vorgestoßen war, Jacek ganz aus den Augen. Erst als er sich gewaltsam an Koffern, Körben und an Tornistern, die auf Bänken an den Wänden gestapelt waren, durchgekämpft hatte, gelangte er zu einer weniger bevölkerten Stelle des Warteraums, wo sich die Handgepäckaufbewahrung befand, die übrigens, wie alle anderen Bequemlichkeiten, nur Deutschen zugänglich war.
Er fand Jacek an derselben Stelle, an der er ihn verlassen hatte, im Halbdunkel der Gepäckaufbewahrung. Er stand an die Wand gelehnt und betrachtete finster und mit unverhohlener Feindseligkeit eine Gruppe junger Offiziere, die ihre Koffer in Aufbewahrung gaben. In seinen Augen lag so viel Haß, daß es Staniecki beunruhigte. »Sie sollten jene dort nicht mit solchen Augen ansehen«, sagte er.
Der Bursche fuhr auf und wandte sich zu Staniecki um. »Merkt man es?«
»Was dachten Sie denn? Haß ist nackt.«
Jacek sah ihn interessiert an. »Glauben Sie, daß sich gute Gefühle leichter verbergen lassen?«
»Ich weiß nicht, man müßte gute Gefühle haben, um zu vergleichen. Gehen wir, hier sind Ihre Fahrkarten. Und machen Sie sich darauf gefaßt, daß wir unterwegs auf Gestapomänner stoßen können.«
»Wo?«
»Unterwegs.«
Der Ausgang zu den Bahnsteigen für die polnische Bevölkerung befand sich am Bahnsteigende hinter den Güterlagern. Man mußte von neuem hinausgehen. Sie gingen zusammen mit zwei barfüßigen tornisterbeladenen Bauersfrauen. Ein fast unfreundliches Schweigen stand plötzlich zwischen ihnen.
Mit dem Herannahen des Mittags verstärkte und ver-

dichtete sich die Hitze. Der erwärmte Gehweg dampfte. Die Luft war voll Rauch, Ruß und Benzin, der Himmel wölbte sich sehr hoch über dieser Glut, er stand glatt und gleichmäßig in der grauen Bläue.
Vor dem Betreten des Bahnsteigs zögerte Jacek.
»Gehen wir«, sagte Staniecki trocken.
Auf den Bahnsteigen war es noch leer. Der Lubliner Zug fuhr von demselben Bahnsteig wie zuvor der Lemberger, man mußte also durch die Unterführung hinübergehen. Staniecki war fast sicher, im Tunnel auf Gestapos zu stoßen. Er überlegte nicht, was in einem etwaigen kritischen Augenblick zu tun sei, entschlossen, daß alles gutgehen müßte. Er hielt seinen Begleiter lediglich zur Achtsamkeit an. Dann begann er ungezwungen und sorglos von irgendeinem Abenteuer in der Tatra zu erzählen, wo er während eines stundenlangen Regengusses von der Dolina Wielicka durch den Polski Grzebień nach Rostoka gegangen sei. Kaum waren sie die Stufen hinuntergegangen, als er im Tunnel zwei Gestapos ihnen langsam entgegenkommen sah. Da er weitsichtig war, erkannte er sofort, daß es dieselben waren, die ihn am Morgen angehalten hatten. Auch Jacek sah sie und löste sich abrupt von Staniecki, doch dieser holte ihn sofort wieder ein und erzählte lebhaft von der Überquerung eines angeschwollenen Stroms. Als sie sich den Gestapos bis auf einige Schritte genähert hatten, kam Staniecki der Absicht des einen von beiden, stehenzubleiben, zuvor, indem er lächelnd auf Deutsch sagte: »Ich hoffe, daß Sie mich nicht noch einmal brauchen.« Der Gestapo-Mann sah ihn aufmerksam an, dann erst erkannte er ihn. »Weitergehen«, sagte er. Staniecki nickte und wandte sich seinem Gefährten zu, der auf den ersten Perron, der folgte, zuging. »Das ist Bahnsteig drei, Bahnsteig vier ist weiter hinten«, sagte er. Erst als der Zug anfuhr, erzählte Staniecki Jacek von seinem ersten Zusammenstoß mit den beiden Gestapos. Mit Rücksicht auf die Leute um sie herum, sprach er ganz allgemein. Jacek verstand ihn.

»Glauben Sie, daß es um mich ging?«
»Ich meine schon.«
»In diesem Fall ... Das würde also bedeuten, daß ...«
Staniecki unterbrach ihn lässig: »Das bedeutet, daß wir fahren.«
Der Zug hatte die Krakauer Vorstadt schon längst hinter sich gelassen und fuhr – für einen Kriegszug ziemlich schnell – durch weitläufige wellige Felder, die von den silbernen Streifen des Korns und den grünen Flecken des Weizens zerteilt waren. Erst jetzt wurde man das Juniwetter in seiner ganzen Fülle gewahr. Die Landschaft rings im Umkreis war fröhlich, sie war ganz Sonne und Himmelblau. Auf den Wiesen standen schon Heuhaufen. Runde ausladende Weiden, die hier und dort im Getreide untertauchten, bezeichneten bis zum fernen Horizont den launischen Lauf der Feldwege.
Der Wagen war randvoll. Als der Zug eingesetzt wurde, hatten es sich Staniecki und Jacek im Abteil bequem gemacht, aber kurz vor der Abfahrt wurden alle wieder hinausgeworfen, weil eine große Anzahl Militär mitreiste. Im letzten Augenblick, beim ärgsten Gedränge, mußten sie in einen anderen Wagen überwechseln, alle waren überfüllt, endlich gelang es ihnen, sich in einen der letzten hineinzuzwängen. Sie blieben zwar im Gang stehen, aber es war gar nicht so schlimm. Zunächst gab es ein wenig Durcheinander, ein nervöses Hin und Her und zänkisches Stimmengewirr, aber als die Reise dann endgültig losging, setzten sich die Leute, zufrieden, daß sie nun endlich fuhren, auf ihre eigenen oder fremden Koffer, begannen erste Bekanntschaften anzuknüpfen, und so trat denn eine relative Ruhe ein.
Der Zug war ein Eilzug, und der Andrang neuer Reisender drohte erst in Tarnów.
Staniecki und Jacek hatten nur kleine Handkoffer bei sich, sie waren daher gezwungen zu stehen. Aber sie fanden ein Fleckchen am Fenster, so daß ihnen die Hitze nicht zu schaffen machte. In ihrer nächsten Nachbarschaft, neben Staniecki, saß auf einem ausgedienten Kof-

fer eine ältere Frau, die einstmals gewiß sehr schön gewesen war, ihr Gesicht fesselte auch jetzt noch, obwohl es verbraucht und erschöpft aussah. Es war das Gesicht einer großen, gealterten Schauspielerin, ein von Furchen durchzogenes, tragisches Gesicht mit wundervollen, dunklen, starkumränderten Augen. Die Frau, die gut und vorkriegsmäßig gekleidet war, saß an eine Abteilwand gelehnt, gegen die sie umgebende Menge gleichgültig gestimmt. Später — der Zug befand sich schon weit hinter Krakau — nahm sie aus ihrer eleganten Reisetasche eine Zigarette, eine gewöhnliche »Junak«, und entzündete sie hastig, aber auf eine Art, wie Gefangene oder Arbeiter rauchen, die während der Arbeit heimlich an einer Zigarette ziehen, wobei sie sie in der hohlen Hand verbergen. Erst nach einiger Zeit spürte sie Stanieckis Blick, und es wurde ihr offenbar bewußt, wie sie die Zigarette hielt. Sie zuckte zusammen und nahm sie schnell auf die übliche Weise zwischen die Finger. Doch nach einer Weile verschwand die »Junak« erneut in ihrer feinen, sehr schönen Hand, und so rauchte sie sie aus.

Staniecki wandte sich ab und schaute aus dem Fenster, doch sah er wenig von der vorbeifliegenden Landschaft. Die gute Stimmung in ihm zerbröckelte langsam und entglitt ihm ganz. Er konnte nicht wissen, was diese unbekannte Frau, die sich auf die Reise begeben hatte, hinter sich zurückließ: schwere Zwangsarbeit in einer Fabrik, Gefängnismonate in dem Krakauer Kittchen »Montelupy«, aber er wußte, daß sie viel durchgemacht hatte und daß das Leben ihr schwer mitgespielt haben mußte, wenn es bis in die Gesten hinein seine Spuren hinterlassen hatte.

Zwar war er sich dessen bewußt, daß es Menschen gab, denen ein unvergleichlich größeres Leid auferlegt war, aber auch hinter diesem winzigen Detail aus der Menge des Unglücks stand ein durch nichts aufzuwiegendes Unmaß an Erniedrigung, ein Abgrund von Versklavung, in den die Menschen durch Gewalttätigkeit hineingestoßen werden. Alles kehrte zurück, was ihn vor Stunden in dem Lokal an der *ulica Radziwittowska* gequält hatte, wieder fühlte er sich ermattet, eine Schwäche überkam ihn, das Bewußtsein seiner Vereinsamung inmitten einer blinden Welt. Was ist denn der Mensch? Der Mensch sagt: der Mensch ist eine Macht. In der Tat, kein lebendes Wesen hat je vermocht, seine Existenz mit so viel Lob zu zieren wie der Mensch. Aber diese belebte und unglaublich verzwickt gestaltete Anhäufung chemischer Verbindungen unterwirft sich, nach Freiheit krähend, dem Zwang der Unfreiheit mit der Willigkeit einer Hure. Er rühmt den Verstand, verkauft sich aber an die dümmste der Dummheiten, stammelt von Wahrheit und nährt sich gierig von Lüge, rühmt sich des Stolzes und liebt es, auf den Knien zu rutschen. Voller Sehnsucht nach Unabhängigkeit, findet er in der in Massen daherschreitenden Herde sein natürliches Milieu. — Es ist ein umnachtetes Geschlecht, das sich in Begierde und Verbrechen wälzt, das Leiden erleidet und Leiden zufügt und zu ewigem Lärm, unsinniger Bewegung, irrigen Hoffnungen und immerwährender Dunkelheit verurteilt ist. —

Jacek hatte die Reise inzwischen ganz gefangengenommen. Den Ellbogen auf den Fensterrahmen gestützt, steckte er den Kopf hinaus, und weil er die Mütze abgenommen hatte, zerzauste ihm der Wind das Haar. Er fühlte den Wind auf Gesicht und Hals, der ganze Hals füllte sich damit, als er, um Luft zu schlucken, den Mund absichtlich weit öffnete. Die Sonne stand hoch und brannte stark. Er fühlte sich wohl, sorgenlos und leicht.

Der Zug fuhr eben über einen hohen Hang, unten lagen grüne weite Wiesen, hier noch nicht gemäht, üppig und trotz der Hitze voll frischen, feuchten Duftes. Im Grün tauchte ein Flüßchen auf. Es schien wie aus blauem Blech gemacht und blitzte in der Sonne, flach ausgeschüttet zwischen eigenwilligen, hier und dort mit Pflanzengewirr überwachsenen Ufern.

Der Zug ratterte über eine kleine Brücke, und im Flug sah er unten am Ufer Frauen in roten Tüchern, die die

Röcke bis zu den Knien geschürzt trugen. Sie unterbrachen ihre Wäsche, deckten die Augen mit den Händen vor der Sonne ab und betrachteten lachend den vorbeifahrenden Zug. Eine von ihnen, ein junges Mädchen, winkte. Auf den Eisenbahndamm lief bellend ein gefleckter Köter zu, und an dem beim Ufer flachen Fluß – denn auf dem Grund war reiner und ruhiger Kies zu sehen – spielte ein nackter, braungebrannter Junge, der mit einem großen Stock auf das Wasser platschte. Jacek fühlte sich so vergnügt, daß ihn die Lust packte, dem unbekannten Mädchen seinen Gruß zu erwidern. Er beugte sich weiter hinaus, aber das Flüßchen mit den waschenden Frauen war schon zu weit entfernt, als daß sie seine Geste hätten wahrnehmen können. Trotzdem streckte er die Hand aus und winkte einige Male.

»Hallo«, hörte er hinter sich eine unzufriedene Stimme, »verstellen Sie doch nicht das ganze Fenster, man erstickt ja.«

Als er sich umdrehte, sah er sich einem behäbigen, rotgesichtigen Mann in einer groben Joppe gegenüber, der wie ein Landbewohner aussah, der nach den Qualen der Stadt in sein Dorf zurückfährt, irgendwo im Gebiet von Tarnów oder Sandomierz. Jacek, der immer noch freudig bewegt war, lächelte ihn an und rückte zur Seite. Der andere drängte zum Fenster und verdeckte es mit seinem breiten Rücken. »Wie kann man nur so das Fenster verstellen, und hier ist man am Ersticken ...«

Jacek, der in seinen freundlichen Gefühlen nicht zu erschüttern war, bedachte jetzt Staniecki mit einem Lächeln.

»Schön, nicht?«

Als er in Stanieckis Blick kühle Ironie bemerkte, errötete er.

»Ich sehe, daß Sie frohgestimmt sind«, sagte Staniecki.

Die Röte stieg über das schmale Gesicht Jaceks bis zur Stirn. Staniecki ließ kein Auge von ihm. »Gewiß, die

Fröhlichkeit ist eine gute Sache, aber an Ihrer Stelle würde ich mich mit einem gewissen Vorfall auseinandersetzen und den daraus folgenden Schlüssen.«

»Ich verstehe Sie nicht«, flüsterte der Bursche.

»Schade. Wissen Sie, wie man ein Übermaß an Vertrauen nennt? Nein? Das ist ebenfalls bedauerlich. Es heißt Leichtgläubigkeit. Bitte sehr. Und in gewissen besonderen Umständen ganz einfach Dummheit, sträfliche Dummheit, die ein Mensch, der sich in einer außerordentlichen Lage befindet, nicht begehen sollte. Stellen Sie sich vor, daß ein gewisser junger, ja sogar sehr junger Mann infolge einer tatsächlich recht eigenartigen Situation plötzlich, ohne recht zu wissen, mit wem er es zu tun hat, einen Menschen mit seinem vollen Vertrauen bedenkt und sich ihm ganz einfach in die Hände gibt. Was würden Sie über die Erfahrung dieses jungen Mannes sagen?«

Die Röte verschwand vom Gesicht des Burschen, er war jetzt sehr blaß, im Blick seiner dunklen Augen flackerte Unruhe.

»Sie verspotten mich wohl?« fragte er unsicher.

»Ich spotte keineswegs. Ich möchte sie lediglich — als Älterer und Erfahrener — darauf hinweisen, daß jener junge Mensch, der zwar heute sein Vertrauen nicht ganz schlecht plaziert hat, wenigstens in Zukunft vorsichtiger sein sollte. Das ist alles.«

»Ich bin kein Feigling.«

Staniecki machte eine unwillige Bewegung. »Darum geht es doch gar nicht. Daß ihr Jungen auch bei jeder Gelegenheit nach Worten greift, die nichts bedeuten.«

»Nichts?«

»Absolut nichts! Ich rate einem gewissen jungen Mann Vernunft, und Sie reden von Mut.«

Obwohl sie gedämpft sprachen, trat Jacek noch näher an Staniecki heran. »Ich verstehe«, sagte er ihm fast in den Mund hinein. »Sie haben recht, ich werde es mir merken. Aber daß Sie mir das Leben gerettet haben, hat das auch keine Bedeutung?«

»Ein exaltierter Grünschnabel«, dachte Staniecki. Und den warmen Atem des Burschen auf dem Gesicht spürend, trat er ein wenig von ihm weg. »Nichts«, sagte er laut. »Welche Bedeutung kann die Rettung von etwas haben, was man jeden Augenblick verlieren kann?«

Der Zug fuhr weiterhin bei stärkster Sonnenglut, und trotz der geöffneten Fenster wurde es auf dem Gang immer heißer. Die bisher bewahrte Ruhe begann sich langsam zu zersetzen. Fast unablässig drängte jemand aus den überfüllten Abteilen oder aus einem entfernten Teil des Ganges zum Wagenende, wo die Toilette war. Die Wanderungen hin und zurück zwangen die im Gang Sitzenden zu ständigem Aufstehen; die, die standen, mußten ausweichen, und gelegentlich, wenn einer auf dieser mühseligen Wanderung einen traf, der zerknüllt und rot, aber dennoch glücklich war zurückzukehren, dann wurde die Verstopfung komplett. Die Leute wurden nervös und gereizt. Am stärksten unterminiert war die Atmosphäre auf der Plattform. Es fuhren dort viele Leute, die sich im letzten Augenblick in den Zug gezwängt hatten. Das Gedränge war entsetzlich. Zudem behinderten den Zugang zur sanitären Anlage riesige Koffer, die sich einer auf dem anderen genau vor der Tür auftürmten. Immer wieder kamen von dort erhöhte Stimmen, zänkisch und verärgert. Stellte ein Reisender sein Schimpfen ein, so fing ein anderer an, und meistens zankten alle auf einmal. Dieses Gezeter reizte die einen noch mehr, während es die anderen in eine trotzige, lärmende Fröhlichkeit trieb. Einmal geschah es, daß diese Lachsalven eine Frau, deren Dicke ihr das Durchdrängen erschwerte, so sehr aufbrachten, daß sie, ein unglückliches Opfer, purpurn vor Anstrengung, verschwitzt, einen verrutschten Hut auf dem Kopf, plötzlich mit verzweifelter Gewalt loskreischte. Die jungen Männer, denen diese Furie zugewandt war, antworteten mit Gelächter. Die Frau schrie noch lauter, und die Sache schien erst richtig losgehen zu wollen. Bald nahm die ganze Plattform daran teil, und der Tumult erwies sich als so ansteckend, daß sogar die Reisenden auf dem Gang Unruhe verrieten, die deutlich von dem Wunsch eines Anschlusses an den allgemeinen Zank zeugte. Aber da dies das Gedränge und die zu große Entfernung unmöglich machten, brachen alsbald kleine und lokale Streitigkeiten aus, jede in ihrem Eigenbereich, jene großen dort begleitend.

In dem Bereich von Staniecki und Jacek, also in dem mehr oder weniger mittleren Abschnitt des Ganges, war der Bauer in der groben Jacke Initiator. Er hatte sich von dem Kühle bringenden Fenster abgewandt und war weiterhin hochrot im Gesicht. Die Ereignisse in der Ferne betrachtete er mit sichtlichem Mißfallen. Zwischen seinen Beinen tauchte ganz unverhofft ein kleiner vierjähriger Junge auf, ein blauäugiger kleiner Kerl mit dichtem, zerzaustem, feuerrotem Haar, der auf seiner Wanderung auf diese mächtigen Männerbeine gestoßen war und entschlossen schien, das Hindernis zu nehmen. Nach kurzem Zögern fand er den einfachsten Ausweg: er drückte sich zwischen den Beinen wie zwischen Säulen hindurch.

»Andrzej, Andrzej!« rief eine junge, etwas weiter im Gang sitzende Frau.

Gerade war Andrzej dabei, sich durch die Enge des Spalts zu pressen. Der Bauer sah sich in einer schwierigen Situation, da seine Bereitschaft zu einem Zornesausbruch von der Angst gehemmt wurde, mit einer unvorsichtigen Bewegung den Kleinen zu treten. Einen Augenblick lang der Möglichkeit zum freien Handeln beraubt, richtete er seine ganze kochende Wut gegen die Mutter. Zu deren Verteidigung trat ein anderer Mann auf, und alles verlief wie üblich. Inzwischen wurde Andrzej durch die Hände der nächststehenden Nachbarn auf dem Luftweg zur Mutter befördert, wobei er mit heftigen Bewegungen und Geschrei gegen diese Gewaltanwendung protestierte.

»Gemeine Kerle«, schrie die Frau wütend. Und der Bauer: »So einen Lümmel müßte man an der Leine führen!«

»Sie sollte man an der Leine führen!«
Da erschien auf der Plattform der Fahrkartenkontrolleur. Es wurde still. Ein paar blinde Passagiere oder solche, die keine gültige Reiseerlaubnis hatten, drängten hastig zur gegenüberliegenden Plattform, eben dorthin, wo die Toilette war.
Bis Tarnów verlief die Fahrt ruhig. Unterwegs hielt der Zug mehrmals auf freier Strecke an. Die Gleise waren von dem nach Osten ziehenden Heer eingenommen, und die Zwangsaufenthalte zogen sich sehr in die Länge. Hinter Tarnów, wo eine neue Menge von Reisenden den Zug stürmte, wurde es noch schlimmer. Wenige Kilometer nach der Station hielt der Zug wieder an und blieb fast eine Stunde stehen. Diejenigen, die in Dębica umsteigen mußten, wurden unruhig, in der Befürchtung, den Lemberger Zug zu verpassen. Aber diese Sorge war unbegründet. Obwohl der Zug Dębica mit fast dreistündiger Verspätung erreichte, war der Lemberger nicht nur noch nicht abgefahren, sondern aus Lemberg überhaupt noch nicht eingetroffen, und niemand auf dem Bahnhof wußte, wann das erfolgen würde. Es sah nach einer langen Warterei aus.
Inzwischen hatte sich auf dem Bahnsteig eine gewaltige Menge angesammelt. Erst als der Lubliner Zug abgefahren und das Gleis leer war, zeigte sich, was für ein Gedränge auf eine Weiterreise in Richtung Lemberg wartete. Der große, für Provinzstationen typische Bahnsteig wimmelte förmlich von Menschen. Es war eine graue und müde Menge. Die Mehrzahl richtete sich provisorische Sitze auf Koffern und Tornistern her, andere setzten sich auf die nackte Erde, man packte Essen aus und stärkte sich. An einem die Station umgebenden Zaun unter blühenden Akazien spielten ein paar Burschen Karten. Bei einer anderen Gruppe kreiste eine Literflasche Wodka. Es ging auf den Abend zu. Die Sonne stand zwar noch hoch, aber ihre schrägen Strahlen wärmten nicht mehr so stark, die Hitze hatte nachgelassen und im Schatten wurde sogar Kühle spürbar.

Wie täglich zu dieser Jahreszeit kündigte sich nach einem schwülen Tag eine klare, aber kalte Nacht an. Trotz der großen Menschenansammlung trat, als die letzten Gespräche verstummt waren, eine fast dörfliche Stille ein. Auf der einen Seite des Bahnhofs lagen die Stationsgebäude. Sie sahen recht ordentlich aus und waren von den Kriegshandlungen offensichtlich verschont geblieben. Es waren dies ein großes, weißgetünchtes Gebäude im Stil polnischer Landsitze, Zäune, Magazine, irgendwelche Anbauten. Vor dem Hintergrund gewaltiger, sehr üppiger Kastanienbäume blühten Akazien. Und auf der gegenüberliegenden Seite, hinter den Bahngleisen, breitete sich eine ländliche Landschaft aus: weite Kornfelder, wahrscheinlich Großgrundbesitz, denn sie waren nicht wie die bäuerlichen Felder in schmale Parzellen geteilt. Fern am Horizont stand am blauen Himmel ein hoher, roter Brauereischornstein. Weiter dahinter schnitt ein welliges Geflecht von Parkbäumen in den Horizont. Die Umgebung war eintönig, doch diese weitläufige Landschaft, die ganz im zarten Schimmer der untergehenden Sonne lag, war ruhig und still. Lerchen sangen laut über den Feldern.

Staniecki und Jacek hatten sich auf einem sehr entlegenen Teil des Bahnsteigs niedergelassen, wo es verhältnismäßig am geräumigsten war. Staniecki hatte sein Köfferchen so hingestellt, daß er trotz der kleinen Ausmaße darauf sitzen konnte. Jacek fand einen Stein in der Nähe.

»Vor morgen früh wird's wohl nichts mit dem Weiterfahren«, sagte Jacek. Staniecki warf einen Stummel auf die Erde und griff nach einer neuen Zigarette.

»Mag sein«, murmelte er. Er saß auf seinem Köfferchen, Jacek mit der Seite zugewandt. Er war groß und schwer, etwas gebeugt. Im Blick seiner tiefliegenden Augen, die so hell waren, daß sie fast durchsichtig schienen, lag etwas Wölfisches.

»Warum mag er mich nicht?« dachte Jacek betrübt. Und dann sagte er warm und vertraulich: »Je länger wir fahren, desto weiter kommt mir dieses Lemberg vor.«

Aber Staniecki sagte kein Wort. Fremd und verschlossen

betrachtete er wölfischen Blicks die ringsumher lagernde Menge. Irgendwo im größten Gedränge blitzte gerade eine Person in grasgrünen Knickerbocker auf, in großer Unruhe und Geschäftigkeit. Ohne Anteilnahme verfolgte Staniecki einen Augenblick lang die schmale, aus einem zu kurzen Mäntelchen heraushüpfende Gestalt, aber bald fand er ihre Beweglichkeit ermüdend. Danach erblickte er im Schatten am Zaun die zwei Frauen, deren Gespräch er am Morgen auf dem Krakauer Bahnhof mitangehört hatte. Den Schnellzug hatten sie offensichtlich nicht erreicht. Oder sie waren hinausgeworfen worden. Sie machten beide einen recht kläglichen Eindruck. Die ältere, grauhaarige Dame, deren einer Sohn im Gefängnis und zweiter in Gefangenschaft war, sah krank aus. »Herz«, dachte Staniecki. Ihre Begleitung, das junge blonde Mädchen, das zu ihrem Vater nach Kuta fuhr, beugte sich besorgt zu ihr und sagte etwas, und die Frau, mit dem Rücken an den Zaun gelehnt, antwortete mit einem unverändert sanften, lediglich etwas traurigeren Lächeln. Sie hatte Kratzer und Schmutzspuren im Gesicht. Sie mußte hingefallen sein. Das Mädchen wirkte gequält und ratlos. »Ein dummes Ding«, dachte er. »Sich mit einem solchen Gepäck auf die Reise zu machen.« Er sah flüchtig zu Jacek hin, der neben ihm auf dem Stein saß. Und sogleich spürte er, daß er ein klein wenig mehr Freundlichkeit für ihn aufbringen müßte, so arm und einsam schien er ihm in diesem Augenblick. »Wie jung er ist«, dachte er, und er dachte es ohne Unwillen. Er beugte sich zu ihm.
»Na, Jacek, warum so nachdenklich?«
Der Bursche zuckte zusammen und hob den Kopf.
»Wie schutzlos sie alle sind«, dachte Staniecki. »Alles steht ihnen auf der Stirn geschrieben.« Es war ihm angenehm, daß er eines dieser jungen Gesichter vor sich hatte. Eine herzlichere Geste seinerseits genügte, um ein Gefühl der Dankbarkeit hervorzurufen.
»Sie haben bestimmt Hunger?«
»Ja, ein bißchen«, sagte Jacek.

»Ich habe einen Mordshunger, bei dem ganzen Durcheinander haben wir vergessen, in Krakau etwas zu besorgen.«
Jacek sprang von seinem Stein auf.
»Ich gehe mal nachsehen, es wird sich schon was finden.«
Staniecki hielt ihn am Arm fest.
»Bleiben Sie lieber hier. Ich gehe.«
»Warum Sie?«
»Die Ware, die Sie zu verkaufen haben, ist empfindlicher als Porzellan. Man sollte sie besser keiner Erschütterung aussetzen.«
Jacek sah ihn beunruhigt an. »Glauben Sie wirklich, daß das zum Verkaufen ist?«
Staniecki lachte herzlich auf.
»Sie sind aber ein Kind. Allerdings muß ich zugeben, ein sehr sympathisches.«
Als er sah, wie Jacek errötete, diesmal freudig erregt, dachte er: »Bislang hat er mich mit etwas Unruhe betrachtet, jetzt wird er mich mit einem Anflug von Bewunderung betrachten. Diese Jungen sind drollig. Sie brauchen die Anerkennung wie die Luft.«
Als er nach zehn Minuten mit einem Kanten Kornbrot und einem Stück Wurst zurückkam, fand er auf dem Bahnsteig eine völlig veränderte Situation vor. Gerade war am Horizont der Rauch einer Lokomotive aufgetaucht, und die Menschen drängten einer hinter dem anderen zu den Gleisen. In demselben Augenblick, wie aus der Erde geschossen, tauchten Gendarmen auf, mit ihnen waren drei polnische Polizisten. Schreiend und mit Gummiknüppeln um sich schlagend trieben sie die vorwärtsdrängende Menge zurück. Die bislang ruhige Station erfaßte plötzlicher Tumult.
Bevor Staniecki zu Jacek vorgedrungen war, hatte es sich etwas beruhigt. Als die Leute erkannten, daß es nicht ihr Zug war, kehrten sie auf ihre Plätze zurück. Auch die Gendarmen zogen sich zurück. Nur ein polnischer Polizist blieb auf dem Bahnsteig. Es war ein

hübscher, großer und prächtiger Bursche, in neuer Uniform; sein ganzer großer Körper schien von Macht berauscht. Er tobte, den Methoden der besten deutschen Schule gemäß, und schlug auf jeden ein, der ihm unter die Finger kam. Gerade bearbeitete er einen Greis. Er riß ihm den Hut ab, packte ihn mit einer Hand am Paletot und schlug ihm mit der anderen langsam und genau mit dem Gummiknüppel auf den Kopf. Seine junge Stimme gab sich heiser und rauh.

Als Staniecki Jacek erreichte, fand er ihn blaß bei seinem Stein stehen. Er starrte den Polizisten, der sein Altersgenosse sein mochte, unentwegt an. In seinen Augen lag der nämliche Haß, den Staniecki auf dem Krakauer Bahnhof an ihm entdeckt hatte. Und mit derselben Bewegung wie dort berührte er seine Schulter.

»Ich habe Ihnen schon einmal gesagt, daß der Haß nackt ist.«

Jacek setzte sich wortlos auf den Stein; er war immer noch bleich, und seine Lippen zitterten. Staniecki zeigte seine Erwerbung.

»Das war alles, was man kriegen konnte.«

Er nahm ein Federmesser aus der Tasche, zerteilte Brot und Wurst und reichte dem Burschen die Hälfte des Kantens und ein Stück frischer, noch feuchter Räucherwurst. Dieser nahm schweigend, zögerte, als wollte er etwas sagen, sah zum Polizisten hinüber, der leicht schwingenden Schritts gerade den Bahnsteig verließ, und machte sich dann gierig wie ein Ausgehungerter an die Stärkung.

Staniecki betrachtete ihn, und es fiel ihm ein, daß auch er früher, wenn er hungrig war, so zu essen pflegte. Er dachte: »Alles strömt auf einmal durch ihn hindurch: Haß und Freude, Einsamkeit und Liebe, alles zusammen, eins neben dem anderen. Das ist das Leben, das ist die Fülle, das ist das, was einem später so mangelt. Später fällt man in die Grube eines Gedankens und eines Gefühls. Ich bin alt. Und meine Grube ist die Gleichgültigkeit und die Verachtung.«

Er teilte von seiner Brothälfte ein kleines Eckchen ab, dazu ein Stück Wurst, aber er aß ohne Appetit und dachte weiter: »Ich habe nicht nur für morgen und übermorgen, sondern für viele Monate die Ausführung festgelegter Ziele vor mir, ich investiere in ihre Verwirklichung mein ganzes Können und die Erfahrung vieler Jahre. Ich bin, wie man so sagt, ein vorbildlicher Soldat, ein Meister der Konspiration. Aber nichts, nichts, nichts, ja überhaupt nichts geht mich das alles an, ich liebe nichts und niemanden. Ich bin ganz einfach in eine tiefe Grube gefallen, zwei Dinge sollen wichtig sein: der Sternhimmel über einem und das Gewissen in einem, aber das sind nur Worte, der Himmel samt allen Sternen ist tot, und was ist das Gewissen? In den Gruben gibt es keine Täuschungen. Da gibt es nur eine unbedingte Gleichgültigkeit und eine unbedingte Verachtung, dieser Kleine, o gewiß doch, der glaubt an das Gewissen, in ihm ist alles zusammen ...«

Jacek hatte Brot und Wurst verzehrt. Er wischte mit dem Handrücken über den Mund und warf die Haare zurück, die ihm in die Stirn geglitten waren.

»Na, wie ist's«, fragte Staniecki.

Jacek lächelte. »Prima.«

»Kommt Ihnen Lemberg weiterhin immer entfernter vor?«

Jacek verzog das Gesicht. »Nein, aber das hier«, er zeigte auf die Brust, »wäre ich lieber los.«

»Bleiben Sie lange in Lemberg?«

Er lächelte trotzig. »Sie wollen mich wohl wieder wegen meiner Geschwätzigkeit rügen?«

»Natürlich rüge ich Sie, aber diesmal wegen der unnötigen Frage. Also, wie ist's mit Lemberg?«

»Ich weiß es noch nicht. Das kommt darauf an. Augenblicklich habe ich keinen Grund, nach Krakau zurückzukehren. Dort bin ich vorerst ›abgemeldet‹ und überhaupt.«

»Ich kann es mir denken.«

»Ich hätte ja irgendwohin verschwinden können, aber

hierum tat es mir leid«, sagte er, indem er auf die Brust deutete. »Lachen Sie nicht, aber wenn ich das hier auf mir habe und es mich belastet und drückt, muß ich immer wieder daran denken, daß hinter jedem einzelnen Ding einer meiner Kameraden steht. Viele leben nicht mehr.«

Sie schwiegen.

»Ja«, sagte Staniecki, »mit einem solchen Kollektiv ist es gewiß unbequem zu reisen.«

Aber der ironische Ton berührte Jacek diesmal nicht.

»Nein«, sagte er ernst, »ganz gewiß nicht.«

Die Sonne sank immer tiefer am Horizont, ihr Schein auf den Feldern wurde zarter, einem von innen her leuchtenden durchsichtigen Nebel vergleichbar. Der Lemberger Zug war immer noch nicht zu sehen. Noch zwei weitere Male riß falscher Alarm die Leute hoch, und es wiederholte sich dasselbe wie nach dem ersten Mal: Die Menge drängte blindlings auf die Gleise, Gendarmen erschienen, das Schlagen setzte ein, danach beruhigte sich alles wieder. Der junge Polizist agierte nun auf einem anderen Teil des Bahnsteigs.

Die allgemeine Erschöpfung wuchs. Die Sonne hörte auf zu wärmen, und die Sommerkleider konnten vor der Kühle nicht mehr schützen. Staniecki war zwar abgehärtet, aber auch ihn packte Schüttelfrost. Er stand auf und knöpfte den Mantel zu.

»Kalt wird's«, sagte er, »ich glaube, Sie hatten recht.«

»Womit?«

»Damit, daß Lemberg sich immer mehr entfernt, je länger wir unterwegs sind. Sie müssen in Lemberg übrigens aufpassen, das ist keine einfache Stadt.«

»Ich weiß.«

»Wie alt sind Sie eigentlich in Wirklichkeit?«

Jacek war verlegen.

»Jedenfalls jünger als Sie angaben?«

»Ja, etwas.«

»Neunzehn?«

»Ja, genau.«

Sie schwiegen. Dann sagte Staniecki plötzlich: »Wissen Sie, Jacek, ich beneide Sie.«
»Mich? Worum?«
»Um Ihre neunzehn Jahre.«
»Mich? Möchten Sie neunzehn sein?«
»Das habe ich nicht gesagt. Ich sagte nur, daß ich Sie beneide.«
»Kommt das nicht aufs selbe hinaus?«
»Natürlich nicht. Ich kann auf etwas neidisch sein, ohne es zu wünschen. In meinem Alter sollte man keine unrealisierbaren Wünsche haben. Das ist ein Privileg der Jugend.«
»Meinen Sie? Also Ihrer Meinung nach erstrebe ich Unmögliches?«
Staniecki zuckte die Achseln. »Ich weiß nicht, wahrscheinlich.«
»Ich träume keineswegs von großen Dingen.«
»Das ist auch gar nicht nötig. Unerreichbare Dinge fliegen nicht immer hoch, sondern gehen viel öfter auf der Erde. Um Enttäuschungen zu verwinden und Niederlagen zu ertragen, braucht man kein Träumer zu sein.«
Jacek dachte nach. »Das ist wahr. Aber man braucht dem nicht zuzustimmen.«
»Ja, gewiß. Man braucht es nicht. Ich kannte jemanden, der unter vielen Rechnungen nur einen Umstand nicht in Betracht zog, nämlich, daß er sterben könnte. Dennoch kam er bei einem Autounfall ums Leben.«
»Das ist nicht dasselbe.«
Staniecki hatte genug von dieser Unterhaltung.
»Ja, Sie haben recht, es ist nicht dasselbe.«
Und er verstummte, als er sah, wie das Mädchen, das die alte grauhaarige Dame begleitete, aufstand und schnell, aber irgendwie unnatürlich entschlossen auf sie zukam. »Das hat noch gefehlt«, dachte er unwillig. Als es näher herankam, schien es sein Mut zu verlassen.
»Fräulein Alinka«, rief die ältere Dame vom Zaun.
Das Mädchen nahm sich zusammen. »Verzeihen Sie, Sie warten gewiß auch auf den Lemberger Zug?«

Jacek stand von seinem Stein auf und betrachtete das Mädchen aufmerksam.
»Alle warten hier auf den Lemberger Zug«, sagte Staniecki brüsk.
Das Mädchen schwieg hilflos, offensichtlich betroffen. Jacek kam ihr zu Hilfe.
»Sie fahren nach Lemberg?«
»Ja.«
»Mit der Mama?«
»Nein!« verneinte sie rasch. »Das ist eine Bekannte von mir. Eine Reisebekanntschaft. Aber gerade um sie geht es mir. Deshalb habe ich mich an Sie beide gewandt... Sie ist krank und fühlt sich schlecht. Verzeihen Sie, daß ich mich an Sie wende. Ich kenne Sie ja nicht. Aber ich befürchte, daß es beim Einsteigen Gedränge geben wird, und dann weiß ich mir allein keinen Rat.«
»Sie wollten doch mit dem Schnellzug fahren?« fragte Staniecki.
Das Mädchen schien wieder betroffen. »Woher wissen Sie das?«
»Ich weiß es. Ich habe Sie auf dem Bahnhof in Krakau gesehen.«
»Ach so, ja natürlich. Wir fuhren mit dem Schnellzug, aber in Dębica wurden wir rausgeworfen. Ein deutscher Eisenbahner hat Frau Domański so gestoßen, daß sie hinfiel und hart aufschlug. Sie ist herzkrank.«
»Ich bedauere sehr«, sagte Staniecki weiterhin kühl und unfreundlich, »aber keiner von uns ist Arzt.«
Jacek errötete. »Aber das Fräulein will doch keine ärztliche Hilfe von uns.«
»Sondern was?«
»Einfach Hilfe.«
Staniecki wandte sich an das Mädchen.
»So? In diesem Falle bedauere ich ebenfalls. Aber meiner Meinung nach hilft der dem anderen am erfolgreichsten, der auf sich selbst zählt.«
Es war einen Augenblick still. Schließlich sagte das Mädchen mit leicht zitternder Stimme: »Ich danke Ihnen

für die Lektion, aber ich nehme nicht an, daß Sie in mir eine verständige Schülerin gefunden haben.«
»Da sind wir uns einig, ich suche nämlich keine Schüler«, sagte Staniecki.
Als sie weggegangen war, setzte er sich auf seinen Koffer und griff nach einer Zigarette.
Jacek stand gesenkten Kopfes neben ihm, er war blaß. Plötzlich fuhr er empört auf. »Wie konnten Sie nur?«
»Was?«
»Das Mädchen so behandeln.«
»Wie denn?«
»Na, entsetzlich!«
»Wirklich? Übertreiben Sie nicht, Jacek. Sofern ich mich nicht täusche, liegt Ihnen daran, nach Lemberg zu kommen?«
»Na und?«
»Sie fragen wie ein Kind. Ein Mensch in Ihrer Situation gibt sich nicht mit Philanthropie ab, das ist eine Beschäftigung für Zivilisten.«
»Und Sie?«
»Wieso ich?«
»Na Sie im Verhältnis zu mir? Warum geben Sie vor, anders zu sein als Sie sind? Schließlich sind Sie ein großartiger Mensch . . .«
»Leiser, Jacek. Wenn Sie unbedingt Dummheiten reden müssen, dann schreien Sie wenigstens nicht.«
Jacek kam einen Schritt näher. »Das sind keine Dummheiten. Sie sind ein großartiger Mensch. Klug, tapfer, gut. Und tun so, als ob Sie die Menschen nichts angingen.«
»Woher wissen Sie, daß ich nur so tue?«
»Ich weiß es eben.«
»Sie wissen mehr als ich.«
»Ach wo, Sie wissen das selber.«
»Er hält mich wirklich für einen großartigen Menschen«, dachte Staniecki. Er warf die Zigarette weg.
»Also, was hat mich Ihrer Meinung nach dazu veranlaßt, diesem Mädchen gegenüber so, sagen wir, brutal vorzugehen?«

»Ich weiß es nicht, sie wollte ja nicht viel.«
»Ich sagte schon, Jacek, daß sich jemand in Ihrer Situation nicht mit Altruismus abgeben kann. Sie sollten überhaupt so wenig wie möglich vorhanden sein, nur so viel, wie unbedingt nötig. Jede zusätzliche Aktion bringt hundert Möglichkeiten des Reinfalls. Die alte Dame ist, wie wir hörten, hingefallen, als sie von einem deutschen Eisenbahner gestoßen wurde. Wenn Sie danebengestanden hätten, wer weiß, wie das für Sie ausgegangen wäre.«
Jacek wurde nachdenklich. »Das ist wahr. Trotzdem will ich den Frauen helfen.«
Staniecki wollte noch fragen: Und was ist mit diesen lebenden und toten Kameraden, die Sie unter dem Mantel tragen? Aber es wurde ihm bewußt, daß Ironie in diesem Augenblick der Vorstellung allzu grell widersprechen würde, die sich der junge Mann von ihm gemacht hatte. Er stand also auf, und ihn freundschaftlich am Arm fassend sagte er: »Wir alle, Jacek, geben zwar nicht ständig, aber doch sehr häufig, jemand oder etwas vor. Das Komödiespielen ist ein unveräußerliches Attribut der Unfreiheit. Vor allem geben wir vor, Unschuldige zu sein. In Ihrem Alter habe ich zum ersten Mal an einer Verschwörung teilgenommen, und wer weiß, ob ich Ihnen damals nicht ein wenig ähnlich war. Gehen wir zu den Frauen, Jacek. Erklären wir, was nottut, um der Vernunft des Herzens Genüge zu tun.«
»Wenn das so weitergeht«, dachte er, indem er auf die am Zaun sitzenden Frauen zuging, »werde ich bald einen ganzen Hof von Kindern, Frauen und Krüppeln hinter mir herziehen; die Tugend kostet verdammt viel.«
Dennoch war es ihm angenehm, als er später, gleichsam nach allem oder zumindest nach dem schlimmsten Anfang, als der so lang erwartete Zug endlich eingetroffen und nach kurzem Halt menschenwimmelnd in Richtung Lemberg abgefahren war, das warme Lächeln Jaceks in der Menge fand. Es war Staniecki sogar gelungen, für

Frau Domański einen Sitzplatz zu erobern, aber unterwegs stellte es sich heraus, daß der Platz nicht gut war. In den ramponierten und schmutzigen Wagen alter Bauart hatten sich etwa vierzig Personen gezwängt, so daß den wenigen, die über Sitzplätze verfügten, die Luft bald knapp zu werden begann. Frau Domański saß zwar unweit vom Fenster, und auch die Tür war leicht geöffnet, aber dennoch kam kein einziger Lufthauch herein. Ihr wurde schlecht, und nur dank der Intervention Stanieckis willigte eine Mitreisende, ebenfalls eine ältere Frau, die vermutlich aus irgendeinem entlegenen Dorf stammte, ein, den Platz zu wechseln. Am Fenster fühlte sich Frau Domański gleich besser. Fräulein Alinka stand neben ihr und hielt sie am Arm fest. Immer wieder beugte sie sich zu ihr und fragte besorgt: »Wie fühlen Sie sich? Etwa schlechter?« Frau Domański lächelte mild. »Es ist alles gut, Fräulein Alinka. Regen Sie sich nicht auf, wir werden schon irgendwie hinkommen.«

Der Druck auf die Tür zu wurde so stark, daß Jacek, mit Mühe das Gleichgewicht haltend, heftig mit seinem ganzen Rücken gegen Alinka gepreßt wurde.

»Verzeihung«, sagte er.

Er wollte wegrücken, aber der Druck ließ nicht nach. Im mittleren Teil des Abteils schrie eine zarte, kleine Frau, von der man nur das bleiche Gesicht sehen konnte, daß man sie ersticke. Weiter hinten weinte ein Kind. Alinka fürchtete, daß Frau Domański aus dem Abteil fallen könnte. Sie hielt ihre Schulter noch fester gepackt und sah verschreckt in das Abteil hinein, wo das zusammengepferchte Menschenknäuel beunruhigend ins Schwanken geriet.

»Haben Sie keine Angst«, sagte Staniecki.

Es gelang ihm, seine rechte Hand aus dem Gedränge herauszuziehen, und sich am Türrahmen überhalb des Kopfes von Frau Domański aufstützend, hielt er mit seinem großen Körper den stärksten Druck auf. Es stellte sich heraus, daß die in diesem Teil des Abteils bis zur Decke aufgeschichteten Koffer und Gepäckstücke von den Fächern herunterzurutschen drohten; die Notwendigkeit, sie erneut ins Gleichgewicht zu bringen, rief diesen heftigen Druck hervor. Langsam ließ das Drängen etwas nach.

Dafür begann es an der Außenseite des Zuges arg zu werden. Schon in Dębica hatte der Bahnschutz mit Gewalt alle heruntergejagt, die sich an die Türen geklammert und auf die Trittbretter gesetzt hatten, da sie nicht in die überfüllten Abteile hineinkamen. Als aber der Zug anfuhr, gelang es vielen, während der Fahrt wieder aufzuspringen und sich anzuklammern, wo es eben ging.

Es waren zumeist russische Bauern, die mit Säcken voll Lebensmitteln in ihre ausgehungerten Heimatdörfer zurückkehrten. Schon bei der ersten Haltestelle – es war eine kleine, zwischen Feldern gelegene stille Station – setzte eine Razzia gegen sie ein. Aber sie fuhren weiter. Jetzt erschien auf dem Trittbrett des letzten Wagens ein Eisenbahner mit einer dicken Riemenpeitsche. Die Leute flüchteten überstürzt, aber es gelang ihm, einen Nachzügler zu erwischen, einen alten, barfüßigen, in Hemd und Leinenhosen gekleideten, ausgehungerten Bauern. Der gewaltige Sack auf seinen Schultern erschwerte ihm die Flucht. Der Eisenbahner packte ihn am Nacken und stieß ihn nach kurzem Ringen vom Trittbrett. Der Zug lief in voller Fahrt, der Schrei des Fallenden war durchdringend, aber kurz. Frau Domański fuhr ruckartig vom Fenster zurück.

»Was ist geschehen?« rief Alinka erschreckt, als sie ihre Blässe sah.

Die auf dem Trittbrett Reisenden gerieten in Panik. Die einen versuchten, an den Puffern sich festhaltend, zur anderen, noch nicht gefährdeten Zugseite hinüberzukommen. Andere, und diese waren in der Mehrzahl, wollten sich mit Gewalt in den Abteilen verbergen.

»Leute!« schrie ein Bauer, »laßt uns rein, erbarmt euch, laßt uns rein!« In seinem stumpfen, zerfurchten Gesicht drückten nur die ausgeblichenen, leidenden Augen eine wahnsinnige Angst aus. Neben Frau Domański und Alinka stand am Fenster ein Mann mit einer schwarzen Augenbinde, der die Tür festhielt, an der jener verzweifelt rüttelte.

»Erbarmt euch, Leute«, stöhnte er.

Der Mann beugte sich durchs Fenster zu ihm. »Versteh doch, Mann, es ist kein Platz. Wenn wir die Tür öffnen, dann fallen wir alle raus.«

Aber der Alte kämpfte um sein bedrohtes Leben.

»Laßt mich rein, Leute«, flehte er, »in Gottes Namen, ich will nur nach Jarosław.«

Er rüttelte immer heftiger an der Tür. Alinka hielt Frau Domański an der Schulter und griff mit der anderen krampfhaft nach Jacek.

»Mein Gott, halten Sie die Tür fest«, bat sie den unbekannten Mann. »Wenn sie aufgeht, werden wir rausgedrückt.«

Inzwischen hatte der Eisenbahner einen anderen erwischt. Es war ein kräftiger, hinkender Halbwüchsiger, dem Aussehen nach ein Bauernknecht. Länger als der Greis leistete er Widerstand, rang verbissen. Aber schließlich bekam der Deutsche eine Hand frei und knallte dem Burschen übers Gesicht. Der geriet unter den Schlägen ins Wanken und stürzte, die Arme gekreuzt, in die Tiefe, wie eine Puppe die hohe Böschung hinabkullernd.

Die Gegend, die der Zug durchfuhr, war schön und voller Reiz. Die Sonne war untergegangen, und das warme Kolorit des Sommerabends umwob die Landschaft; die frischen Wiesen, die Haine von Haselnußsträuchern, das wellige Terrain, das sich der dichter werdenden Dämmerung weich hingab, dunkelten schon am fernen Horizont, wo nur noch ein milder, grünlicher Schein den Himmel erhellte. Unerwartet, denn nichts verhieß die Nähe einer Station, verlangsamte der Zug sein Tempo, bis er ganz stehenblieb. Die roten Semaphore zeigten Halt an. Für die Trittbrettreisenden war das ein Augenblick der Rettung. Sie liefen sofort

auseinander. In den Abteilen wurde gedämpft gesprochen. Eine Frau weinte laut.
Erst jetzt, da das eintönige Rattern des Zuges verstummt war, entfaltete der Abend seine Ruhe und Stille. Die Nacht schien, wie es schon der Abend versprach, kalt aber klar werden zu wollen. Endlich konnte man, ohne Befürchtung hinauszufallen, die Tür weiter öffnen, und als man das tat, strömte frische, von den Wiesen feuchte Luft langsam ins Abteil. Von weither drang der hohe und dünne Ton einer Flöte, im Graben am Gleis quakten Frösche, leichte, fast durchsichtige Nebeldünste hoben sich von der blauen Dämmerung ab. Unter den Stiefeln des auf dem Bahndamm auf und ab gehenden Deutschen knirschte der Kies. Es war sonst so still, daß jeder dieser schweren Schritte einzeln ins Ohr fiel.
»Gott, mein Gott«, stöhnte jemand.
Bald fuhr der Zug an, und wieder erschienen auf den Trittbrettern Leute, die um den Preis mitzufahren, auf alles gefaßt waren. Augenblicklich ließ man sie in Frieden, aber bald nach der nächsten Station begann wieder alles von neuem. Es waren jetzt zwei Deutsche, der eine kam von vorn, der andere von hinten. Ihre kehligen, heiseren Schreie erschollen in der zunehmenden Dunkelheit, und hinter Rzeszów, als die Nacht bereits völlig undurchdringlich war, klangen sie wie Tierstimmen, die sich im Schutz des Dunkels herbeirufen.
In den Abteilen war kein Licht, und nur, wenn es jemand gelang, eine Zigarette zu entzünden, gab es einen kurzwährenden, dünnen Lichtschein. Der Zug kam langsam vorwärts, so als könnte er nur mit Mühe die Finsternis durchdringen. Im Innern des Wagens weinte ab und zu das Kind.
Auf den Trittbrettern klebten wie dunkle, stumme Schatten mit Tornistern bepackte Menschen. Die Nacht war in der Tat sehr schön. Dicht über der Erde lag sie schwarz, und hoch oben war sie von scharfem Sternenlicht erhellt. Um sie herum der Duft der Felder.
Der Zug hielt an allen Stationen, und das war bei

weitem das Schlimmste. Kaum war er zum Stehen gekommen, da stürzten sich neue Reisende auf die Trittbretter. Dann begann ein gewaltsamer Ansturm auf die Wagen. Man mußte die Türen mit Gewalt zuhalten, um niemanden hereinzulassen. Die Verzweiflung jener anderen, besonders der Frauen, war entsetzlich. Es gab Frauen, die seit zwei oder mehr Tagen auf den Stationen saßen und umsonst versuchten, in ihre Heimatgegend zurückzukehren. Das Geld war ihnen ausgegangen, sie waren ausgehungert, ihre Gesichter hatten einen irren Zug angenommen. Von den vielen Bitten, man möge sie in den Zug hineinlassen, waren ihre Stimmen heiser geworden. Der Zug war schon wieder in Fahrt, und immer noch klammerten sie sich an den Türen fest oder rannten mit ihren Tornistern nebenher, wobei sie hinstürzten, bis sie der deutsche Eisenbahner erwischte und auf den Bahnsteig zurücktrieb. Das Lamentieren der Unglücklichen begleitete den in die Nacht davonfahrenden Zug. Und das alles wieder und wieder. In der Dunkelheit, auf den von spärlichem Licht erhellten Stationen, wiederholten sich dieselben Szenen, dieselbe Verzweiflung, dasselbe Schreien und Flehen. Die Gesichter an den Türen schienen dieselben, im Leiden, in der Qual und in der Erschöpfung waren sie einander alle gleich. Gelegentlich hörte man Schüsse. Stunde um Stunde verstrich, aber die Nacht schien kein Ende zu haben. Hinter Przeworsk war noch nicht einmal Mitternacht vorbei. Auf einer kleinen Station gelang es einem großen, dicken Bauern, sich in das Abteil hineinzuquetschen, in dem Staniecki und Jacek fuhren. Da bisher niemand ausgestiegen war, wurde das Gedränge so stark, daß sich niemand mehr rühren konnte. Frau Domański fühlte sich immer schlechter. Auch die Nähe des Fensters half ihr wenig. Atemnot quälte sie, zeitweise war sie ohne Bewußtsein. Fräulein Alinka konnte ihr nicht helfen. Sie umarmte sie und flüsterte ihr Trostworte zu, aber das war alles. Sie selbst hielt sich tapfer und versuchte ihre Unruhe zu beherrschen. Manchmal fühlte

Jacek, wie ihr kleiner Körper zitterte. Dann drückten ihm Rührung und die Trauer über seine Hilflosigkeit die Kehle zusammen.
Irgendwann zu Anfang der Nacht hatte ihn eine große Müdigkeit überkommen, und er wünschte nichts sehnlicher als Schlaf. Aber bald danach verging ihm seine Schlaftrunkenheit, und je länger die Reise währte, desto nüchterner, wachsamer und geschäftiger wurde er. Während er so innerlich angespannt war, geschah zwischen ihm und Alinka etwas, was außer ihnen beiden niemandem auffiel. Als der neue Passagier in das Abteil sich drängte, machte das Mädchen, das sich und Frau Domański vor dem Zerquetschtwerden schützen wollte, eine Bewegung, die sie noch enger an den Burschen drückte, so daß ihre Hand plötzlich gegen seine Brust stieß. Das Licht der Stationslaterne erhellte das Dunkel ein wenig, und in diesem Schein sah Jacek, daß das Gesicht des Mädchens plötzlich einen anderen Ausdruck annahm. Der Zug ruckte an, und es wurde wieder dunkel. Sie schwiegen beide. Alinka stützte ihre Hand weiterhin gegen seine Brust. Es war zu eng, um sie zurückzuziehen. Schließlich flüsterte sie: »Jetzt verstehe ich.«
»Was?«
»Ihren Begleiter. Ich habe mich vorhin sehr dumm benommen.«
»Aber warum denn? Er ist ein großartiger Mensch.«
Sie schwiegen wieder.
»Ich wollte ...«
»Was?«
»... wir wären schon in Lemberg.«
»Ich auch. Sind Sie aus Lemberg?«
»Nein. Aus der Nähe von Krakau. Und Sie?«
»Jetzt eigentlich von nirgendwo.«
Obwohl Staniecki sehr nahe neben ihnen stand und sie flüstern hörte, konnte er kein Wort erhaschen. Unwillkürlich beugte er den Kopf zu ihnen vor, aber gerade da verstummten sie. »Alter Dummkopf«, dachte er. Er richtete sich auf, und um sich der ihn befallenden Er-

schöpfung zu widersetzen, beschloß er, das umfangreiche Material, das er der Leitung des Lemberger Kreises der »Armia Krajowa« vorzulegen hatte, ins Gedächtnis zu rufen und zu ordnen. Kaum hatte er die ersten Gedanken formuliert, da kamen sie ihm schon fade und trocken vor. Wieder drang das Geflüster der beiden zu ihm. Er schloß die Augen, aber er fühlte keinen Schlaf, sondern eine wachsende Ermattung. Währenddessen nahmen die Mengen, die auf den Stationen den Zug erwarteten, immer größere Ausmaße an. Die Deutschen, der Jagd auf die Menschen müde, waren irgendwo verschwunden. Man hatte jetzt freie Fahrt auf dem Trittbrett, einige Burschen sangen laut.

Auf einer der Stationen, kurz hinter Jarosław, wurden aus dem Teil des Wagens, dessen Fenster auf den dunklen Bahnsteig hinausgingen, plötzlich durchdringende Pfiffe laut. Von draußen antwortete man. Und plötzlich wurden auf die Köpfe der am Fenster stehenden Menschen Bündel und Koffer gewuchtet, danach begannen auf demselben Weg dunkle, gewaltige Gestalten sich hineinzuzwängen. Die zusammengepferchte Menge, die so unerwartet aus ihrer dösigen Reglosigkeit aufgescheucht wurde, geriet ins Wanken, Frauen schrien auf, man rief nach Polizei, von draußen kamen weitere Pfiffe. Ein Mann, der die Ankömmlinge abschrecken wollte, schrie ihnen in ungelenkem Deutsch etwas zu, jene antworteten mit Gelächter und drängten weiter. Es stellte sich heraus, daß die Neuen Kollegen einiger Burschen waren, die seit Dębica mitfuhren. Jetzt war keine Macht mehr imstande, sie zu vertreiben.

Während dieser Verwirrung wurde Frau Domański ohnmächtig. Staniecki fiel ihr Zustand als erstem auf. Er fühlte, wie ihm der Körper der alten Frau kraftlos gegen die Brust sank. Er hielt ihn mit beiden Armen fest und hörte ihren schwergehenden röchelnden Atem. Er beugte sich vor, um ihr ins Gesicht zu sehen, aber obwohl der Zug noch stand, war es so finster, daß er den Umriß des ihm auf dem Arm lastenden Gesichts

eher fühlte als sah. Der Atem der Kranken schien auszubleiben, in den Körper zu sinken.
»Der Tod«, dachte er. Auch Fräulein Alinka sah jetzt, daß mit Frau Domański etwas Ungutes vorging.
»Frau Anna, Frau Anna«, rief sie.
Als sie dann den Atem der Kranken hörte, wurde es ihr klar, wie es um sie stand.
»Nur Ruhe bewahren, Fräulein Alinka«, sagte Staniecki.
Er faßte Frau Domańskis Hand, aber er konnte den Puls nicht finden. Er fühlte nur ein schwaches, zeitweise ganz aussetzendes Pulsieren unter den Fingern. Der Zug fuhr an. Die bis zu den Grenzen der Möglichkeit zusammengequetschte Menge schwankte im Abteil hin und her. Die Burschen an dem anderen Fenster versuchten frech, immer mehr Platz für sich zu gewinnen. Der Mann, der mit seinem Deutsch nichts ausgerichtet hatte, wütete jetzt auf Polnisch.
»Leute«, schrie Alinka, »hier ist eine schwerkranke Frau, stoßt doch nicht so!«
Es wurde etwas ruhiger.
»Wo ist die Kranke?« fragte jemand mit Anteilnahme.
»Was ist los?«
Aber auch andere Stimmen wurden laut.
»Wir alle sind krank.«
»Wenn sie krank ist, warum macht sie dann so eine Reise?«
»Drücken Sie nicht so, zum Donnerwetter, oder ich trete Sie«, kreischte eine erstickte Frauenstimme.
»Na, na, beruhigen Sie sich mal, Fräulein«, schrie sie ein Mann an.
»Idiot!«
»Selbst Idiotin.«
»O Leute«, rief Alinka laut. In ihrer Stimme lag so viel Verzweiflung, daß Ruhe eintrat. Der Mann mit der Augenbinde öffnete die Tür und trat selbst auf das Trittbrett hinaus, um der Kranken Platz zu machen. Frische Luft kam herein.

»Vielleicht hat jemand ein Mittel?« rief Alinka, »etwas fürs Herz.«
»Fusel haben wir!« gab einer der Burschen vom Fenster zur Antwort.
»Sei nicht albern«, sagte ein anderer.
Staniecki hielt Frau Domański immer noch den Puls.
»Da kann man nichts machen«, sagte er. »Bei der nächsten Station muß man sie hinausbringen, es gibt keinen anderen Ausweg.«
Alinka klammerte sich an dieses Projekt wie an die einzig mögliche Rettung.
»Ich steige auch aus. Frau Anna? Hören Sie mich? Wir steigen gleich aus. Es wird Ihnen bestimmt besser werden ...«
»Jetzt wird Edelmut versteigert«, dachte Staniecki.
Jacek war sehr beunruhigt. »Wollen Sie wirklich aussteigen?«
»Aber natürlich. – O Gott, wäre die Station doch schon da.«
»Der Puls ist immer noch schwach«, sagte Staniecki.
Jacek wandte sich an Alinka: »Aber das ist doch Unsinn. Wie wollen Sie sich an einem unbekannten Ort zurechtfinden, zumal in der Nacht.«
»Da ist nichts zu machen, ich muß mich eben zurechtfinden. Weiß denn niemand, wie weit es bis zur nächsten Station noch ist?«
Gerade begann der Zug sein Tempo zu verlangsamen. Alinka fragte wieder: »Ist das schon die Station?«
»Das ist Garbatka«, sagte der Mann, der draußen stand. »Man kann schon Lichter sehen.«
»Die Sachen, die Sachen noch«, erinnerte sich Alinka.
Als die Leute erfuhren, daß zwei Personen die Absicht hatten, auszusteigen, legten sie eine eifrige, fast freundschaftliche Hilfsbereitschaft an den Tag.
»Wir geben Ihnen die Koffer raus«, bot sich ein Mann an. »Welche sind es denn?«
Alinka wußte nicht genau, wo die Sachen lagen.
»Licht!« rief dieselbe Stimme, um die Organisation der

Hilfe bemüht. »Vielleicht hat jemand eine Taschenlampe?«

Es fand sich eine, und Alinka konnte in dem Gepäckstoß die eigenen Sachen und die von Frau Domański ausfindig machen. Zum Glück lagen sie obenauf.

»Frau Anna«, sagte sie leise, sich wieder zu jener hinabbeugend, »jetzt steigen wir gleich aus, es wird Ihnen bestimmt besser werden. Noch einen Augenblick.«

Erst jetzt sah sie das sehr veränderte, grau gewordene Gesicht, in dem die Augen ganz eingefallen schienen. Die Kranke war bei Bewußtsein, aber sie konnte nicht sprechen. Sie bewegte nur den Kopf zum Zeichen, daß sie nicht einverstanden sei. Alinka streichelte ihr die Hand.

»Meine Liebe, wir müssen doch aussteigen. Sie werden sehen, wie gut es Ihnen tun wird. Sie werden ausruhen, und morgen fahren wir weiter.«

Der Zug wurde immer langsamer, schon blinkten die ersten Lichter. Jacek schob sich plötzlich zu Staniecki vor.

»Ich danke Ihnen für alles«, sagte er hastig.

Der Zug hielt. Ein paar Männer warfen schnell die Koffer der beiden Frauen aus dem Abteil. Andere halfen Alinka, Frau Domański hinauszutragen. Draußen war es finster. Kaum ein paar schwache Laternen spendeten Licht. Die Kälte war scharf und wirkte ernüchternd. Ein deutscher Eisenbahner lief an dem Wagen vorbei und schlug die Türen zu.

»Schneller! Schneller!«

Jacek drängte zum Ausgang, aber Staniecki packte ihn mit kräftigem Griff bei der Hand.

»Sie bleiben, Jacek.«

Jener riß sich los. Da stieß ihn Staniecki mit dem Arm ins Abteil zurück, zog schnell sein eigenes Köfferchen aus dem Gepäcknetz und sagte, schon in der Tür: »Auf Wiedersehen, Jacek.«

Er war gerade auf den Bahnsteig gesprungen, als der scharfe Ton der Lokomotive ertönte. Die Wagen ruckten an, die Männer, die den Frauen geholfen hatten, sprangen schnell auf. Die dunklen Wagen bewegten sich immer schneller im gelben Schein der Stationslichter davon. »Der dumme Lümmel«, dachte Staniecki, »früher oder später kommt er doch um.« Der letzte Wagen war vorbei, und die roten Schlußlichter entfernten sich rasch im Dunkeln. Sie waren schon sehr weit fort, als sich Staniecki umwandte. Alinka stand mitten auf dem Bahnsteig bei den unordentlich hingeworfenen Koffern, sie stützte Frau Domański mit dem Arm und sah Staniecki erschrocken an.

Er kam näher.

»Was haben Sie getan?«

Er lächelte. »Das sehen Sie ja.«

»Lieber Gott, wie konnten Sie die Reise unterbrechen und den Freund verlassen ...?«

»Jammern Sie nicht«, unterbrach er sie barsch. »Vor allem will ich herausfinden, was man von diesem Garbatka erwarten kann.«

Der Wartesaal war geschlossen. Der Stationsvorsteher, dem Staniecki kurz erklärte, worum es ging, schlug es rundweg ab, ihn zu öffnen. Der nächste Zug sollte erst gegen Morgen halten, und strenge Vorschriften untersagten den Aufenthalt im Stationsgebäude zu dieser Zeit. Staniecki ließ sich zu Bitten herab. Aber auch das fruchtete nichts. Der Vorsteher sah zwar gefällig aus, war aber ein Bürokrat und wollte von nichts hören.

»Wo ist ein Arzt?« fragte Staniecki.

Der Vorsteher machte einen sehr verschlafenen Eindruck.

»In Złociniec ist einer.«

»Ist das weit?«

»So um die drei Kilometer. Aber ohne Erlaubnis können Sie sich nicht vom Stationsgelände entfernen.«

»Aber im Ausnahmefall können Sie sicher eine Erlaubnis erteilen?«

Der Vorsteher gähnte. »Nein«, sagte er schläfrig und ging.

»Was ist?« fragte Alinka, als Staniecki zu ihr zurückkam. Er berichtete kurz, wie die Dinge standen. Alinka sah immer noch sehr erschreckt aus. Sie schwieg und sagte dann leise: »Danke.«
Auf dem Bahnsteig fand sich eine kleine schmale Bank. Auf diese legten Staniecki und Alinka Frau Domański. Alinka hatte ein Plaid unter ihren Sachen, das sie unter der Liegenden ausbreitete, mit dem anderen Ende bedeckte sie die Füße der Kranken. Aus der Tasche von Frau Domański, die voll Mehl war, machte sie eine Art Kissen, so daß die Frau den Kopf höher lagern konnte. Sie war immer noch bei sich. Sie lag reglos da. Sie wirkte klein, gequält und vernichtet, die dunklen Augen waren leidend geöffnet, und in der Kehle steckte immer noch derselbe kurze und heisere Atem. Manchmal bewegte sie die am Körper langgestreckten Hände und zerrte mit den abgemergelten Fingern unruhig am Plaid. Alinka kniete neben ihr und wischte ihr den Schweiß mit einem Tuch ab.
Das Rattern des Zuges war ganz verhallt, und Ruhe trat ein. Nicht weit entfernt schimmerte in der Dunkelheit ein weißes Jasmingebüsch, dessen dicker, süßer Geruch sich verbreitete. Irgendwann wurde das Türschlagen des zurückgekehrten Vorstehers laut. Dann begann eine ungeheuere und lautlose Nacht. Wie ein roter Stern brannte ein Semaphor.
Staniecki faßte das Handgelenk der Kranken, um den Puls zu suchen. Dabei mußte er sich über sie beugen. Sie sah ihn einen Augenblick angestrengt an, plötzlich ging ein mildes, fast glückliches Lächeln über ihr Gesicht.
»Söhnchen«, flüsterte sie.
Staniecki richtete sich auf.
»Ich gehe«, sagte er. »Vielleicht gelingt es mir, diesen Arzt hierher zu holen. Auf Wiedersehen, Fräulein Alinka.«
Anfangs, bevor er den Weg fand, ging er ein wenig in die Irre, dann ging er schnell und sicher. Am Weg lief ein

Pfad entlang, also nahm er diesen Pfad. Daneben wuchsen über einem tiefen Graben breite, weitausladende Weiden; ihre lange, dunkle und dichte Reihe wies die gerade Wegrichtung im Sternenlicht. Zu beiden Seiten breitete sich wohl eine riesige Fläche, denn dort blieb die Nacht undurchdringlich, nur bei der Erde war sie durch das Glitzern des Getreides wie von einem unbeweglichen Wasserstreifen erhellt, hoch oben – von Sternennebeln durchdrungen.

Er ging immer schneller, aber keineswegs, weil ihm an Eile gelegen war. Er wußte, daß die alte Frau nicht mehr lebte oder in den nächsten Minuten sterben würde. Dieser Tod ging ihn nichts an, er fühlte keinerlei Rührung, nur ein trotziges, bösartiges Lachen wuchs in ihm, und eben dieses Lachen wollte er durch sein schnelles Gehen in sich dämpfen. »Warum denn eigentlich?« dachte er. Er hielt an. »Jetzt kann ich lachen.« Aber da war ihm die Lust schon vergangen. Er stand in der Dunkelheit und wußte nicht, was er tun sollte – umkehren oder weitergehen. Beide Möglichkeiten erschienen ihm als unsinnig. Er blieb stehen: »Alles ist Unsinn, alles ist Unsinn, nur Unsinn, ein rasender, irrer Unsinn!«

INTERMEZZO

Am Ende der zweiten Kriegswoche gelangte Andrzej Warnecki, ein Bautechniker aus Warschau, mit seiner Frau zu einem unweit der nach Włodawa führenden Chaussee liegenden Dorf. Das Dorf hieß, wie der Waldwegweiser anzeigte, Zawoje, war kaum einen Kilometer entfernt und machte vom Rande eines Ulmenhains aus den Eindruck einer großen dichtbebauten Ortschaft. Dort, wo die Ulmen aufhörten, begann eine Wiese, die in gleichmäßigem Grün bis zu den ersten Zäunen des Dorfes heranreichte.

Andrzej Warnecki machte an dieser Stelle halt, lehnte sich mit dem Rücken an eine schmächtige Ulme, nahm aus der Tasche seiner Windjacke eine Prise Tabak und begann, sich eine Zigarette zu drehen. Zośka blieb etwas zurück. Der schwere Rucksack drückte sie herunter, sie ließ Kopf und Arme hängen und machte in ihrer ganzen kläglichen Erscheinung einen äußerst erschöpften Eindruck. An Andrzej hingegen war keine Spur von Ermüdung. Groß und stark gebaut, von schmalen Zügen und brauner Gesichtsfarbe, wirkte er in seiner sportlichen Kleidung eher wie ein Tourist denn als einer der Flüchtlinge des Septembers. Er rauchte gierig und sah mit leicht zusammengezogenen Augen geradeaus.

Die Aussicht reichte bis zum weiten Horizont der flachen Ebene. Es war eine traurige und karge Landschaft, wie es herbstliches Flachland am Rande des Waldes zu sein pflegt — rötliche Stoppelfelder mit vergilbten Heustaken, die Streifen grüner Kartoffeläcker und grauvioletter Gräben, runde Weiden, die hin und wieder die Windungen der Chaussee andeuteten, irgendwo eine reglos in den Himmel ragende Windmühle, ein paar ziegelfarbene Dächer einsamer Siedlerhäuschen.

Es dämmerte schon. Die Hitze ließ etwas nach, zumindest ging hier an der Wiese ein schärferer Wind, aber weiter weg, über den Feldern, unter einem Himmel, der in wolkenloser blauer Gewaltigkeit über der Erde lag, schien die Glut des Tages anzudauern. Zwischen den Ulmenstämmen begannen sich bläuliche, sehr zarte Schatten hochzuwinden, ein kühles, mattes Grün legte sich auf die Ruhe der Wiese, während die ganze weitere Landschaft vom grellen Schein des Sonnenuntergangs durchdrungen war, von einer rostigen, flimmernden Helle, in der wie dichte Wolken Staubschwaden quollen, die sich über der Chaussee erhoben. Von dorther, monotonem Donner ähnlich, drang das dumpfe Rattern von Wagen und Lastern, näheren, sehr fernen, ferneren, die in ununterbrochenem Zug bis zum Horizont dahinfuhren. Wenn sich der Staub zuweilen lichtete, tauchte aus dem gelben Dunst eine dunkle Menschenmenge auf, die am Rande der Chaussee entlanghastete. Von weitem sahen die Menschen sehr klein aus, seltsame, eilig dahinkriechende Würmer.

Dieser Vergleich drängte sich Warnecki sofort auf, als sich der Staub plötzlich über dem Weg erhob. »Diese Idioten«, dachte er. Er fühlte sich klüger als dieses menschliche Gewimmel, wußte er doch aus eigener Erfahrung, daß man die Haupttrakte vermeiden und versuchen mußte, auf Nebenwegen vorwärtszukommen. Gleichzeitig glitt sein Blick auf der Suche nach dem nächsten und günstigsten Zugang zum Dorf über die Wiese. In das Gras tief eingedrückte Räderspuren liefen sichtbar darüber hinweg. Dem Augenmaß nach war es von hier nicht einmal mehr ein Kilometer bis zum Dorf. Er zog noch einmal an der Zigarette, drückte den Stummel aus und richtete sich den Rucksack hochziehend auf.

»Gehen wir«, sagte er.

Zośka rührte sich nicht und gab keinen Laut von sich. Warnecki, der schon einige Schritte gegangen war, hielt an und sah seine Frau flüchtig an. Sie stand wie zuvor, gebeugt, mit kraftlos herabhängenden Armen, ihr klägliches, ausgeblichenes Haar hing — seit sie in einem chaotischen Augenblick ihren Hut verloren hatte — in spärlichen Strähnen über Stirn und Schläfen. Das blaßgrüne Kleidchen, das am Kragen und an den kurzen Ärmeln mit vergilbten Spitzen besetzt war, umgab ihren abgemagerten Körper wie ein schmutziger, zerknautschter Lumpen. Sie war zart und von so kleinem Wuchs, daß sie manchmal, bei einer bestimmten, für sie charakteristischen Bewegung von Kopf und Schultern, an eine Zwergin erinnerte. Auf ihren bleichen Armen und den in verstaubten und ausgetretenen Schuhen steckenden Beinen war keine Spur von Sonne. Sie sah entsetzlich städtisch und unbeholfen aus. Ihr Anblick mochte Mitleid oder aber Mißfallen wecken.

Andrzej betrachtete seine Frau einen Augenblick mit einem kühlen, unwilligen Blick. Schließlich sagte er: »Willst du hierbleiben?«

Zośka bewegte, ohne dabei den Kopf zu heben, die Lippen.

»Was sagst du?«

Erst jetzt sah sie ihn an und hatte offensichtlich Mühe, mit der Zungenspitze die Lippen zu netzen.

»Ich kann nicht mehr, Andrzej.«

»In diesem Fall bleibst du also hier, ja?«

»Hier?«

Ihr blutarmer Mund verzog sich traurig, fast greisenhaft. »Du weißt doch, daß ich nicht allein bleibe. Aber ich kann wirklich nicht mehr weiter, die Beine sind wie abgestorben.«

Und wie immer, wenn sie niedergedrückt oder bekümmert war, neigte sie den Kopf etwas zur Seite und begann mit den Fingern sorgfältig die zerdrückten Spitzen ihres Kleides glattzuzupfen. Ihre großen Augen standen mit dem ausgeblichenen Strich fast weißer Wimpern und den schwach gezeichneten Brauen in komischem Widerspruch. Obwohl ihre Augen vor Erschöpfung nahezu erloschen, waren sie so schön, daß sie einem gänzlich anderen Menschen zu gehören schienen.

Sie sah Andrzej aufmerksam an. Warnecki griff mechanisch nach seinem Tabak und drehte sich eine neue Zigarette. Seine Hände zitterten leicht. »Dann weiß ich wirklich nicht, wie du dir das vorstellst.«
»Ich stelle mir gar nichts vor«, antwortete sie gleichgültig, aber ihre müden Augen zeigten Betroffenheit.
»Wir werden doch nicht etwa hier übernachten?«
»Mir ist alles egal.«
»Mir aber nicht! Verstehst du?«
Zośka bog den Kopf zurück und zog mit unveränderter Sorgfalt ihre Spitzen zurecht.
»Schrei nicht so. Das verbitte ich mir.«
»Du verbittest es dir? Was geht es mich an, was du dir verbittest? Du ...«
»Genug«, unterbrach ihn Zośka scharf.
Ihre dunklen Augen füllten sich plötzlich mit böser Aggressivität.
Sie richtete sich auf, reckte die Schultern hoch und ähnelte in diesem Augenblick, da sie so sehnlich wünschte, größer zu erscheinen als sie war, erst recht einer verblichenen, zerzausten Zwergin.
Einen Augenblick hatte es den Anschein, als wollte Andrzej sie schlagen. Aber er beherrschte sich. Er schob die geballten Fäuste in die Hosentaschen und lachte spöttisch.
»Du bist lächerlich!«
»D u bist lächerlich!«
»Wenn du dich im Spiegel sehen könntest!«
Ein giftiges, etwas schmerzliches Lächeln verzog ihr Gesicht. »Ich überlasse dir das Vergnügen.«
»Ich danke. Laß dir sagen, daß ich dieses Vergnügen wahrzunehmen nicht die Absicht habe. Überhaupt wird es am besten sein, wenn jeder seines Weges geht.«
»Ach, so steht es? Jetzt kommt die Katze aus dem Sack.« Er war schon ruhig, seiner Überlegenheit sicher.
»Mir scheint, daß ich dich nicht dazu überredet habe, aus Warschau fortzugehen, nicht wahr? Du hättest dort bleiben sollen!«

»Dort bleiben? Du bist gut! Das wäre bequem, die eigene Haut retten und die Frau umkommen lassen.«

»Die Frau?«

»Was, bin ich etwa nicht deine Frau?«

»Leider.«

»Das ›Leider‹ kannst du für dich behalten.«

Und sie ging zum Angriff über: »Damit du es genau weißt, ich lasse mich nicht scheiden, niemals! Selbst wenn du mich auf Knien bitten würdest, nicht. Du sollst wenigstens ein klein wenig so leiden wie ich.«

»Keine Angst, ich werde mir schon Rat wissen.«

»Bestimmt! Weißt du denn überhaupt, was das ist: leiden?«

Er zuckte die Achseln.

»Vielleicht weiß ich es nicht. Dafür weiß ich, was es heißt, sich einen Mann für Geld zu kaufen.«

Zośka zitterte. Ihr Gesicht wurde fahl. »Was hast du gesagt?«

»Das, was du gehört hast.«

»Wer hat dich gekauft? Ich?«

»Wer denn sonst? Die Königin von England vielleicht?«

»Red nicht. Ich soll dich gekauft haben?«

Sie geriet völlig außer sich und wand die Spitzen, die sie eben noch so eifrig geglättet hatte, nervös um die Finger. Andrzej betrachtete seine Frau mit unverhohlenem Abscheu. Plötzlich wandte er sich ab.

»Siehst du, nicht einmal mehr ansehen kannst du mich. Es ist unangenehm, das lebende Gewissen immer vor Augen zu haben?«

Er schwieg, und sie mußte weiterreden: »Oh, ich weiß schon, du wolltest, daß ich allein in Warschau bleibe, vielleicht wäre ich doch wenigstens umgekommen, dann hätte alles endlich ein Ende gehabt. Das hast du gewollt ...«

Andrzej wandte sich um und sah Zośka direkt in die Augen. »Das ist wahr.«

»Was, was ist wahr?« fragte sie bestürzt und floh mit dem Blick zur Seite.

»Du weißt genau, woran ich denke. Du weißt es, stell dich nicht so an, wem nützt das denn? Ich würde endlich ein Mensch werden.«

Ihre Lippen bebten.

»Du ein Mensch? Du bist gemein, gemein ...«

»Vielleicht bin ich gemein, ich weiß. Dir gegenüber bin ich gemein, böse und voll Niedertracht, alles, was du willst. Aber so bin ich nur dir gegenüber. Anderen Menschen kann ich ergeben und zugetan sein.«

»Du? Du und ergeben?«

»Unterbrich mich nicht, ja? Nur in deiner Gegenwart muß ich mich selbst verachten und mich als den Letzten der Letzten betrachten. Nur bei dir bin ich nicht imstande, etwas anderes aus mir herauszuholen als Bosheit, Ekel, Verachtung.«

»Hör auf«, flüsterte sie.

»Warum? Du sollst wenigstens ein einziges Mal erfahren, wohin du mich gebracht hast.«

»Ich dich gebracht habe ...?«

»Wer sonst? Du hast mich dazu gebracht, daß ich dich hasse. Ich hasse dich, hörst du? Mein Gott, wie ich dich hasse! Manchmal kommt es mir vor, als sei das schon kein normaler menschlicher Haß mehr und als könne man so wie ich, ohne Unterlaß, ohne Atemholen, Tag um Tag, nur sein Opfer hassen.«

»Siehst du.«

»Freu dich doch. Du hast allen Grund, dich zu freuen. Du steckst in mir wie ein Geschwür. Ja! Du gibst das Unrecht, das ich dir antat, indem ich dich nicht lieben konnte, mit Prozenten zurück. Freu dich ...«

Zośka schirmte sich mit den Händen ab wie vor einem Schlag. »Was sagst du? Das ist doch nicht zum Freuen.«

»Du lügst! Für dich ist es eine Freude, denn sonst hättest du von diesem Leben längst genug gehabt. Aber du willst es ja, du hast immer noch nicht genug davon. Und was folgt daraus? Du wirst gemein neben mir, und ich werde gemein neben dir. Beglückwünschen wir uns, wir passen zueinander, was?«

Er wandte sich abrupt ab und ging schnell in Richtung auf das Dorf zu. Aber er hatte kaum einige Schritte zurückgelegt, als er hinter sich Zośkas gequälte Stimme Andrzej rufen hörte.
Ohne sich umzuwenden, beschleunigte er sein Tempo. Erst als sie ein zweites Mal rief, wobei ihre Stimme schon voll Unruhe und Verzweiflung war, vergegenwärtigte er sich die Lächerlichkeit seiner vergeblichen Flucht. Er hielt an. Zośka erreichte ihn hinkend und hielt mit beiden Händen die auf ihren Schultern zu lose sitzenden Rucksackriemen fest. Sie war schon fast bei ihm, als einer ihrer Schuhe mit dem hohen Absatz in der feuchten Erde steckenblieb. Sie schrie leise auf, und niederkauernd begann sie jämmerlich zu stöhnen.
Andrzej zögerte noch einen Augenblick, ehe er umkehrte. Sie sah ihn mit vor Angst getrübten Augen an, mit der linken Hand strich sie – obgleich in so unbequemer Haltung – ihre Spitzen glatt.
»Andrzej, du wirst doch nicht so herzlos sein?«
»Was hat das Herz damit zu tun?«
»Wirst du nicht weglaufen?«
Er schwieg.
»Wirst du mich nicht allein lassen?«
»Nein«, sagte er endlich, »jedenfalls nicht im Augenblick.«
»Siehst du, so bist du. Ein Schritt vorwärts und schon ziehst du dich zurück.«
»Ziehst du vor, daß ich lüge?«
»Mußt du denn unbedingt lügen oder böse sein?«
»Fängst du schon wieder an?«
»Was fang ich denn an? Darf ich noch nicht einmal mehr ein einziges Wort sagen?«
»Du darfst, du darfst. Übrigens hast du nicht nur ein, sondern mindestens zehn Worte gesagt. Und jetzt komm endlich, es ist schade um die Zeit. Wir müssen in Zawoje irgendein Nachtlager finden.«
»Es tut weh«, klagte sie und umfaßte den Fuß am Knöchel.

Warnecki bückte sich, eine Bewegung der Ungeduld unterdrückend, zu dem Fuß hinunter.
»Hast du den Fuß verstaucht?«
Sie sah ihn aufmerksam und mit Spannung an. »Ich weiß nicht, es tut jedenfalls sehr weh.«
»Zeig her!«
Sie zog die Hand zurück und streckte ihm den Fuß mit einem Anflug von Koketterie entgegen. Er war schmutzig, von dem Staub vieler Tage bedeckt, auf den von zu engem Schuhwerk deformierten Zehen und über der Ferse waren blutige Abdrücke und Blasen.
Andrzej kniete sich hin und berührte das schmerzende Gelenk mit den Fingerspitzen.
»Es tut weh.«
»Sehr?«
»Nein, jetzt nicht«, flüsterte sie, ganz nah an seiner Wange.
Er wich zurück und stand auf.
»Wie oft habe ich dir schon gesagt, nicht mehr in diesen idiotischen hohen Absätzen zu gehen, das hat doch keinen Sinn. Und zieh doch nicht ewig diese Spitzen an!«
Zośka preßte die Hand an die Brust.
»Regst du dich schon wieder auf?«
»Wie soll sich ein Mensch nicht aufregen, wenn er solche Idiotien mitansehen muß?«
»Stören dich meine Spitzen?«
»Nein, sie versüßen mir das Leben.«
»O Gott! Du kannst niemals antworten wie ein Mensch. Das sind doch echte Spitzen.«
»Ich weiß, du brauchst nicht zu erwähnen, was deine Mutter dafür bezahlt hat.«
»Ich erwähne es ja gar nicht. Aber wenn eine andere Frau solche Spitzen tragen würde, dann würden sie dir bestimmt gefallen.«
»Mag sein.«
»Und wenn ich etwas anziehe, dann gefällt es dir nie, alles ist abscheulich für dich.«
Warnecki biß sich auf die Lippen. Zośka betrachtete ihn mit beunruhigter Aufmerksamkeit.

»Du bist schon wieder böse.«
»Ich bin nicht böse.«
»Was denn? Ich sehe es doch.«
»Vielleicht gehen wir jetzt endlich. Auf diese Weise können wir bis morgen früh weiterreden.«
Zośka zog vorsichtig und ohne Eile den Schuh auf den verwundeten Fuß. Gleichzeitig sah sie, den Kopf vorbeugend, verstohlen zu Andrzej hin, offensichtlich in der Hoffnung, er würde ihr aufstehen helfen. Aber er wandte ihr den Rücken zu und drehte sich eine neue Zigarette.
»Rauch nicht so viel«, sagte sie besorgt und vorwurfsvoll.
»Was sagst du?«
»Ich sage, du rauchst zuviel. Eine nach der andern.«
»Aha. Danke für die Fürsorge. Gehen wir!«
Sie stand mühsam auf, reckte die vom Rucksack beschwerten Schultern. Ihr Gesicht war weiß, die Lippen hatte sie zusammengekniffen. Ihre tief eingesunkenen Augen waren fast blind vor Haß.
Andrzej ging mit dem gleichmäßigen, weit ausholenden Schritt eines gesunden Mannes über die Wiese, Zośka konnte ihm, hinkend und den herabgleitenden Rucksack immer wieder hochziehend, kaum folgen. In kurzer Zeit war ein gutes Stück Weg zurückgelegt. Andrzej sah sich nur einmal um. Als er feststellte, daß Zośka folgte, ging er weiter, ohne sich um sie zu kümmern.
Etwa in der Mitte der Wiese stieß er auf dem Weg auf aufgeweichten, mit Grundwasser getränkten Boden. Da er kräftige Wanderschuhe anhatte, brauchte er nicht zu befürchten, nasse Füße zu bekommen, dennoch ging er etwas zur Seite, um einen trockenen Übergang zu suchen. Als er erkannte, daß das einen beträchtlichen Umweg bedeuten würde, ging er quer hindurch. Der Boden wurde nach wenigen Schritten wieder hart. Warnecki war schon auf der anderen Seite, als ihn Zośkas Stimme erreichte: »O Gott, Andrzej!«
Er blieb stehen und drehte sich um.

Zośka hatte erst einige Schritte im Sumpf gemacht und stand dort unsicher schwankend mit gespreizten, bis zu den Knöcheln im Wasser steckenden Beinen. Sie sah sich hilflos um, als sie bemerkte, daß Andrzej ungerührt auf trockenem Boden stand, veränderte sich ihr Gesichtsausdruck.

»Wie gehst du denn?« schrie sie schrill, »bist du verrückt geworden?«

Er zuckte die Achseln und ging weiter. Zośka holte ihn erst am Rand der Wiese ein. Ihre Füße sahen in der Tat entsetzlich aus, sie waren lehmbeklebt, die Schuhe durchnäßt. Ihre Lippen zitterten, als wollte sie weinen.

»Du bist absichtlich diesen Weg gegangen«, rief sie scharf und kläglich zugleich, wobei sie die linke Hand an die Spitzen preßte.

Aber unter seinem Blick verstummte sie sofort.

»Ich habe lauter Wasser in den Schuhen«, flüsterte sie.

»Davon wirst du schon nicht sterben«, sagte er, »gehen wir.«

Sie gingen jetzt nebeneinander, ohne zu sprechen. Die Räderspuren führten sie bald zu den ersten Zäunen am Dorfeingang. Von dort gelangten sie mühelos zur Chaussee. Aber plötzlich lehnte sich Zośka gegen eine Zaunlatte, unruhig an den Spitzen nestelnd, und sagte: »Andrzej, laß uns nicht dorthin gehen, ich flehe dich an! Es gibt bestimmt noch einen Fliegerangriff.«

»Um diese Zeit?«

»Das ist egal. Sieh doch, was dort vorgeht.«

In der Tat, der schmale Chausseestreifen, der in einigen Metern Entfernung zwischen zwei Gehöften sichtbar wurde, bot einen recht ungewöhnlichen Anblick. Der rostfarbene Schimmer, der vor kurzem die Luft durchdrungen hatte, war jetzt erloschen, und Schatten begannen, obwohl der Himmel noch blau war, auf die Erde zu fallen. Sogar die sich über der Chaussee erhebenden Staubwolken wurden dunkel, ihre Gelblichkeit nahm unversehens eine fast ziegelrote Färbung an.

Es sah aus, als hänge ein Knäuel kühler, lichter Strahlen über der Chaussee. Manchmal, wenn von den Feldern ein abendlicher Windhauch herwehte, begann der ungewöhnliche Brand zu schwanken und zu wachsen, eine lautlose Feuersbrunst schlug gegen den ruhigen Himmel, ringsum verdichtete sich die Dunkelheit.
Auf den Feldern dagegen lag eine große Ruhe, eine Stille, wie es sie nur an Herbstabenden so gleichmäßig und vollendet gibt. Das Dröhnen der Wagen klang dumpf und monoton, als ergieße sich nicht über der Erde, sondern unter ihr ein finsterer, dunkler Strom. Manchmal quietschten Speichen, Räder knirschten, ein Pferd wieherte, eine menschliche Stimme schrie unvermittelt. Die Menschen, die am Rand der Chaussee zusammengepfercht waren, bewegten sich in völligem Schweigen vorwärts, alle trugen Tornister und Koffer, waren gebückt, sahen vor sich hin, Schatten ähnlich, die schnell und stumm am Rand eines Abgrunds daherkriechen, dessen Tiefe Flammen auf die Erde ausgespien hat.
Zośka preßte sich noch stärker gegen den Zaun. Sie zitterte, und ihre dunklen Augen sahen abwesend aus.
»Ich habe Angst, Andrzej, ich habe Angst.«
»Sei nicht hysterisch«, unterbrach Andrzej sie scharf, »komm!«
»Nein! Nein!« sagte sie und klammerte sich mit beiden Händen am Zaun fest. »Für nichts in der Welt gehe ich dorthin. Laß uns an diesem Dorf vorbeigehen.«
»Wie denn? Wohin denn? Bist du verrückt?«
»Ich bin nicht verrückt«, stotterte sie mit weinerlicher Stimme. »Ich bitte dich doch nur wie einen Menschen – aber was geht das dich an . . .«
»Also dann bitte auch gefälligst nicht, wenn du weißt, daß es mich nichts angeht. Kommst du nun?«
»Ich habe Angst vor diesem Dorf.«
»Bedauerlich, daß du keine Angst vor der Hölle hast, die du einem stets bereitest.«
Zośka kam plötzlich zu sich und plusterte sich auf wie ein aufgeschreckter Vogel. »Ich bereite eine Hölle?«

Andrzej beugte sich ihr mit solcher Heftigkeit zu, daß sie sein entstelltes Gesicht ganz nahe vor sich sah. Es gelang ihr nicht mehr, ihm mit dem ersten Reflex der Panik auszuweichen. Sie fühlte, wie er sie mit aller Kraft am Handgelenk packte.

Sie zerrte daran. »Laß los.«

»Du, hör mal gut zu ... wenn du mich zum Äußersten treibst ...«

»Was dann? Laß los! Was machst du dann?«

»Dann bring ich dich um wie einen Hund, verstehst du?«

Sie brach in ein hohes, herausforderndes Lachen aus, bis sich in ihrer Kehle plötzlich etwas überschlug, als sei etwas gesprungen, und ihr Weinen ging in ein krampfartiges Schluchzen über. Andrzej ließ sofort ihre Hand los und sah sich unruhig um. Es war zwar keine Menschenseele in der Nähe, aber es kam ihm vor, daß gleich jemand aus der nächsten Bauernhütte heraustreten oder einer von denen, die über die Straße gingen, vom Weg herabgehen und auf sie zukommen würde.

»Zośka, beruhige dich, hörst du?« flüsterte er hastig, »beruhige dich.«

Aber Zośka blieb von seiner Vernunft unberührt und ließ ein immer lauteres und höheres, immer deutlicher in ein scharfes Schrillen übergehendes Kichern hören. Es gluckste in ihrer Kehle, der Kopf flog zurück, die Finger beider Hände zerrten mit erstaunlicher Schnelligkeit an den Spitzen um den Hals. Andrzej wußte aus Erfahrung, daß man seine Frau in Fällen dieser Art nur durch schnelles Handeln wieder zu Bewußtsein bringen konnte. Er packte Zośka bei den Schultern, riß sie vom Zaun weg und schüttelte sie heftig ein, zwei Mal. Das wirkte in der Tat. Sie umarmte ihn, schluchzte noch ein paar Mal mit leiser werdender Stimme, atmete tief und schnell, wie es Kinder tun, und beruhigte sich. Gerade wollte er von ihr wegtreten, da schmiegte sie sich mit ihrem ganzen Körper an ihn und klammerte sich, um seine Abwehr zu verhindern, mit den Händen an die sie umfassenden Arme. Sie war um so viel kleiner als er, daß sie ihm kaum bis zur Brust reichte. Ihre dunklen Augen waren von der reinsten Rührung feucht, und ihre einfache, heiße Schönheit gab ihrem ganzen Gesicht einen flüchtigen Reiz.

»Du bist arm«, flüsterte sie leise und sehr zärtlich.

Warnecki rührte sich nicht. Er senkte nur die Augen. Und Zośka begann, ihm die Arme zu streicheln, sehr vorsichtig und schüchtern, ihre Hände zitterten ein wenig.

»Du bist arm ... Es ist meine Schuld, ich bin böse, ich kann dich nicht richtig lieben ...«

Sie lehnte den Kopf an seine Brust und flüsterte noch leiser: »Ich möchte dich so gerne richtig lieben. Wenn du mir nur ein wenig dabei helfen wolltest ...«

Warnecki schwieg. Er hielt den Kopf gesenkt, gelähmt von dem unerträglichen Bewußtsein, daß alles, was er jetzt tun würde, schlecht wäre. Selbst sein passives, schweigendes Anhören der Worte Zośkas kam ihm falsch vor. Er fühlte, daß er sich entscheiden und auf der Stelle von dieser unnötigen und beschämenden Liebe trennen müsse, die ihm nur eine Last war. Zu einer entschlossenen und brutalen Geste jedoch ließ es in diesem Augenblick ein verschwommenes und unbestimmtes Gefühl nicht kommen, das er zwar verachtete, aber aus sich herauszureißen nicht den Mut hatte. Wenn das Mitleid war, dann war es ein erbärmliches und feiges Mitleid, ein Mitgefühl übelster Sorte, das sich im Grunde durch nichts von einer gewöhnlichen Lüge unterschied. Es war ihm bewußt, daß er im Haß nur noch tiefer fiel, noch böser und finsterer erschien. Denn ohne etwas an seinen schlechten Gefühlen zu ändern, fügte er ihnen noch die Feigheit und die Lüge hinzu. Es gibt keinen Ausweg, dachte er. Und plötzlich, als ihm bewußt wurde, mit welcher Ruhe und Kälte er das feststellte, packte ihn Entsetzen. Was weiter? Gab es wirklich keinen Ausweg, keine Möglichkeit, diesen boshaften, mit eigenen Händen geknüpften Knoten zu zerreißen? Sollte er immer tiefer und weiter in diesen Schmutz steigen, den eigenen Fehler und alle düsteren Folgen fortwährend hinter sich herschleppend? Er fühlte sich so erschöpft, daß es ihm vorkam, als entständen diese beunruhigenden Fragen gleichsam außerhalb seiner, ohne seine innere Erstarrung anzurühren. Und er fühlte nicht einmal Erleichterung, als Zośka ihren Kopf still von seiner Brust hob und die Hände von seinen Armen nahm. Er fühlte, daß seine scheinbare Ruhe und sein Schweigen in diesem Augenblick als Zeichen einer Versöhnung gelten mochten oder allenfalls als das Zulassen einer solchen Versöhnung. Vielleicht wäre das möglich? dachte er, vielleicht muß man nur wollen?

Inzwischen war Zośka von ihm weggetreten. Sie richtete sich auf und zog ihren Rucksack hoch.

»Gehen wir?« fragte sie leise.

Aber sie rührte sich nicht von der Stelle. Sie sah ihren Mann mit langsam verblassenden Augen an, die sich mit dunkler Unruhe füllten. Sie erwartete von Andrzej offensichtlich ein Wort oder eine winzige Geste. Aber er schwieg. Zośka hob mit unentschlossener Gebärde die Hand zu den Spitzen.

»Weißt du, manchmal lohnt es sich, wenigstens zu lügen ...«

»Lügen?« Er tat verwundert. »Wozu?«

»Wozu?«

»Ja, was hat man davon?«

»Was man davon hat? Eine Illusion.«

Er lachte verächtlich.

Sie krümmte sich zusammen und war wieder jene häßliche, vernachlässigte Zwergin. Ihre schönen Augen drückten hoffnungslose Trauer aus.

»Du lachst, denn du weißt nicht, was es heißt, nicht geliebt zu werden.«

»Glaubst du, daß eine Liebe ein Vergnügen ist, die man nicht braucht?«

»Ich weiß es nicht. Ich habe Liebe immer nur gebraucht.«

Sie schloß die Augen und verharrte so. Dann flüsterte

sie, den Kopf neigend: »Ich weiß, daß du mich nicht liebst. Aber für mich gibt es kein anderes Leben mehr.«

»Du redest Unsinn«, sagte er achselzuckend, »das Leben kann immer anders werden.«

Darauf erwiderte sie nichts mehr. Schweigen trat zwischen ihnen ein. Auf dem kurzen Abschnitt, den sie bis zur Chaussee zurückgelegt hatten, redeten sie kein Wort mehr, so als fühlten sie zur gleichen Zeit, daß kein Wort sie mehr erreichen konnte. Doch belastete sie dieses Schweigen mehr als alles, was sie sich bisher gesagt hatten. Jeder von ihnen zog sich in sich zurück, aber in dieser Vereinsamung war kein Aufatmen. Das Bewußtsein einer beiderseitigen Unfreiheit quälte und vergiftete sie noch mehr. »Es gibt keinen Ausweg«, dachte Warnecki. Und Zośka dachte dasselbe.

Als sie endlich die Straße erreichten, umhüllte sie gleich beißender Staub, die dichte Menge packte sie und stieß sie vorwärts. Gerade am Dorfeingang war ein Stau entstanden; Wagen, Leiterwagen und Handwagen waren fest zusammengeklemmt und bildeten auf der Straßenmitte ein träges Knäuel, als sei ein Sturm der Vernichtung darüber hinweggegangen. Die plötzlich angehaltenen Pferde stiegen an den Deichseln hoch, und am Geschirr zerrend, wieherten sie durchdringend laut. Die Menschen standen von den umgeworfenen Sitzen auf und fuhren aufgeregt mit den Händen in der Luft herum. Die Fuhrleute schrien, und die Kinder weinten.

Die Dämmerung wurde dichter. In der Ferne tönte, zur Eile antreibend, immer wieder eine Autohupe. Plötzlich schrie ein kleines Männlein auf einem bis ganz an den Wegrand gedrängten Wagen: »Ein Flieger!« Sofort brach eine entsetzliche Panik aus. Fast gleichzeitig ruckten alle Fahrzeuge an, und da die Straße weiterhin blockiert war, fuhren sie in- und aufeinander. An vielen Stellen hörte man das trockene Splittern brechender Deichseln und Achsen, die Räder knirschten schrill, die Pferde scheuten, rissen nach vorn und nach hinten, alles verklemmte und verhakte sich noch mehr.

»Ruhe!« rief aus der Mitte des Knäuels eine junge, beherrschte Stimme. Aber die Menschen waren schon von den Wagen heruntergesprungen, die Frauen schrien verzweifelt nach ihren Männern. Das jämmerliche und herzzerreißende Weinen der Kinder verlor sich in dieser Verwirrung. Die Fußgänger ergriff eine Panik. Die Masse geriet ins Schwanken, und wie von einer unsichtbaren Faust gestoßen, warf sie sich nach vorn. Die Menschen stießen sich blindlings, traten sich gegenseitig. Ein Gewirr von Stimmen, Flüchen und Rufen stürzte in die Dunkelheit.

Zunächst ließen sich die Warneckis von diesem Chaos mittragen, von allen Seiten bedrängte man sie. Es traf sich so, daß die erste Welle der Panik Zośka in gewisser Entfernung von Andrzej antraf. Es gelang ihr nicht, ihn einzuholen, als sie sah, wie er irgendwo, von der Menge getrieben, sich sehr schnell zu entfernen begann und in der dunklen Masse verschwand. Sie schrie verzweifelt auf, und plötzlich, als wären in ihr übermenschliche Kräfte erwacht, zwängte sie sich durch die sie von Andrzej trennenden Menschen hindurch. Sie wußte selbst nicht, wann und wo es ihr gelang, ihn zu erreichen. Sie hing sich krampfhaft an seine Arme und wiederholte mit zitternden, bleichen Lippen: »Gott, o Gott!«

Andrzej widersetzte sich der Panik schon nach wenigen Minuten. Er erkannte schnell, daß der Alarm falsch war, und spannte alle seine Kräfte an, um sich von den willenlosen Wellen nicht mitreißen zu lassen. Zunächst halfen weder seine Größe noch die Stärke seiner Arme. Der kollektive Wahnsinn war mächtiger. Und dieser Umstand genügte, daß der Unwille, den er stets der Menge gegenüber empfand, jetzt mit doppelter Wut ausbrach: »Vieh, verdammtes!« schrie er und begann, jetzt schon ohne jede Rücksicht, die ihm am nächsten stehenden Menschen wegzustoßen. Die Ellbogen breitgestellt, bahnte er sich mit einer Wut, die seine Kraft vermehrte, mühselig, aber Schritt um Schritt, einen Weg zum

Straßenrand. Endlich gelang es ihm dort, sich freizumachen, und da die Menge ständig weiter nach vorne drängte, sprang er in einen Straßengraben, Zośka mit sich ziehend. Eine ganze Weile blieb ihnen nichts übrig, als mühsam und hastig Atem zu schöpfen. Über ihnen raste immer noch das geballte Wirrwarr. Die Autohupen dröhnten immer durchdringender. Andrzej, der sich an einen aus dem Graben herauswachsenden Weidenstamm lehnte, schob die zerzausten Haare aus der Stirn und kam langsam zu sich. Zośka hingegen zitterte noch, und wann immer es ihr sich beruhigender Atem erlaubte, flüsterte sie ihr bebendes und entsetztes »Gott, o Gott!«

»Hör auf«, sagte Andrzej schließlich, »warum jammerst du, es ist dir nichts passiert.«

Zośka preßte die Hände an die Brust.

»Ich flehe dich an, Andrzej, laß uns nicht in diesem Dorf bleiben.«

»Warum denn?«

»Es ist entsetzlich hier.«

»Was ist hier Entsetzliches? Meinst du, daß es woanders besser ist?«

»Ich weiß nicht, ich habe Angst.«

»Sieh mal, wie spät es ist. Da hast du's, halb neun, in einer halben Stunde wird es ganz dunkel sein. Kannst du die ganze Nacht durchgehen? Wenn du willst? Ich kann.«

»Die ganze Nacht?«

Andrzej sah sie mit zusammengezogenen Augen an.

»Nein, ein Viertel der Nacht. Ich habe ganz und gar vergessen, daß unweit von hier die Wohnung deiner verehrten Mama mit elektrischem Licht und fließendem Wasser auf uns wartet.«

Sie war so niedergedrückt, daß sie nicht darauf einging.

»Die Wohnung von Mama? Wie denn? Was redest du?«

»Scheiße!« sagte er kurz.

Auf der Straße beruhigte es sich allmählich. Den Menschen wurde endlich klar, daß keine Gefahr drohte. Die

Menge begann sich zu verteilen. Im Dorf hatte sich die Stauung offenbar gelöst, denn unter den Fuhrleuten trat Bewegung ein. Die Flüchtenden, die auseinandergelaufen waren, riefen sich zusammen und fanden ihre Wagen. Bald darauf setzten sich die ersten in Bewegung. Aber sie mußten sogleich zur Seite weichen, weil ungeduldigeres Hupen sie antrieb. Über die Straßenmitte fuhren dröhnend und staubaufwirbelnd riesige mit Zeltplanen bedeckte Lastwagen, auf den Plattformen standen Geschütze und Maschinengewehre. Es folgten große Autobusse. Es sah nach einem längeren Heereskonvoi aus. Als sich die beiden Warneckis auf die Suche nach Essen und Nachtlager machten, war es schon ganz dunkel. Zawoje war in der Tat groß und weitläufig, aber selbst ein dreimal größeres Dorf hätte den Hunger aller Flüchtlinge nicht stillen und nicht allen Herberge geben können. Da das Dorf an der Hauptstrecke nach Włodawa gelegen war, zogen die Menschen in wahrhaft unerhörten Massen hierher. Die Evakuierungswelle hatte offensichtlich in der Gegend, die von der Hauptstadt einige hundert Kilometer entfernt war, den größten Umfang erreicht. Mit der Dämmerung nahm der Ansturm ab, und nur wenige Grüppchen von Nachzüglern kamen noch über die Chaussee gezogen. Aber es hatten diejenigen ausgereicht, die vor ein paar Stunden eingetroffen waren, damit das Dorf buchstäblich von Nahrungsmitteln kahlgefressen und alle Hütten, Böden und Heuschober mit Übernachtenden überfüllt waren.

Außerdem hatte eine beträchtliche Anzahl Militär in Zawoje Quartier bezogen. Aber das war nicht das reguläre Heer; einfache Soldaten, von denen es überall viele gab, waren hierher gekommen. Vereinzelt und in Grüppchen zogen sie von Bauernhaus zu Bauernhaus, redeten mit den Wirten und zufälligen Flüchtlingen. Sie alle trugen zerdrückte und zerrissene Uniformen, viele waren ohne Waffen. Über die Chaussee indes, die langsam leerer wurde, zogen ununterbrochen Autokolonnen mit Heer und Waffen nach Osten. Kurz vor dem Eintritt völliger Dunkelheit begann mit einem Dröhnen, daß die Erde dumpf erzitterte, Artillerie heranzurollen. Und ihre Durchfahrt dauerte sehr lange.

Im Dorf herrschte eine unruhige Stimmung. Eine heitere, aber mondlose Septembernacht kam schnell herauf, eine kühle und dichte Dunkelheit stellte sich ein. Am dunkelnden, sehr hohen Himmel erschienen die ersten Sterne, und nach kurzer Zeit begannen am Horizont geheimnisvolle Lichtsignale aufzublinken.

Trotz der ungeheueren Anzahl von Menschen wurde es schnell still im Dorf. Eine schwere und sorgenvolle Ruhe breitete sich aus. Kaum jemand schlief. Man unterhielt sich gedämpft, im Flüsterton, als fürchte man, eine nahe, aber unbekannte Gefahr anzulocken. Von Hütte zu Hütte, von Mund zu Mund wanderten verworrene und widersprüchliche Nachrichten über zerschlagene Divisionen, über das schnelle Heranziehen deutscher Truppen in diese Gegend, über Niederlagen, deren Ausmaß niemand genau kannte, und über Hoffnungen, denen keiner zu vertrauen wagte. Niemand wußte etwas Genaues, denn sogar diejenigen, die zur Pfarrei gegangen waren, um die Radiomeldungen zu hören, kamen genauso klug wie zuvor zurück. Die meisten konnten sich kaum auf den Beinen halten, aber wenn auch der Schlaf den Körper lähmte, wie konnte man denn in einer Nacht schlafen, die nur so kurze Zeit dauern sollte und mit dem Morgengrauen einem Tag weichen mußte, der ein schweres, unbekanntes Los mit sich brachte. So machten viele Flüchtlinge, obgleich sie vor Erschöpfung umfielen, nur eine kurze Ruhepause, verließen Zawoje noch während der Nacht und zogen weiter. Sie hatten kein Ziel vor sich, kannten nur die Richtung ihres angestrengten Marsches: den Osten, den der Krieg noch nicht erfaßt hatte.

Auf der Suche nach Essen und Nachtlager passierten die Warenckis das ganze Dorf, wobei sie nacheinander in jede Hütte gingen. Überall schickte man sie weiter. Die letzten Häuser zeichneten sich wie weiße Schatten vor ihnen in der Dunkelheit ab. Dahinter begann eine gewaltige, fremde und reglose Nacht, unter einem Himmel, an dem immer mehr Sterne erglommen. Die durchdringende Kühle der Herbstnacht wurde empfindlicher. Auf der Chaussee dröhnte weiterhin die Artillerie.

Andrzej, dem sich auf dieser Wanderung bislang alles recht günstig gefügt hatte, konnte sich mit dem Mißerfolg nicht abfinden. Die Situation sah wahrhaftig wenig erfreulich aus. Jetzt in der Dunkelheit lange Stunden weiterzugehen mit der zweifelhaften Hoffnung, vielleicht gegen Morgen einen Rastplatz zu finden, das war wenig verlockend. Gerade in diesem Augenblick fühlte er Erschöpfung und hatte den Wunsch, wenigstens für einige Stunden, wenn auch nicht einzuschlafen, so doch sich auszustrecken. Auch der Hunger machte ihm zu schaffen. Seit den frühen Mittagstunden hatten sie beide nichts mehr gegessen. Aber das einzige, was er jetzt der eigenen Kraftlosigkeit entgegenstellen konnte, war ein verbissener, immer schärfer schwärender Zorn. Er war sich der Sinnlosigkeit dieses Zorns bewußt, aber er konnte ihn weder beherrschen noch überwinden, und immer hartnäckiger und verbissener wuchs dieses böse Gefühl in ihm.

»Na, da hast du's«, sagte er und wandte sich an Zośka. »Du hast es beschrien!«

Sie gab keine Antwort. Sie war so erschöpft, daß sie kaum noch stehen konnte. Sie lehnte sich nicht einmal an die Zaunlatten, die neben ihr waren. Die Last des Rucksacks drückte sie herunter, sie ließ die Arme auf ihre Art hängen und hielt den Kopf gesenkt. In der Dunkelheit, die der Sternenschein mit einer nebligen Helle erfüllte, machte sie den Eindruck einer, die nichts mehr weiß und nichts mehr hört. Andrzej versuchte noch einmal, zu ihr vorzudringen.

»Also was? Es bleibt uns nichts anderes übrig als weiterzugehen.«

»Gut«, sagte sie passiv und richtete sich zu seinem Erstaunen auf, bereit weiterzugehen.

»Bist du verrückt? Die ganze Nacht?«

Als sie auch das schweigend aufnahm, brach er los.
»Das ist alles nur deinetwegen! Wenn du nicht deine Geschichtchen am Wald gemacht hättest, dann wären wir früher in dieses verdammte Nest gekommen und hätten etwas gefunden. Und was wird jetzt?«
Er sprach diese zornigen Worte in immer stärker werdender Aufwallung. Er wandte Zośka die Seite zu und trat unentwegt gegen einen am Weg liegenden Baumstumpf.
»Und was wird jetzt?« wiederholte er, sich zu ihr umwendend, in einem Ton, der von ihr den sofortigen Ausweg aus der Situation zu fordern schien.
Sie schwieg einen Augenblick und fragte dann mit ungewöhnlicher Ruhe: »Mußt du das alles sagen?«
Ihre Stimme und ihre Worte erstaunten ihn so sehr, daß er nicht gleich eine Antwort fand. Und zur gleichen Zeit löste sich der geballte Zorn in ihm. Und er sagte bald darauf mit fast gewöhnlicher Stimme:
»Mir scheint, daß du genauso gut wie ich wissen solltest, was man muß und was man nicht muß.«
Von den Feldern kam ein Wind, der kühler war als bisher. Andrzej war wärmer angezogen als Zośka, die, nachdem sie ihren Mantel verloren hatte, nur noch ihr leichtes Kleidchen mit den Spitzen trug. Doch auch ihn durchfuhr ein unangenehmer Schauer. Er sah auf die Uhr. Es ging auf neun. Er fühlte, wie er seine geschwächte Kraft wiederfand. Sich aufrichtend zog er den Reißverschluß der Windjacke bis zum Hals.
»Es kann keine Rede davon sein, daß wir nichts finden! Es muß sich etwas finden, oder es muß mit dem Teufel zugehen.«
Zośka zitterte, und man konnte trotz der Dunkelheit sehen, wie sie das Zittern zu beherrschen versuchte.
»Ist dir kalt?« fragte er fast besorgt.
»Ja, aber es ist nicht so schlimm. Dir ist bestimmt kalt?«
»Na, zu warm ist es nicht, aber das macht nichts. Hauptsache, etwas trinken und sich hinlegen. Einen Becher Milch würdest du bestimmt auch trinken, was?«

»Ja.« In ihrer Stimme bebte ein warmer, fast freudiger Ton. »Und du?«

»Ich sogar drei oder vier! Aber reden wir nicht so viel, hierher bringen sie uns bestimmt keine Milch. Komm, versuchen wir in den Häusern dort drüben noch einmal unser Glück.«

Er deutete auf zwei weiße Häuser, die in gewisser Entfernung von der Chaussee lagen. »Es ist bestimmt alles besetzt«, flüsterte Zośka.

»Wir werden ja sehen, wer weiß?«

Sie gingen vom Weg herunter und wandten sich dem ersten Haus zu. Es gab hier überhaupt nur wenige Häuser, zwei oder drei, soweit man das in der Dunkelheit feststellen konnte — sie gehörten offensichtlich zu den ärmsten des Dorfes. Sie lagen auf einem Hang etwas unterhalb der Chaussee, die Wirtschaftsgebäude gingen auf die Wiese hinaus. Ein abschüssiger, nicht allzu breiter, dafür aber gewundener Weg führte durch Umzäunungen hindurch. Es schien hier dunkler als auf dem Weg, die abgeblendeten Scheinwerfer der vorüberfahrenden Lastwagen drangen nur mit einem blassen Schimmer hierher, der wie ein flüchtiger Schatten die Erde streifte und sogleich verschwand.

Aber Andrzej hatte sich schon an die Dunkelheit gewöhnt und ging sicher und schnell voran. Zośka, die sich stets schlecht im Dunkeln zurechtfand, konnte kaum folgen.

Sie setzte die Füße unsicher, hinkte immer mehr und stolperte ein paar Mal so sehr, daß sie fast stürzte. Die Füße waren naß vom Tau. Sie spannte dennoch alle Kräfte an, um nicht zurückzubleiben. Die fremde Leere der Nacht erfüllte sie mit solcher Angst, daß ihr die Beklemmung zeitweise wie eine ekelhafte Übelkeit in den Hals stieg. Sie preßte dann die Hände an die Brust und öffnete den Mund weit, die kalte Luft schnell einziehend. Aber auch dann, wenn die Übelkeit nachließ, blieb die Angst zurück, eine stets unbestimmte Angst, die keinen deutlichen Grund hatte, eine hartnäckige und ergreifende Angst.

Als Andrzej die erste Hütte erreicht hatte und gerade die angelehnte Hoftür aufstoßen wollte, um auf den Hof zu gelangen, zog ihn Zośka heftig am Arm.

»Willst du hier?«

»Warum denn nicht?«

»Vielleicht ist es dort besser?« Sie deutete auf eine entlegenere Hütte.

»Ist das nicht ganz gleich? Vielleicht werden wir gerade hier etwas finden.«

Die Hoffnung Andrzejs erwies sich als nicht unrichtig. Auch bis hierher waren zwei Flüchtlingsfamilien mit Kindern und einem riesigen Gepäckhaufen vorgedrungen, so daß von einem Nachtlager in der Hütte oder in der Scheune keine Rede sein konnte, aber der Wirt, ein großer Bauer mittleren Alters, wies sie nicht ab. Er selbst schlief, wie sich herausstellte, mit der ganzen Familie, Frau und drei Kinder, seit einigen Tagen in der Scheune, die Küche und die Wohnstube den immer neu eintreffenden Flüchtlingen überlassend. Als er sah, wie erschöpft Zośka war, schob er ihr einen Schemel hin, Andrzej half er den Rucksack abnehmen und war offensichtlich verlegen, als er zu erklären begann, daß sich das einzige Nachtlager, das er zu bieten hatte, auf dem Heuschober befände.

»Viel Platz ist da nicht«, sagte er, »aber Sie zu zweit werden da schon reinpassen, und wenn Ihr Euch ins Heu reingrabt, habt Ihr's auch warm.«

»Fein«, sagte Andrzej erfreut.

Aber der Bauer hatte noch Bedenken. Er blickte in die eine Stubenecke, wo ein Mann mit Hornbrille und elegantem Mantel Strohbündel auf dem Boden auslegte, nachdem er eine größere Bank beiseite geschoben hatte. Auf der Bank an der Wand saßen zwei junge hübsche Frauen, in schick geschnittenen Sportkostümen. Eine von ihnen cremte sich bei der Petroleumlampe das Gesicht ein, die andere spielte mit einem kleinen schwarzen Kätzchen.

Diese Leute mit unsicherem Blick musternd, sagte der

Bauer zögernd: »Dort in der Stube« – er wies auf die geschlossene Tür – »sind Leute genug drin und außerdem Kinder, möglich, daß diese Herrschaften, die eher hier waren, einverstanden sind, dann habt ihr hier alle Platz.«
Die Frau, die mit ihrer Toilette beschäftigt war, hob das Gesicht über dem Taschenspiegel.
»Hörst du, Edward?«
»Was denn?« murrte der Mann, der das Stroh ausbreitete.
»Hier wollen noch Leute übernachten. Das ist doch die Höhe, wir können doch nicht ersticken.«
Der Mann richtete sich auf und kam schnell näher.
»Was, sind Sie verrückt?« sagte er, sich an den Bauer wendend, von oben herab und im ärgerlichen Ton. »Ich habe doch gesagt, daß niemand außer uns hier übernachten soll. Was stellen Sie sich denn vor? Wir zahlen auch alles, keine Bange.«
Der Bauer war verlegen. »Es geht ja nicht ums Bezahlen.«
»Sondern?«
»Diese Herrschaften ...«
»Keinesfalls!« unterbrach ihn der Mann scharf. »Meine Frau und meine Schwägerin sind müde, überreizt, sie brauchen wenigstens in der Nacht Erholung und Ruhe. Ich auch. Verzeihen Sie«, wandte er sich mit falscher Höflichkeit an die Warneckis, »aber wir waren zuerst da, es tut mir leid. In den heutigen Zeiten muß sich jeder helfen, wie er kann.«
Als er bemerkte, daß ihn Andrzej mit ironischem Lächeln ansah, unterbrach er sich und maß ihn mit einem scharfen Blick.
»Im übrigen wünschen wir nicht, mit fremden Menschen in einem Raum zu übernachten. Woher kann ich wissen, wer Sie sind.«
Andrzej lachte. »Das können Sie in der Tat nicht wissen.«
»Na also.«

»Dafür kenne ich Sie.«
Der Mann reckte den Kopf. »Mich? Woher? Ich glaube nicht, daß ich das Vergnügen hatte ...«
Andrzej schwieg.
»Sie kennen wahrscheinlich meinen Namen, nicht wahr?« fragte er etwas erregt. »Das ist übrigens durchaus möglich, er ist in den Warschauer Gerichtskreisen ziemlich bekannt ...«
»Ich kenne die Gerichtskreise nicht so gut«, unterbrach ihn Andrzej grob, »aber es genügt ja, Sie anzusehen, um sofort zu wissen, daß Sie ein Dummkopf sind.«
Der Mann wurde rot.
»Edward!« rief die Frau, die sich schminkte. »Ich hoffe, du läßt dich mit einem unbekannten Mann nicht in Streit ein.«
»Du hast recht«, sagte der Anwalt eilig und, auf Andrzej einen erhabenen und verächtlichen Blick werfend, zog er sich zu den Frauen zurück.
Andrzej beruhigte den bestürzten Wirt.
»Das war doch gar nicht nötig. Wozu denn? Wir werden es im Heu herrlich haben. Aber wenn wir etwas Milch und Brot ...«
Der Bauer machte eine bekümmerte Miene.
»Brot nicht auf den hohlen Zahn, diese Herrschaften haben alles gekauft, was da war.«
»Vielleicht Milch?«
»Zośka«, rief der Bauer seine Frau, die beim Herd stand. »Hast du dort noch Milch?«
»Heißen Sie Zośka«, fragte Frau Warnecki, den Kopf hebend. »Ich nämlich ...«
Andrzej sah sie scharf an, daß sie verwirrt in der Mitte ihres Satzes verstummte.
»Na, wie ist es mit der Milch?« fragte Andrzej, wobei er sich über die Herdplatte beugte, unter der die Glut verglomm. »Ist noch etwas da?«
Die Frau nahm den Deckel von einem großen Topf.
»Wenig, es reicht kaum für einen kleinen Becher für die Dame.«

Zośka erschrak. »Nein, nein, ich will nicht, ich bin nicht durstig, trink du.« Aber die Bäuerin hatte die heiße Milch schon eingegossen.
»Trinken Sie doch, Frauchen«, sagte sie und reichte Zośka den Becher. »Etwas Heißes tut gut nach einem solchen Tag. Ein Mann ist immer kräftiger.«
»Nein, nein, ich brauche wirklich nichts«, wehrte sie schwach ab.
»Was brauchen Sie nicht?« sagte die Bäuerin langgedehnt mit breitem Lachen und drückte ihr den Becher in die Hand.
Als Andrzej sah, daß Zośka zögerte und ihre Hände zu zittern begannen, beugte er sich zu ihr und flüsterte: »Na trink schon.«
Endlich trank sie, aber sehr langsam, mit offensichtlicher Mühe, kleine Schlucke nehmend. Sie sah dabei so unglücklich aus, als wollte sie gleich weinen.
Andrzej fühlte sich immer unwohler. Obwohl er der gegenüberliegenden Seite der Stube den Rücken zuwandte, war er sicher, daß jene Leute die Szene beobachteten. Es kam ihm sogar vor, als flüsterten sie miteinander. Und er war überzeugt, daß sie über ihn und Zośka sprachen. Das Blut stieg ihm ins Gesicht, und es wurde ihm unerträglich heiß. Mit aller Kraft mußte er sich zusammennehmen, um sich nicht umzudrehen. Er wußte, wenn er in den Blicken der Frauen oder des Mannes nur einen Schatten von Ironie entdecken würde, würde er auf der Stelle eine üble Szene beginnen. Er ballte nur die Hände und blickte stumpf auf den rötlichen Widerschein der Glut am Boden. Es rauschte ihm in den Ohren, die Kehle war trocken, wie ausgebrannt. Als er hinter sich Frauengelächter hörte, hob er plötzlich den Kopf.
»Na gehen wir doch zu diesem Heu, ja?« sagte er unnatürlich ungezwungen zu dem Bauern. »Wie kommt man denn zu diesem Schober?«
Und ohne eine Antwort abzuwarten, sah er Zośka an. »Hast du ausgetrunken?«

Sie nickte und sah ihn bittend an. »Es ist noch was übrig, trink aus ...«
Andrzej wandte sich wortlos ab. Der Bauer erklärte umständlich, daß der Schober hinter der Scheune am Ende der Wiese liege. Er hatte ohnehin die Absicht, sie dorthin zu führen.
»Gehen wir«, sagte Andrzej, zur Eile antreibend.
Er griff nach dem am Boden liegenden Rucksack und warf ihn sich über. Auch Zośka machte sich schnell bereit. Den Becher mit der unglückseligen, übriggelassenen Milch stellte sie auf den Herdrand.
»Danke«, flüsterte sie der Bäuerin zu.
»Keine Ursache«, sagte die Frau, wobei sie sie aufmerksam betrachtete, ein wenig mitfühlend und ein wenig spöttisch. Zośka versuchte, sie anzulächeln. Aber nur eine klägliche Grimasse verzog ihre Lippen. Ganz und gar verwirrt ging sie auf die Tür zu, wo Andrzej und der Bauer warteten. An der Schwelle stolperte sie. Dieselbe weibliche Stimme lachte auf, diesmal sehr laut und hemmungslos.
»Paß auf«, zischte Andrzej. Er faßte sie am Arm, drückte ihren Ellbogen fest und stieß sie zum Ausgang. Noch auf dem Gang drang dieses Lachen zu ihm, das Lachen einer schönen, selbstsicheren Frau.
Die Kälte draußen war durchdringend, der Himmel schwarz, sternenbesät. Von der Straße her kam das Rattern der Laster. Sehr weit entfernt am Horizont flammten blendende Lichtgarben auf. Der Bauer führte sie mit dem sicheren Gang eines Mannes, der jeden Stein und jede Mulde auswendig kennt. Anfangs hielt Andrzej Zośka am Ellbogen, aber etwa auf der Hälfte, in der Mitte des Hofes, ließ er los.
Der Hof war übrigens nicht groß, aber sehr unwegsam. Der Heuschober lag einige Dutzend Schritte hinter der Scheune. Das Terrain senkte sich an dieser Stelle, und der Tau war sehr dicht auf dem Gras und sehr kalt. Am Schober angekommen blieb der Bauer stehen. »Da sind wir«, sagte er.

In der Dunkelheit wirkte der Schober gewaltig. Ein steiles, aus Sparren geschlagenes Dach lag dunkel darüber.
»Kriecht hinein«, forderte der Bauer sie auf, als Andrzej neben ihm stehenblieb und Zośka hinkend und schnell atmend herankam.
Aber Andrzej wollte noch rauchen.
»Kommen Sie allein zurecht?« fragte der Bauer ungläubig.
»Aber gewiß doch«, beruhigte ihn Andrzej.
»Na, dann gute Nacht. Und grabt euch schön ein, sonst erfriert ihr. Die Nächte sind schon kalt. Und mit dem Feuer geben Sie acht, Herr!«
»Ich weiß, ich weiß«, sagte Andrzej ungeduldig.
Nachdem der Bauer noch einmal »Gutnacht« gewünscht hatte, kehrte er schließlich um. Andrzej blieb einen Augenblick stehen, finster und nachdenklich. Dann schüttelte er diese Erstarrung von sich und drehte tastend eine Zigarette. Als sie fertig war, ging er beiseite und zündete sie an. Die Lust zu schlafen war ihm vergangen. Die Ermüdung war von ihm gewichen. Er bedauerte sogar, daß er sich nicht für den nächtlichen Marsch entschlossen hatte. Er fühlte, daß er jetzt nicht einschlafen würde. Und lange Stunden reglosen Liegens waren wenig verlockend. »Ach, allein sein, endlich allein sein«, dachte er. Er rauchte sehr langsam, um für wenige Minuten das Schlafengehen hinauszuzögern. Aber die Gegenwart Zośkas, deren Schatten sich undeutlich und unbewegt neben dem Schober abhob, verdarb ihm auch diese klägliche Annehmlichkeit, die er aus dem letzten Augenblick der scheinbaren Freiheit zu ziehen sich mühte . . .
Er war gewiß, daß Zośka ihn ansah und wartete. Schließlich hielt er es nicht mehr aus. »Geh schlafen, was stehst du rum?«
»Und du?«
»Kümmer dich nicht um mich! Wenn ich schlafen will, dann leg ich mich schon hin.«
Aber Zośka fühlte das Bedürfnis nach einer eingehen-

deren Rechtfertigung. »Ich wollte wirklich nicht die ganze Milch trinken. Aber du ...«

»Hör auf! Daß du es auch immer so anstellen mußt, daß man machtlos ist.«

»Ich?«

»Wer sonst?«

»Was habe ich denn gemacht? Ich wollte doch nur, daß du auch trinkst.«

»Da hast du dir gerade den richtigen Augenblick und den richtigen Ort für deine Wohltätigkeit ausgesucht. Gott, wie abscheulich! Ich hätte diesem Kerl eine in die Fresse geben sollen.«

Zośka lehnte sich an den Schober zurück und preßte die Hände gegen die Brust. Ihr Herz pochte hastig, zum Ohnmächtigwerden. Wieder befiel sie die Angst, die sie zeitweise vergessen hatte. Die scharfe, gedämpfte Stimme Andrzejs verursachte ihr physischen Schmerz. Sie konnte das nicht länger ertragen.

»Hör auf«, flüsterte sie.

Andrzej warf die Zigarette weg und trat sie mit dem Schuh aus. »Bedauerlich, daß du dir das im entsprechenden Moment nicht selbst sagen konntest. Dann hättest du dich nicht dem Gekicher des ersten besten aufgetakelten Dämchens ausgesetzt.«

Zośka verstand nicht, was er meinte. »Ich, einem Gekicher?«

»Na was denn sonst? Hast du das Lachen dieser blöden Gans nicht gehört?«

»Welcher blöden Gans denn?«

»Na von der, die sich mit Creme beschmierte. Hast du es nicht gehört?«

»Nein.«

»Schade.«

Und plötzlich rief er ekelerfüllt: »Oh, wie satt ich das alles habe!«

Zośka verstummte. Die Unruhe und die unter Zwang getrunkene Milch verursachten ihr eine immer stärker werdende Übelkeit. Plötzlich wurde ihr so schlecht, daß

sie die Hand heftig an die Kehle drückte und einen Schritt nach vorn ging, als suche sie irgendeine Rettung. Sie stieß mit dem Fuß an einen harten, aus der Erde ragenden Gegenstand, geriet ins Wanken und fiel hin. Stand aber sofort wieder auf.
»Was stellst du denn schon wieder an?« murrte Andrzej. »Du fällst auf ebener Erde hin.«
»Hier ist irgendein Stamm«, sagte sie stöhnend.
»Ein Stamm? Woher soll denn hier auf der Wiese ein Stamm kommen? Was redest du nur?«
Er kam näher.
»Hier.«
Andrzej bückte sich und tastete das Gras ab.
»Nichts ist hier.«
Dann stieß er mit der Hand gegen einen aus der Erde ragenden, handbreiten und scharf angespitzten Pflock.
»Wirklich, ein Pflock. Da hätte ich aber gern gewußt, welcher Idiot den hier reingeschlagen hat.«
Er stand auf und wischte die feuchten Hände an der Windjacke ab.
»Dieser Tau! Du bist gewiß ganz naß.«
»Ja, etwas.«
»Hast du dir weh getan?«
»Nein.«
»Na wenigstens einmal nicht«, sagte Andrzej mit fast fröhlicher Stimme.
Das gab Zośka Mut. »Legen wir uns hin, ja?«
»Gut«, sagte er widerspruchslos.
Er ging zum Schober und sah hinauf.
»Wir werden wie in einem Nest schlafen! Warte, ich klettere zuerst rauf, dann zieh ich dich nach.«
»Ja, gut«, sagte sie nickend.
Andrzej griff nach einem dicken Pfahl, der die Schoberkante abstützte, und kletterte schnell, mit dem anderen Arm, auf dem er den Rucksack trug, nachhelfend, hinauf.
»Ach, das ist ja gar nicht so hoch«, stellte er enttäuscht fest.

Er war schon fast unter dem Dach, als er anhielt und sich zu Zośka hinunterbeugte. »Na, wie ist es, schaffst du es allein bis hierher?«
Zośka schien es, als komme die Stimme Andrzejs von sehr hoch oben. Sie reckte den Kopf, aber es war so dunkel, daß sie nicht einmal seine Umrisse erkennen konnte. Wieder wurde ihr schlecht.
»Zośka«, rief Andrzej.
»Hier bin ich«, flüsterte sie.
»Wirst du heraufklettern können?«
»Ja«, sagte sie, obwohl sie dessen nicht sicher war.
»Dann los! Ich warte hier und gebe dir die Hand.«
Sie stand immer noch unter dem Schober, ihre Beine waren völlig erstarrt, und als sie mit von Schweiß feuchter Hand nach dem rauhen Pfahl griff und auf Gesicht und Händen das Kitzeln des Heus spürte, überkam sie eine solche Schwäche, als ob plötzlich alle Muskeln ihres Körpers sich gelöst hätten und die Knochen aufgeweicht wären.
»Na, was ist los?« rief Andrzej noch einmal, jetzt schon ungeduldig. »Kommst du endlich rauf?«
Die Stimme ernüchterte sie. Das entsetzliche Gefühl, ins Nichts zu fallen, kam langsam wieder zur Ruhe. Aber alles, was sie dann tat, bis zu dem Augenblick, da sie Andrzejs Arme bis ganz hinauf zogen, geschah irgendwie ohne ihren Anteil und ohne ihre Bemühung. Und plötzlich, wie beim Erwachen, wurde sie gewahr, daß sie auf Heu kniete, das weich unter ihren Knien nachgab. Andrzej mußte neben ihr sein, sie fühlte seinen warmen Atem auf der Wange. Es war sehr heimelig hier, warm und fast stickig vom berauschenden, starken Duft. Der Sternenhimmel verschwand, überall lagerte eine schwarze, dichte Finsternis.
»Wie ist es?« fragte Andrzej und warf den Rucksack ab. »Wie gefällt es dir hier, phantastisch, was?«
»Hm.«
»Besser als in der stinkenden Stube?«
»Ja.«

»Schade, daß man nicht rauchen kann.«
Zośka konnte sich nicht an das Dunkel gewöhnen, sie erkannte die Ausmaße des Schobers nicht und hatte Angst, sich zu rühren, um nicht plötzlich am Rand zu stehen.
»Wo bist du?«
»Hier«, antwortete er ganz aus der Nähe.
Sie fand seine starke, schlanke, im Gelenk behaarte Hand, deren Berührung sie so ersehnte. Sie wünschte sehr, sie in der Nähe zu haben, aber Andrzej zog die Hand sofort zurück.
»Hast du den Rucksack abgelegt?«
»Noch nicht.«
»Warum? Leg ihn dir als Kopfkissen unter.«
Aber sie saß noch einen Augenblick reglos da, obwohl sie die Rucksackriemen sehr drückten. Sie war berauscht von dieser plötzlichen Stille. Die ganze vorherige Angst erlosch in ihr, sie konnte einfach nicht glauben, daß es einem so wohl und leicht sein könne. Und etwas wie Hoffnung begann scheu in ihr aufzustehen. Sie schloß die Augen, preßte die Hände an die Spitzen und lauschte ungläubig auf dieses zarte und reine Flüstern in ihr.
»O Gott«, dachte sie in ihrem heißesten Sehnen, das nie befriedigt worden war. »Wenn ich ein Kind hätte . . .«
Andrzej bereitete sich unterdessen in bestimmter, recht beträchtlicher Entfernung von Zośka ein Lager im Heu. Er grub eine ansehnliche Vertiefung, legte den Rucksack etwas höher und entnahm ihm einen warmen Pullover. Dann umband er den Rucksack mit der Wolle und hatte so eine vortreffliche Kopfstütze. Als alles fertig war, legte er sich auf den Rücken und schüttete das an den Seiten liegende Heu über sich. Von allen Seiten umgab ihn sogleich Wärme, und erst jetzt, da er langsam warm wurde, spürte er, wie durchgefroren er war. Doch trotz seiner Erschöpfung und des atembenehmenden Duftes fühlte er keine Müdigkeit. Bald wurde es ihm heiß, er schob das Heu etwas von der Brust, legte die Hände unter den Kopf und lag so mit offenen Augen. Von der

Seite, durch den freien Raum zwischen dem Giebel des Schobers und dem Dachrand, kam ein kühler, mit Wiesenfeuchtigkeit getränkter Windzug. Es war auch ein schmaler, sternenflimmernder schwarzer Himmelsstreifen zu sehen. Andrzej neigte den Kopf zur Seite und betrachtete dieses wie in einer Leere hängende Stück Nacht. Und was wird morgen? dachte er träge. Aber nicht einmal annähernd konnte er es sich vorstellen. Und was in einem Jahr? Die Finsternis dieser unbekannten zukünftigen Tage schien ihm so unerforschlich, daß ihn für einen Augenblick der Zweifel befiel, ob er diese Zeit überhaupt jemals überwinden würde. Worauf sich stützen? Woran sich halten? Er fand keine Kraft in sich, der er hätte trauen können, kein Gefühl, das vermocht hätte, seinem Leben wenigstens den Schatten eines Ziels zu geben. Obwohl er nichts wußte und aller Hoffnung bar war, hörte er keinen Augenblick auf, das Leben zu begehren. Ach, leben, leben! Gierig verschlang er dieses blinde, wirre Verlangen, und wenn er auch wußte, daß er sich niemals daran würde sättigen können, gab er sich ihm ohne Widerstand und abwartend hin.

Plötzlich wurde ihm bewußt, daß sich Zośka noch nicht gelegt hatte. Sie saß zwar still und reglos da, aber allein die Tatsache, daß sie wachte, reichte ihm, sich bedroht zu fühlen.

»Warum legst du dich nicht hin?« fragte er.

Sie schwieg.

Andrzej hob den Kopf. »Bist du taub?«

Aber die Stille dauerte.

»Na red doch. Zum Donnerwetter!« schrie er.

Zośka machte eine Bewegung. Aber erst nach einer Weile ertönte feindselig und aggressiv ihre Stimme: »Ich störe dich wohl?«

»Ja, du störst! – Heckst du schon wieder was Neues aus?«

»Ja, ich hecke was aus«, äffte sie ihn nach. »Vielleicht tue ich es auch wirklich. Das ist meine Sache. Und dein ›du störst‹ kannst du für dich behalten.«

Andrzej legte sich wortlos auf den Rücken zurück und sah in den Himmel. Zośka schwieg auch, aber nur kurz. Bald ließ sie sich zwar etwas ruhiger, aber immer noch sehr entschieden hören: »Was soll mit uns werden?«
»Wie, was soll werden?«
»So kann es doch nicht weitergehen.«
»Da hast du aber eine Entdeckung gemacht!«
»Begreifst du, was du mit mir gemacht hast?«
Er schwieg.
»Fünf Jahre, verstehst du?«
»Denkst du, daß ich nicht zählen kann?«
»Du behandelst mich wie das Allerletzte, immerzu demütigst und erniedrigst du mich. Meinst du, daß ich überhaupt keinen Ehrgeiz mehr habe, und man mit mir umgehen kann, als sei ich kein Mensch?«
»Übertreib nicht! Wenn es so ist, wie es zwischen uns ist, dann weißt du wohl auch warum.«
»Das weiß ich keineswegs«, widersprach sie hastig und traurig, »bin ich wirklich so gemein und niederträchtig?«
»Sage ich denn, daß du gemein bist? Warum die Übertreibung?«
»Das ist keine Übertreibung. Für dich ist alles Übertreibung, wenn dir etwas unangenehm ist. Ich bin auch ein Mensch.«
»Gewiß.«
»Aber siehst du denn überhaupt einen Menschen in mir? Was habe ich dir bloß getan?«
Andrzej setzte sich auf und, das Heu wegschiebend, stützte er den Kopf auf die hochgezogenen Knie.
»Was habe ich dir bloß getan? Weil ich dich liebgewann, deshalb rächst du dich«, sagte sie.
»Ich räche mich nicht.«
»Was tust du denn? Du rächst dich doch.«
»Gut, also räche ich mich. Und was folgt daraus?«
»Wie, was folgt daraus?«
»Wozu denn dieses ganze Gespräch. Wozu führt es, wozu ist es gut? Die Sache ist doch ganz klar.«
»Sie ist überhaupt nicht klar.«

»Für dich vielleicht nicht, für mich aber ja. Wir passen einfach nicht zueinander. Es gibt viele Leute, die in der Ehe nicht zueinander passen. Wir quälen uns miteinander, zerstören uns gegenseitig.«
»Du zerstörst mich.«
»Und du mich nicht?«
»Ich habe für dich immer nur das Beste gewollt.«
Andrzej schwieg einen Augenblick.
»Weißt du«, sagte er plötzlich, »im ersten Studienjahr hatte ich einen Kollegen. Es ging ihm genauso schlecht wie mir, und er hatte ebensowenig Aussicht wie ich, das Studium mit eigener Kraft zu Ende zu führen. Und dann? Ich habe ihn kürzlich getroffen. Ein prächtiger Bursche. Wie aus dem Ei gepellt. Er hat sein Architekturstudium beendet, die Arbeit fliegt ihm zu, bald wird er Geld haben wie Heu. Ein Glückspilz, was?«
»Warum erzählst du das«, flüsterte Zośka.
»Warum? Mir ist es nicht so ergangen. Er ist jetzt ›Herr Architekt‹, und ich bin nur ein erbärmlicher Bautechniker. Glaubst du, daß er mehr konnte? Ach wo! Er hatte eben Glück. Er ist einem alten Weib ins Auge gefallen, und sie hatte genug Geld, um ihn durchs Studium zu bringen. Und so hat's der Bursche dann geschafft.«
»Hat er sie geheiratet?«
Andrzej lachte.
»Ich war sicher, daß du danach fragen würdest. Du denkst wohl, daß alle Frauen auf der Welt nichts anderes zu tun haben, als Männern nachzujagen. Dieses alte Weibsstück hatte schon einen Mann.«
Längere Zeit herrschte Schweigen.
»Andrzej«, flüsterte Zośka.
»Was?«
»Es ist doch nicht meine Schuld, daß Mama ihr Geld verloren hat.«
»Sage ich denn, daß es deine Schuld ist? Das ist eben Pech. Nichts weiter! Und nicht einmal so sehr Pech als vielmehr gewisse Manipulationen dieses Herrn Henryczek.«

Obwohl sie den Freund ihrer Mutter nicht mochte, nahm sie ihn jetzt in Schutz. »Er wollte doch das Beste für Mama.«

»Er wollte! Auf diese Weise kannst du aus jedem Spitzbuben einen Engel machen.«

»Red nicht so. Ich weiß ja, daß du die Architektur aufgeben mußtest, weil wir arm wurden.«

»Sprechen wir nicht davon.«

»Du willst mir alles nehmen.«

»Was denn: alles?«

»Ich weiß recht wohl, daß du mich nicht liebst. Aber ich dachte, daß damals . . .«

»Wann?«

»Als du sagtest, daß du mich heiraten wolltest. Daß es da anders war. Jetzt willst du mir sogar die Erinnerung daran nehmen.«

»Erinnerungen, Erinnerungen! Da hast du aber was davon, von diesen Erinnerungen.«

»Ich habe mich nicht geändert, Andrzej. Ich bin immer noch dieselbe.«

»Das ist nicht gut.«

»Wenn es mir manchmal sehr schlecht geht, dann bete ich darum, daß ich aufhören könnte, dich zu lieben, damit ich endlich frei wäre. Aber wenn ich das bete, dann weiß ich, daß ich nicht so fühle, denn ich habe das niemals, nicht für einen Augenblick, aufrichtig gewünscht. Ich versuche nur, mich zu retten. Manchmal habe ich gedacht, daß mich Gott mit dieser Liebe für irgendwelche Sünden bestraft hat, aber wenn ich das dachte, dann wußte ich doch gleich, daß ich noch ärger bestraft wäre, wenn ich dich nicht liebte.«

Er gab keine Antwort.

»Hör zu!« sagte sie plötzlich fast laut.

»Was?«

»Ich willige in eine Scheidung ein. Du wirst frei sein, und wenn du willst, brauchst du mich bis an dein Lebensende nicht mehr zu sehen.«

Andrzej rührte sich nicht einmal.

»Hörst du?«
»Ich höre. Morgen änderst du deine Meinung. Oder noch früher.«
»Nein, ich ändere sie nicht. Ich schwöre dir, daß ich sie nicht ändern werde.«
»Gut, nehmen wir's mal an. Und wie wirst du zurechtkommen? Du kannst doch nichts, keinen Pfennig wirst du verdienen.«
»Ich werd' schon was verdienen, keine Angst. Ich weiß, daß ich ungebildet bin und nichts kann, aber ich komme schon zurecht.«
»Wie denn?«
»Ich werde waschen, nähen, in Dienst gehen. Übrigens, was geht das dich an, du wirst ja frei sein!«
»Frei!«
»Aber unter einer Bedingung.«
»Aha, es gibt noch eine Bedingung. Welche?«
Zośka zögerte.
»Na, sag schon, was es für eine ist. Was hast du nur wieder ausgeklügelt?«
»Red doch nicht so.«
»Ich rede ganz normal. Also was ist es?«
Zośka saß reglos da, die Hände mit aller Kraft gegen die Brust pressend. Dann atmete sie tief auf. »Ich muß ein Kind haben.«
Es trat Stille ein. Zośkas Herz schlug immer stärker und schneller. Es schien ihr, als dauerte das Schweigen unendlich lange.
Schließlich sagte Andrzej: »Das ist Blödsinn.«
»Warum?«
»Es ist Blödsinn.«
»Ich ...«
Aber ihre Stimme brach, und nach einem Augenblick konnte sie nur noch flüstern: »So einen Ekel empfindest du vor mir?«
Er schwieg.
»O Gott«, stöhnte Zośka fast tonlos. Sie begann leise bitterlich zu weinen.

Andrzej rührte sich nicht. Er stützte nur den Kopf fester auf die Knie. Er erinnerte sich eines Szenenbruchteils von vor vielen Jahren, als Zośka genauso weinte wie jetzt, still, hilflos, erschütternd. Er sah ihr kleines, düsteres, mit entsetzlichen kleinbürgerlichen Öldrucken verziertes Zimmer, in dem sie bei ihrer Mutter wohnte, einer dicken, blondierten Matrone, der Witwe eines vor Jahren verstorbenen Provinznotars. Sie lebte vom Kapital, von dessen Beständigkeit er leider eine übertriebene Vorstellung hatte. Die Mutter war in einen schwarzhaarigen, aufsässigen und lauten Beamten irrsinnig verliebt. Dieser Henryczek, der wegen verdächtiger Finanzmanipulationen aus seiner Bank geworfen worden war, beherrschte die unbeholfene und alternde Frau völlig. Andrzej erinnerte sich Zośkas aus jener Zeit genau: ein unhübsches, dünnes Mädchen mit ungewöhnlich schönen Augen, das ohne Gefährtinnen und Bekanntschaften dahinvegetierte und kaum imstande war zu schreiben. Zośka hatte nie eine Schule besucht, las dumme Romane, weinte in sentimentalen amerikanischen Filmen, und in Augenblicken schwerer Depression heiterte sie sich mit dem Anlegen bunter Flitter auf, den Restbeständen der einstigen Toilette ihrer Mutter. Sie war jedoch gut und sehnte sich nach einem anderen, besseren Leben. Unerwartet begann dann auch dieses neue, ungewöhnliche und betörende Leben für sie, als Andrzej, damals Student der Architektur im ersten Jahr, in ihrer Wohnung als Untermieter einzog. Es begann zwischen ihnen mit zufälligen Gesprächen, die allgemein und ziemlich banal waren. Dann folgten unmittelbarere und intimere. Sie vertraute sich ihm mit ihren Kümmernissen und Sorgen an, und er – in ihr eine immer eifrigere Zuhörerin findend – begann auch von sich zu erzählen, von seiner elenden Kindheit als Sohn eines armen Schneiders, der sich mit Heimarbeit abmühte, davon, wie er sich schlecht und recht durch die Schulzeit durchschlug, wie er zu wenig aß und fror, und schließlich, wie er seit Kindesjahren wünschte, es im Leben zu etwas zu bringen.

Die Szene, die das Weinen Zośkas jetzt vor Andrzej wachrief, geschah am Ende ihrer einjährigen Bekanntschaft, als sie schon seit einigen Monaten miteinander lebten und er sich zum ersten Mal mit allem Ernst und aller Klarheit bewußt wurde, daß er Zośka ihre Liebe nicht mit dem gleichen Gefühl würde erwidern können, und sich entschloß, sich von ihr zu trennen. Dennoch tat er es nicht. Warum nicht? Ach, wohl nicht deshalb, um das Weinen Zośkas nicht noch einmal zu vernehmen. Er hatte Angst, in die studentische Not zurückzufallen. Er hatte Angst vor dem Hunger und einem unbehausten Leben. Es fehlte ihm im entscheidenden Augenblick an Mut, um das Haus zu verlassen, das ihm ein Dach über dem Kopf und vollen, unentgeltlichen Unterhalt gewährte. Denn wenn man Zośkas Mutter auch vieles vorwerfen konnte, an Großzügigkeit mangelte es ihr nicht. Als er sich also zu einer Ehe mit Zośka entschloß, wie konnte er wissen, daß so schnell Armut im Hause eintreten würde? Was für ein törichtes Leben!

Er konnte das zerreißende, wenn auch leise Schluchzen Zośkas nicht länger ertragen. Er hob den Kopf und sagte scharf: »Hör auf!«

Sie wollte nicht weinen, konnte aber weder die in die Augen stürzenden Tränen noch die kurzen Schluchzer aufhalten, die sie erstickten. Sich des Weinens schämend, fand sie doch etwas wie Erleichterung darin. Immer größer wurde die Trauer über sich selbst, über ihr ganzes Leben, über ihr verspieltes Glück. Und langsam verloren alle schmerzenden Dinge in dieser Trauer ihre scharfen Konturen und zerschmolzen in einer gewaltigen und gestaltlosen Traurigkeit. Sie hatte nur noch Angst, daß Andrzej sie anschreien würde. Aber er sagte nichts mehr, legte sich hin und bedeckte sich wieder mit Heu. Langsam verstummte das Weinen in ihr, und eine immer größere Ermattung durchdrang sie. Schließlich legte sie den Rucksack ab, drückte sich tiefer in das Heu hinein, zog die Beine an und schlief, die Hände an die Spitzen gepreßt, mit tränennassen Wangen ein.

Andrzej lag lange mit offenen Augen da und starrte in den unverändert schwarzen und sternenfunkelnden Himmelsstreifen. Er verlor schließlich ganz die Zeitrechnung und schätzte nur annäherungsweise, daß es schon einiges nach Mitternacht sein mußte. Dann fiel er in einen schweren Halbschlaf und hörte nur noch wie durch Nebel das Rattern der Lastwagen, die nach längerer Unterbrechung von neuem über die Chaussee rollten. Plötzlich riß ihn aus dieser Erstarrung und dem langsamen Hineingleiten in die Dunkelheit die Stimme Zośkas: »Andrzej! Andrzej!«

Es klang in diesen erstickten Rufen so viel Entsetzen, daß er sofort hellwach wurde und sich aufsetzte.

»Was ist passiert?«

Er erkannte an dem veränderten Schatten, daß Zośka aufgesprungen war. Und wirklich stand sie und zitterte so stark, daß man ihre Zähne klappern hörte.

»O Gott!« stieß sie hervor.

Da er sah, daß sich nichts Schreckliches ereignet hatte, beschloß er, zu warten, bis sich Zośka allein beruhigte. Dann fragte er wieder: »Vielleicht sagst du doch endlich, was passiert ist?«

»Das war entsetzlich«, begann sie etwas mehr bei sich.

»Was denn?«

»Ich habe geträumt.«

»Ach, ein Traum!«

»Warte, ein Traum, aber ein so grauenhafter, wie ich nie zuvor einen hatte. Und ganz so, als ob es Wirklichkeit wäre. O Gott!« Der Atem ging ihr aus. »Ich träumte, daß ich aufwachte und du nicht da warst. Es war so wie jetzt, nur du warst nicht da. Ich sprang hoch und rief nach dir, da fühlte ich plötzlich, wie mir das Heu unter den Füßen wegglitt und ich in einen schrecklichen, dunklen Abgrund fiel. Ich fiel so lange, bis ich einen Schmerz spürte. Hier«, sie preßte die Hände an die Brust, »das war so, als ob etwas schrecklich Scharfes gerade in mein Herz stieße.«

Als sie verstummte, legte sich Andrzej wieder hin.

»Andrzej«, flüsterte sie.
»Was?«
»Wenn du wüßtest, was das für ein entsetzliches Gefühl war ...«
»Ich stelle es mir vor. Aber wie du ja selbst siehst, bist du nicht aus dem Schober gefallen, sondern stehst da. Also kannst du dich ruhig wieder hinlegen und einschlafen.«
»Du spottest.«
»Keineswegs. Ich warne dich nur, morgen wirst du nichts taugen, und ein langer Weg erwartet uns.«
»Das ist wahr«, gab sie zu. »O mein Gott, wohin werden wir nur immer so gehen und gehen?«
Da Andrzej nichts antwortete, blieb sie einen Augenblick in der Hoffnung stehen, daß er noch ein Wort sagen würde. Als sie einsah, daß sie umsonst wartete, legte sie sich in derselben Stellung wie zuvor hin, und schlief, ohne zu wissen wann, schnell ein.
Von Andrzej war jegliche Müdigkeit gewichen. Er fühlte eine immer stärker werdende Wachheit in sich, ungewöhnliche Schärfe des Sehens und Wachsamkeit. Und zeitweise packte ihn sogar Angst vor dieser inneren Anspannung und Bereitschaft, die so stark waren und mit nichts Konkretem in Zusammenhang zu stehen schienen. Er lag reglos da, in den Himmelsstreifen blickend; die Stille, die jetzt eintrat, wurde nicht von dem geringsten Geräusch getrübt. Je mehr Zeit verstrich, desto ruhiger fühlte er sich. Aber gleichzeitig beunruhigte ihn diese Ruhe.
Es war noch dunkel, als er sich, von einem plötzlichen Entschluß gepackt, aufsetzte und nach dem Atem seiner Frau lauschte. Es war ein ruhiger, tiefen Schlaf begleitender Atem. Er grub sich vorsichtig und langsam und so leise wie möglich aus dem Heu heraus, nahm den Rucksack und stand auf. Wieder horchte er aufmerksam. Aber der Atem Zośkas blieb unverändert. Er schob sich zum Rand des Schobers und kroch schnell hinab. Dabei entstand ein kleines Rascheln, etwas Heu fiel ihm auf den

Kopf. Er drückte sich an die Schoberwand und wartete. Die Wachsamkeit und Nüchternheit, die er seit einigen Stunden bei sich beobachtete, währten mit derselben Sicherheit und Entschlossenheit. Aber ein Gefühl der Beunruhigung bedrängte ihn immer intensiver. In einem Augenblick kam es zu einer solchen Spannung in ihm, daß er wünschte, Zośka möge erwachen und nach ihm rufen. Doch es blieb still. Also entschloß er sich zu gehen. Beim ersten Schritt stieß er an den Pflock, über den Zośka am Abend gefallen war. Er fluchte leise, umging den Schober in Richtung Wiese, um am Rande entlang, die Wirtschaftsgebäude meidend, auf die Chaussee zu gelangen. Erst jetzt im Freien sah er, daß die Nacht schon zu Ende ging. Die Sterne verblaßten, der Himmel hellte sich auf, über den Wiesen erhob sich ein leichter, noch sehr flacher Nebeldunst.

Als er die Chaussee erreichte, blieb er stehen und sah sich nach Zawoje um. Die Hütten und Bäume zeichneten sich biegsam in der weichen Luft ab. Der Nebel stieg. In der Ferne, am anderen Dorfende, krähte ein Hahn.

Trotz der frühen Morgenstunde hatten die ersten Wanderer schon den Chausseerand erreicht. Einer von ihnen, ein dicker, schnaubender Mann mit einem Köfferchen auf dem Rücken, lächelte Andrzej beim Vorbeigehen bieder kameradschaftlich zu.

»Nach Włodawa, was?«

»Nach Włodawa«, erwiderte Andrzej.

Und schnellen Schrittes machte er sich auf den Weg.

DER APPELL

Der Arbeitstag im Konzentrationslager Auschwitz dauerte zwölf Stunden. Er begann früh um sechs Uhr mit einem Appell und endete abends um sechs Uhr ebenfalls mit einem Appell. Mittags wurde noch ein Appell abgehalten, ein Orchester spielte, es war Mittagspause. Wenn wegen der Übertretung einer Vorschrift ein einzelner Block oder das ganze Lager abends einen Strafappell abstehen mußte, verlängerte sich der Tag über diese zwölf Stunden hinaus bis spät in die Nacht hinein. Einmal, es war im Oktober 1941, hielt sich ein an Diarrhöe Erkrankter in der Latrine auf und verspätete sich um Minuten zum Appell. Der ganze dritte Block erhielt daraufhin zur Strafe einen vierstündigen nächtlichen Appell. Nahezu siebenhundert Menschen standen im Freien bei strömendem Regen und durchdringender Kälte. Es starben damals vierzehn Häftlinge, drei von ihnen lagen schon in der Agonie, als der Appell begann. Es war dies schon der zweite Strafappell innerhalb kurzer Zeit. Nicht ganz eine Woche zuvor hatte der dritte Block einen zweistündigen Stehappell gehabt, als der Blockführer, der SS-Mann Hans Kreutzmann, in einem Strohsack den Tabaksbeutel eines Häftlings fand. Der Schuldige wurde eine Woche in die Dunkelkammer gesteckt. Nach dieser Woche überführte man ihn ins Krematorium. Es war ein kräftiger Mann in den Vierzigern, und obgleich er ein Jahr im Lager verbracht hatte, sah er gesund und stark aus.

Diese Zwölfstunden-Norm war für das ganze Jahr festgesetzt. Im Sommer war sie leichter, im Herbst und Winter schwerer zu ertragen. Regen und Kälte verdoppelten die Zeit. Die Leute waren schlecht gekleidet, sie trugen dünne Drillichanzüge und gingen bis zum ersten

Frost barfuß und ohne Mützen. Die teilnahmslose Natur verbündete sich dann mit der menschlichen Grausamkeit und Verachtung. Wenn die kurzen Tage begannen, fing die Arbeit nachts an und endete ebenfalls im Dunkel. Blendendes Scheinwerferlicht entlockte der Nacht eine schärfere Helligkeit, als sie der Tag gab. Beide Appelle, der morgendliche und der abendliche, wurden bei diesem entblößenden und feindseligen Licht abgehalten. Ringsum war gewaltige und stumme Nacht. Die scharfen Rufe der Kapos und der SS klangen deutlicher und härter als am Tag. Die SS, die das Lager von Holztürmen aus beaufsichtigte, wachten aufmerksamer mit ihren Maschinengewehren. Dann stand ein nebliger, trüber Tag auf, oder es wurde Nacht. Im Herbst 1941 erlebte Auschwitz schwere Tage. In Zusammenhang mit Massenverhaftungen und willkürlichen Razzien in Städten und auf Straßen trafen ständig neue Transporte im Lager ein. Das geschah stets bei Nacht. Im Scheinwerferlicht, bei dem Geschrei der SS, dem Hallen von Schüssen und dem Gebell der aufgestachelten Hunde wurde diese dunkle, zusammengepferchte Menge bis zu dem Tor getrieben, auf dem die große Aufschrift »Arbeit macht frei« flammte. Nach einem kurzen Abschnitt erträglicher Wohnbedingungen in Stuben, die ehemals, als man österreichische Kasernen baute, für siebzehn Bettstellen berechnet waren, hausten dort jetzt hundert oder mehr Menschen. Die dicht zusammengerückten Strohsäcke dienten zwei und oft gar drei Häftlingen als Lager. In diesem Jahr setzte die Kälte früh ein. Der Herbst war kalt und regnerisch. Das Sterben nahm von Tag zu Tag zu. Krankheiten griffen um sich, besonders Diarrhöe, Lungenentzündung und Blasenerkrankungen.

Außerdem trat infolge der Ankunft neuer Wächter im Lager in der Behandlung der Häftlinge ein stark verschärfter Kurs ein. Die SS-Männer, die vornehmlich wegen dienstlicher oder privater Verfehlungen hierher versetzt waren, wollten sich vor dem Lagerkommandanten sogleich hervortun und schäumten vor Eifer, der sich in unablässigem Schlagen, in Fußtritten und den ausgeklügeltesten Schikanen bewies. Der Spur ihrer Vorgesetzten folgend, rasten auch die Blockkapos und ihre Stellvertreter. Sogar manch einer von den Stubenwarten, Häftling wie die anderen, unterlag dieser allgemeinen Atmosphäre. Selbst geschlagen, schlug er die Kameraden. Eine Strafplage suchte das Lager heim. Einige Tage nach dem zweiten Strafappell widerfuhr dem dritten Block Gefahrvolles. Einer der zu diesem Block gehörenden Häftlinge wurde bei einem Fluchtversuch geschnappt. Das geschah vormittags, während der Arbeitszeit. Unverzüglich wurde ein Appell einberufen.

Als sich das Lager, von dem verstärkten Gebrüll der SS und Kapos begleitet, blockweise in den vorgeschriebenen Zehnerreihen aufstellte, wurde der Flüchtige nach langem, fast stundenlangem Warten auf den Platz vor der Reihenfront getrieben. Es war ein junger, etwa zwanzigjähriger, kleiner und dunkelhaariger Bursche. Von der Schar der ihn umkreisenden SS getreten und geboxt, stolperte er vor sich hin. Sein gestreifter Sträflingsanzug war zerrissen, er war blind von dem Blut, das ihm aus der aufgeplatzten Stirn floß. Einige Tausend Mann, steif geworden in ihrer Strammstellung, betrachteten ihn angestrengt und schweigend. Als er die Mitte des Platzes erreichte, zwang ihn ein Faustschlag in den Rücken, sich aufzurichten. Der SS-Mann Schmidt, der wegen seiner ungewöhnlich langen Arme bekannt war, steckte ihm einen Stock mit der Aufschrift: »Ich bin wieder hier« in den Kragen. Den Stock befestigte er mit einer Schnur am Hals des Häftlings. Ein anderer SS-Mann, der achtzehnjährige, lockenhaarige Dietrich, setzte dem Burschen einen aus Buntpapier gebastelten Gockel auf den kahlgeschorenen Kopf und drückte ihm eine Trommel und einen Stock in die Hände. Die übrigen SS-Leute grölten vor Lachen. Sie verstummten, als die Stimme des Lagerkommandanten laut wurde. Dies war ein kompakt gebauter Mann mittleren Wuchses um die Vierzig, mit einem unverhältnismäßig großen Kopf und einem toten erdfarbenen Gesicht, das einer Maske glich. Er sprach kurz und mit der stumpfen und klaren Stimme eines an das Befehlen gewöhnten Menschen. Der Ausreißer wurde zu hundert Stockschlägen verurteilt. Das ganze Lager sollte Zeuge der Exekution sein. Aber bevor sie begann, mußte der Schuldige an den Reihen seiner Kameraden vorbeimarschieren. Die SS und die Kapos achteten sorgfältig darauf, daß keiner wagte, die Augen zu senken oder abzuwenden. Wer es tat, wurde sofort geschlagen. Nach den ersten Exekutionen waren die Blicke aller auf den geheftet, der vorbeischritt.

Er ging langsam, seltsamen Schrittes, wie mit fremden Beinen, aufrecht, die Augen immer noch verblendet, von einem Nebel verhangen, der ihnen einen abwesenden Ausdruck gab. Seine Lippen waren blutig und verzerrt, man sah, wie er mit der Zungenspitze die Wunde der ausgeschlagenen Zähne befeuchtete. In der linken Hand hielt er die kleine Trommel, mit der rechten Hand, die ein blutiger Fetzen war, schlug er mit dem Stöckchen gleichmäßig und monoton darauf. Vor den Reihen der drei Kapos hatte man ein provisorisches Podium aufgestellt. Die Stille war lastend und bedrückend, wie sie in einer von Entsetzen gelähmten Menge eintritt. In dieser Stille waren in unverändertem Rhythmus die dumpfen und kurzen Schläge des Stockes auf das Pergament der Trommel zu hören.

Nach einem trüben Morgen hellte es sich jetzt etwas auf, und sogar die Sonne trat hinter Fetzen brauner Wolken hervor. Eine zarte Helle erfüllte die neblige Luft, und das silbrige Laub der Pappeln, die an den roten Blöcken standen, schimmerte feucht. Die Zeit verging sehr langsam.

Nachdem der Ausreißer an allen Reihen vorbeigegangen war, kehrte er schließlich in die Mitte des Platzes zurück. Dort machten sich die Kapos noch an der Erhöhung zu schaffen, und er mußte abseits warten. Als sie fertig waren, zwang man ihn, auf die Erhöhung hinaufzuklettern, wobei mit Schlägen und Schreien nachgeholfen wurde. Dann stand er oben. Der zerrissene Sträflingsanzug bedeckte kaum seinen abgemagerten dunklen Körper. Er stand mit herabhängenden Armen, in der einen Hand die Trommel, in der anderen den Stock. Der Narrengockel verdrehte sich ihm auf dem Kopf, den er seitlich hielt, offensichtlich drückte ihn der Stock mit der Aufschrift. Seine Augen waren bis zum Ende blind, obwohl sie deutlich erkennbar in der Menge, an der Stelle, wo der dritte Block stand, nach einem Menschen suchten. Es mag sein, daß sie diesen Menschen fanden, denn plötzlich glitt der Schatten eines Lächelns über die verzerrten Lippen des Burschen. Man stieß ihn in die Mitte des Podiums. Danach ging alles sehr schnell. Sechs Kapos schlugen mit Stöcken. Zuerst schlugen sie rhythmisch, nacheinander, aber als nach den ersten Dutzend Schlägen der Verurteilte hinstürzte, begannen alle gleichzeitig auf den am Boden Liegenden einzuschlagen. Als sie fertig waren und vom Podium herunterkamen, lag auf den Brettern ein gestaltloser Brei. Dann war Schluß. Das Lager kehrte zu den unterbrochenen Arbeiten zurück. Das Podium ließ man stehen.

Der Erschlagene hieß Wacław Zawadzki. Er war dreiundzwanzig Jahre alt, von Beruf Radiotechniker; vor einem Jahr war er wegen der Kolportage illegaler Presse ins Lager gekommen. Noch an diesem Tag gab es in der Stube, in der er geschlafen hatte, wegen des Platzes, den er auf dem Strohsack hinterließ, einen Streit. Da der Kamerad Zawadzkis, Stanisław Karbowski, ein Student aus Warschau, jung und gesund war, wollten alle diejenigen bei ihm schlafen, denen die Blasenkranken den Schlaf vergifteten. Es gab viele, die das wollten. Wegen der Unbeholfenheit des Stubenwarts Pawłowski, eines Magisters der Rechte aus Krakau, mischte sich schließlich der Stellvertreter des Kapos, der sogenannte Unterkapo, ein. Es war dies ein germanisierter Oberschlesier, der Schrecken des ganzen Blocks, ein gewisser Nadolny. Er war Krimineller, und davor, einige Jahre vor dem Krieg, war er in einem städtischen Krankenhaus in Ples angestellt gewesen. Nadolny hatte den Auftrag, seinen unmittelbaren Vorgesetzten, den Deutschen Schröder, zu überwachen, der seinen Sozialismus seit sechs Jahren in verschiedenen Lagern abbüßte und aus Dachau nach Auschwitz versetzt worden war, um hier den Pflichten eines Kapos des dritten Blocks nachzugehen.

Die Intervention Nadolnys endete damit, daß einige Häftlinge geschlagen wurden. Der Stubenwart, ein unscheinbares Männchen mit dem Gesicht eines Nagetiers, bekam bei dieser Gelegenheit auch das seine ab. Auf den Strohsack zu dem Studenten Karbowski wurde ein älterer Lehrer der Naturwissenschaft eines Lubliner Gymnasiums, Ignacy Śliwinski, geschickt, der sich kaum auf den Beinen halten konnte. Er saß seit einem Monat im Lager, sah aber nicht aus wie einer, der es noch lange machen würde. Seit drei Wochen arbeitete er bei einer Geländewalze. Weil er barfuß war, hatte er sich die Füße an dem scharfen Schotter verletzt. Die Wunden verursachten ihm stechenden Schmerz und eiterten. Er litt an einer starken Bronchitis, hatte am Kopf mehrere Wunden von den Schlägen des Kapos, der die Walze bediente, der linke Arm war von einem Tritt ausgekugelt, zu alledem verrichtete er seine Notdurft in die Hose. Der Unterkapo kannte ihn von dieser Seite und schlug ihn regelmäßig wegen des benäßten Strohsacks. Da Karbowski seit einigen Monaten neben Zawadzki geschlafen und sich mit ihm angefreundet hatte, hegte Nadolny den Verdacht, daß der Student von der geplanten Flucht des anderen gewußt haben mußte. Er beschloß, ihn im Auge zu behalten, und machte ihm zunächst einmal mit dem neuen Kameraden das Leben angenehm.

An diesem Abend konnte Karbowski lange nicht einschlafen. Er lag auf dem Rücken mit geschlossenen Augen, der Kopf war ihm schwer, und manchmal kam es ihm vor, als fiele er mit seinem ganzen Selbst in eine tiefe Finsternis. Aber er war ganz bei sich und fühlte keinerlei Müdigkeit. Plötzlich hob er mit der unwillkürlichen Bewegung einer vielmonatigen Gewöhnung ein wenig die Hand, um in der Dunkelheit die des Freundes zu finden. Da stieß er an den fremden Körper. Der Studienrat lag noch nicht. Er saß zusammengekauert und versah seine Füße mit Lappen, sein pfeifender Atem machte ihm schwer zu schaffen. Unerwartet berührt, schreckte er zusammen; und Karbowski fühlte unmittelbar danach, wie eine feuchte Nässe unter seine Schenkel zu fließen begann. Mechanisch richtete er sich auf, und ebenso mechanisch legte er sich wieder. Es war so naß unter ihm, als hätte man einen Kübel Wasser über den Strohsack geschüttet. Der Studienrat regte sich nicht, er hatte von seinen Füßen abgelassen. Von allen Seiten drang das Schnarchen der Schlafenden. So verging eine Weile. Schließlich flüsterte er leise und demütig: »Verzeihung.«

Eine plötzliche Lust, laut aufzulachen, kitzelte Karbowski in der Brust. Er konnte es nicht aushalten und prustete kurz. In einer entlegenen Ecke der Stube fuhr jemand von seinem Strohsack hoch. »Ruhe«, schrie eine gereizte Stimme. Es war der Stubenwart Pawłowski, der heute beim Appell und vor kurzem noch einmal vom Unterkapo eine ungezählte Menge von Schlägen ins Gesicht bezogen hatte. Im allgemeinen kameradschaftlich und hilfsbereit, wurde er in Augenblicken, da er der Angst erlag, unerträglich. Er sprang auf die Beine und rief gedämpft: »Willst du zum Rapport, einer nach dem andern, willst du, was, willst du das? Wer hat gelacht?«

In der gegenüberliegenden Stubenecke furzte jemand laut. »Sau!« schrie der Stubenwart. Aus der Zimmermitte kam eine tiefe Stimme: »Du, sei nicht zu schlau, wenn das der Unterkapo hört, kriegst du auch eins in die Fresse. Hast du denn noch nicht genug?«

Der Stubenwart verstummte. »O Gott«, stöhnte er dann, »ich werde hier noch verrückt werden.«

Staś mußte sich immer mehr anstrengen, um das Lachen in sich zu ersticken. Es machte ihn zittern wie Fieber, es kam aus der Mitte, aus dem Bauch herauf, es blubberte ihm in der Brust, stechender Kitzel stieg ihm den Hals hoch. Wie eine Diarrhöe bedrängte ihn dieses immer stärker werdende Bedürfnis loszulachen. Gleichzeitig aber erstarb er vor Angst bei dem Gedanken, was geschehen würde, wenn es ihm nicht gelänge, das Lachen in sich zu verdrängen. Längere Zeit quälten ihn diese beiden gegensätzlichen Empfindungen. Schließlich drehte er sich auf den Bauch und schlief ganz plötzlich ein.

Der neue Tag begann normal. Man stand auf, als es draußen noch dunkel war. Bald stellte sich heraus, daß in der Stube ein Sterbender war. Es war Doktor Parczewski, ein Arzt aus Warschau. Parczewski war bei Bewußtsein. Er wußte, daß ihm noch wenige Stunden zum Leben blieben, und er bat, daß man sich nicht um ihn kümmerte. Trotzdem lief der Stubenwart zum Kapo. Weil er anderweitig beschäftigt war, kam es so wie am vergangenen Abend: Nadolny erschien. Er hatte dank seines früheren Berufes ein recht gutes Auge, um sofort zu erkennen, daß Parczewski in Agonie lag. Er beugte sich über ihn, stieß ihn mit der Stiefelspitze und schrie: »Du, los aufstehen!«

Als der Stubenwart die auf sich gerichteten Blicke spürte, riskierte er, ängstlich zu fragen: »Vielleicht kann man ihn vom Appell befreien?«

Der Unterkapo wandte Pawłowski sein längliches, von dem blauen Bartwuchs eines Brünetten beschattetes Gesicht zu. Vulgäre, aber regelmäßige Züge verliehen seinem Gesicht einen finsteren Reiz. Der Stubenwart richtete sich nervös auf. Jener betrachtete ihn aufmerksam und lange, dann sagte er hart: »Beim Appell hat niemand zu fehlen, und wenn was ist, dann bist du dafür verantwortlich, ich werd's dir geben, das wirst du schon sehen.«

Die um ihn herum Stehenden mit einem Blick umfassend, fügte er hinzu: »Ich rate niemand, sich an eine höhere Stelle zu wenden.«

Nadolny erfreute sich des besonderen Vertrauens des

blonden Blockführers Kreutzmann. Außerdem wußte man, daß Kapo Schröder die Anordnungen seines Untergebenen niemals zurückzog. Alle Bewegungen des Unwillens verbarg er sorgfältig, und nur die Aufmerksamen oder diejenigen Häftlinge, die schon längere Zeit im Lager waren, wußten, was jener Mann, nach außen ein Diensttuender wie alle anderen, in Wirklichkeit dachte und fühlte. Er war gut gebaut, hatte kräftige, muskulöse Arme – zur Zeit seiner Freiheit war er Mechaniker in Hannover gewesen –, aber wenn er schlug, waren seine Schläge sanfter als die der anderen Aufseher, es geschah niemals, daß er vorsätzlich besonders schmerzempfindliche Körperteile traf. Auch hatte man beobachten können, daß er nie schlug, wenn er allein war. Er gab sich streng nur in Gegenwart seines Unterkapos oder des Blockführers Kreutzmann.

So also, da Nadolny die Angelegenheit in seine Hände genommen hatte, mußte auch der sterbende Arzt zum Appell erscheinen. Magister Pawłowski, außer sich und schreiend, sorgte persönlich dafür, daß der Befehl des Unterkapos gewissenhaft ausgeführt wurde. Bevor Nadolny die Stube verließ, nahm er sich noch Zeit, den Strohsack zu kontrollieren, auf dem Karbowski und der Studienrat geschlafen hatten. Das Lager war getrocknet, aber ein verräterischer großer gelber Fleck war zurückgeblieben. Nadolny wandte sich direkt an Staś: »Das warst du!«

Und ohne eine Erwiderung abzuwarten, schlug er dem Burschen ins Gesicht. Der Studienrat, der an seinem Husten würgte, wollte etwas sagen, aber Nadolny stieß ihn mit dem Arm zur Seite. Seine hellen, fast durchsichtigen Augen waren starr auf Staś gerichtet, er sagte: »Ab heute, du Scheißkerl, wirst du für den Strohsack verantwortlich sein, verstanden?«

Staś schwieg, stramm stehend. Obgleich er wußte, daß der Unterkapo es nicht ausstehen konnte, wenn man ihm zu lange in die Augen sah, wandte er den Blick von diesem finsteren Gesicht nicht ab. Es war ihm so nah zugeneigt, daß er den warmen, nikotingetränkten Atem des anderen auf den Lippen spürte. »Gleich schlägt er mich«, dachte er. Es war ihm gleich. Und er zuckte nicht einmal, als ihm ein dumpfer Schmerz den Kopf vom linken Ohr bis in den Schädel hinein durchschnitt. Es wurde ihm schwarz vor den Augen, und plötzlich erfaßte ihn ein dichtes, fast lautloses Rauschen.

»Verstehst du«, wiederholte Nadolny näherrückend.

»Ja«, antwortete Staś, die Anstrengung ausführend, die man machen muß, um den Mund zu öffnen und aus der Tiefe des Rauschens heraus die Stimme zu erheben.

»Bist du nun zufrieden?«

»Ja«, wiederholte Staś, noch leiser, sich selbst kaum noch hörend.

Er kam erst wieder zu sich, als er sich draußen fand, in der nebligen kühlen Morgenluft, und kaltes Wasser über sich schüttete, als die Reihe bei der Pumpe an ihn kam. Das weiße blendende Scheinwerferlicht gab dem Lager wie immer das Aussehen eines gewaltigen Filmateliers, wo zwischen seltsamen Dekorationen, die einem düsteren Traum zu entstammen scheinen, Scharen von Statisten sich zu der Zurschaustellung einer großen Massenszene von Leiden oder Auflehnung anschicken. In der Mitte des Platzes stand das Podium vom Vortag. Auf der verlassenen Fläche wirkte es zwischen den Reihen der Ziegelblöcke sehr klein und zerbrechlich.

Als Staś von der Pumpe wegging, stieß er auf den Studienrat, der etwas abseits stand. In seinem zu kurzen Drillich, gekrümmt, bebte er vor Kälte und Husten. Staś wollte an ihm vorbeigehen, aber jener machte eine unbestimmte Bewegung mit der Hand, und er blieb stehen. Der Studienrat hatte ihm offenbar etwas zu sagen, aber der Husten ließ ihn nicht zu Wort kommen. Das dauerte recht lange. Inzwischen hatten sich schon viele Häftlinge gewaschen, die Menge versammelte sich bei der Küche. Das Frühstück wurde ausgegeben.

Der Studienrat erholte sich von seinem Hustenanfall

und hob seine zu Tode erschöpften, kranken Augen zu Staś.
»Das war meinetwegen«, flüsterte er.
Und er griff nach Staś' Hand.
»Bitte verzeihen Sie mir.«
Wieder hustete er. Plötzlich drang durch den dünnen Drillichstoff seiner Hose eine Nässe, auf der Erde und zwischen seinen Beinen bildete sich eine Pfütze.
»Ja«, stotterte Staś, indem er zur Küche hinüber sah. »Das versteht sich doch von selbst. Hier hat niemand jemand etwas zu verzeihen, alles ist so, wie es ist.«
»Nein, nein«, sagte der Studienrat schwach, »erst hier bedarf man des Verzeihens.«
Die Menge bei der Küche wurde dichter. Staś wandte sich dem Studienrat zu und sagte plötzlich mit einer Härte, die er nicht beabsichtigt hatte: »Vielleicht, aber man braucht nicht darüber zu reden, entweder es ist, oder es ist nicht.«
Der Studienrat neigte den Kopf und sah auf die Erde. Aus seiner Hose tropfte die letzte Nässe. Dann richtete er seine mit einem Mal veränderten Augen, die von einem gierigen Lebenswillen erhellt waren, auf den Burschen.
»Mich lassen sie bald frei. Die Freilassung kommt, bestimmt, ich fühle das ...«
In der Tat sah es danach aus, als sollte dem Studienrat dieses ungewöhnliche Glück zuteil werden. Zunächst einmal widerfuhr ihm ein geringeres Glück. Als sich nach dem Appell die Arbeitskolonnen der täglichen Anordnung gemäß formierten, wurde der Studienrat unerwartet seines Dienstes beim Walzeziehen enthoben und einer leichteren Arbeit zugeteilt, die im Abreißen von einigen Häusern im Vorort des Städtchens bestand. Diese Häuser verdarben dem Lagerkommandanten die hübsche Aussicht aus den Fenstern seiner Wohnung. Die derzeitigen Bewohner wurden evakuiert und die Häuser zum Abbau bestimmt. Die Arbeit war gerade im Gang und im Lager gut angesehen, denn sie fand stellenweise unter

dem Schutz der Dächer und Mauern statt, und der aufsichthabende Kapo gehörte zu den weniger rücksichtslosen und grausamen.

Aber was bedeutete das? Wie sich später herausstellte, war die Freilassung Śliwinskis in der Tat auf dem besten Weg. Aber abends fehlte der Studienrat beim Appell. Als sich die Blocks in Zehnerreihen aufstellten, bemerkte der Stubenwart Pawłowski als erster seine Abwesenheit. Der verflossene Tag, obschon ruhiger als die vorangegangenen, konnte ihm das verlorene Gleichgewicht nicht wiedergeben. Mit zitternden Händen und verwirrtem Blick fragte er die Kameraden nach Śliwinski aus. Niemand wußte etwas. Da ihm die Krankheit des Studienrats bekannt war, lief er zur Latrine. Hier drängte sich eine Menschenmenge, die mit Flüchen und Schimpfwörtern diejenigen zur Eile antrieb, die ihre Notdurft verrichteten. Der Studienrat war nicht unter ihnen.

»Appell!« schrie Pawłowski.

Und mit einer beißenden Angst im Bauch suchte er nach dem Kapo, der den Abbau der Häuser beaufsichtigte. Er fand ihn auf dem Platz beim fünften Block. Der Kapo, ein dicker, gutmütig aussehender, beleibter Deutscher, wurde blaß, als er erfuhr, daß einer seiner Arbeiter fehlte.

»Alle sind zurückgekommen«, schrie er scharf, »ich habe alle gezählt.«

Der Blick des Stubenwarts ging schräg hinüber zum Platz, wo sich die SS versammelte. Hans Kreutzmann hob sich von ihnen durch seine große Gestalt ab.

»Wie sah denn dieser Kerl aus?« fragte der Kapo.

Doch ganz plötzlich war Pawłowski völlig entfallen, wie der Studienrat aussah. In seinem Gehirn wurde es leer, und in dieser Leere kreiste nur die Angst. Der Deutsche war aufgebracht und schlug dem Stubenwart in das verblödete Gesicht.

Unter den SS-Männern war inzwischen eine Bewegung entstanden. Einige waren zu ihren Reihen getreten. Pawłowski

kehrte zum Block zurück. Obgleich er sich des Äußeren des Studienrates weiterhin nicht entsinnen konnte, wußte er doch gleich, als er die Reihen überflog, daß er nicht da war. Auch die Häftlinge hatten inzwischen bemerkt, daß einer fehlte, und in den Zehnerreihen wurde eine lautlose Beunruhigung spürbar. Aber Nadolny wußte noch von nichts. Als er nun den Stubenwart eilig seinem Platz in der Reihe zustreben sah, schrie er: »Halt!«
Nadolny holte den Stubenwart mit wenigen Schritten ein, packte ihn am Drillichanzug und schüttelte ihn hin und her, wobei er ihm mit dem Gummiknüppel auf den Kopf schlug. Vom linken Flügel, wo der erste Block stand, kamen Kommandorufe. Der Appell begann. Als Pawłowski den fatalen Rapport herausgequetscht hatte, nahm das schmale Gesicht des Unterkapos eine dunklere Farbe an. Er ließ den Stubenwart los, stieß ihn zu den Reihen und wandte sich an Schröder. Niemand sah ihn an. Die siebenhundert Häftlinge des dritten Blocks standen stramm, wie aufgezogen. Die Stille war tot und schwer, ähnlich der, die die gestrige Exekution begleitet hatte. Das langsame Näherkommen der schreienden SS vertiefte dieses Schweigen. Die Nacht um sie her wurde dunkler, ihr gewaltiger und hoher Wall verdichtete sich, und aus ihrer Tiefe riß sich ein scharfer Wind los.
Kapo Schröder stand schon an seinem Platz links der Zehnerreihe. Hinter ihm Nadolny. Das kräftige, zerfurchte Gesicht des Mechanikers aus Hannover drückte nichts als diensteifrige Anspannung und Erwartung aus. Die vulgäre Schönheit des Unterkapos hingegen hatte einen finstereren Ausdruck als sonst. Im ersten Block schien es ernstere Vorfälle gegeben zu haben, plötzlich nämlich stieß eine Anzahl von SS-Leuten in die Reihen vor, gleich darauf drangen von dort Gebrüll und der Widerhall von Schlägen. Viele Häftlinge aus dem dritten Block tauschten verstohlene Blicke. Aber wenngleich in einer Masse stehend, die durch die gemeinsame Er-

wartung desselben Loses und die gemeinsame Bedrohung durch dieses Los verbunden war, fühlte sich jeder einzelne dieser siebenhundert Männer hoffnungslos allein. Verachtung und Grausamkeit, die langsam, aber unwiderruflich näherrückten, zerbrachen schon allein durch ihre Nähe die Brüderlichkeit ihrer Opfer. Und wenn in diesem Augenblick, der den Schatten des Todes streifte, im Scheinwerferlicht und in der von heiseren Schreien zerrissenen Stille, etwas diese Menschen verband, dann nur die armseligen, halbnackten, der Angst ausgesetzten Körper.

Staś Karbowski stand in der ersten Reihe. Den ganzen Tag über hatte er sich schlecht gefühlt. Das Rauschen im Kopf, das durch das morgendliche Waschen gedämpft worden war, hatte bei der Arbeit wieder begonnen, und irgendwann gegen Mittag war aus dem Inneren dieses monotonen Strömens im Ohr unmerklich und dünn wie ein Nadelstich ein Schmerz hervorgeschossen. Gegen Abend schwoll das Rauschen an, der Schmerz wuchs. Staś kümmerte sich nicht darum. Manchmal nur, wenn der Schmerz heftiger bohrte, packte ihn Angst bei dem Gedanken, daß sich die Grenzen dieses Leidens als sehr weit gesteckt erweisen könnten. Dann fürchtete er sich nicht vor dem Schmerz, sondern vor der Ungewißheit seiner letztmöglichen Stärke.

Seit dem gestrigen Tod Wacek Zawadzkis, seit dem Augenblick, da jener einen Schritt entfernt an der Reihe vorbeigegangen war, auf der Trommel den schrecklichen, kindlichen Rhythmus hämmernd und dann auf der Erhöhung stehend mit einem blinden Blick über die Menge der Kameraden geirrt war, empfand sich Staś als sich selbst nicht mehr zugehörig. Etwas in ihm drehte sich um und zersprang. Und nur instinktiv und sehr nebelhaft kam ihm manchmal zu Bewußtsein, daß irgendeine unbekannte Kraft begann, ihn vom Leben fortzureißen, ihn langsam und ohne Schmerz zuzufügen in eine tote Finsternis zog.

Er stand aufrecht und stramm wie die andern, die nackten Füße auf den scharfen Kies des Platzes gestemmt. Das monotone Rauschen, das ihm den Kopf anfüllte, schien die finstere Nacht, den Schein der blendenden Lichter, die heiseren haßerfüllten Schreie und die stumme und steife Masse zu entrealisieren. Er fühlte ein Fieber in sich. Aber es war ihm wohl damit. Der Wind, der einen kalten, feuchten Hauch brachte, kühlte sein erhitztes Gesicht.

Neben ihm standen dieselben Menschen, die seit geraumer Zeit hier ständig ihre Plätze einnahmen. Gleich neben ihm der Schauspieler Trojanowski, ein stämmiger, untersetzter Mann um die Fünfzig, der vor einigen Wochen zusammen mit anderen Theaterkollegen hierher gebracht worden war. Er stand reglos, mit herabgelassenen, etwas geschwollenen Lidern, die sehr groß und schwer wirkten und seinem grob geschnittenen grauen Gesicht den Ausdruck gesammelter Tragik gaben. Karbowski erinnerte sich Trojanowskis von vor vielen Jahren in der Rolle Richards III. Besonders jene nächtliche Szene war ihm im Gedächtnis haften geblieben, in der den König Gewissensbisse quälen. Aus der Dunkelheit holte der Scheinwerfer ein von demselben Leiden gezeichnetes Gesicht hervor, es war jetzt neben ihm. Der Mund, nun zusammengebissen, hatte damals ergreifend gesagt:

»Mord, grauser Mord, im fürchterlichsten Grad,
jedwede Sünd', in jedem Grad geübt,
stürmt an die Schranken, rufend: Schuldig! Schuldig!«

Hinter Trojanowski stand ein ausgemergelter junger Mann, ein gewisser Olszanowski. Er war Gärtner und stammte aus der Nähe von Biłgoraj. Auf der anderen Seite war Wachowiak Staś' nächster Kamerad. Wachowiak war ein achtzehnjähriger Arbeiter aus Łódź, er sah verbissen und finster aus, schwarz angelaufen von den Schlägen. Im Rücken von Stás stand Makowski, der schwer herzkrank war seit der Zeit, da man ihn zu einem halbstündigen Kaltwasserguß aus einem Hydranten verurteilt hatte. Dann waren da noch Smoła, ein bekannter Bauernfunktionär, der Stubenwart Pawłowski

und jener sterbende Arzt Parczewski, den man abermals auf den Platz gezerrt hatte, da er während des Morgenappells nicht verschieden war.
Staś fühlte seinen kurzen, röchelnden Atem gleich hinter sich, fast auf den Schultern. In der Stille, wie sie in der Zehnerreihe herrschte, klang dieses unmenschliche Atmen, das mit dem Tode rang, manchmal sehr laut. Als es verstummte, spannte Staś unwillkürlich seine Muskeln an, richtete die Schultern stärker empor, in der Gewißheit, daß ihm der dahinsiechende Mensch gleich in den Rücken stürzen würde. Der eigene Schmerz schwand in diesem Augenblick in ihm. Einige Sekunden quälte er sich mit diesem angespannten Warten. Als das Röcheln wiederkehrte, kam auch der eigene Schmerz zurück, doch nach jenem Warten schien er fast eine Entspannung zu sein. »Tss!« flüsterte der Stubenwart noch einmal durch zusammengepreßte Lippen.
Die Stille, die ohnehin bis zum Äußersten angespannt war, verschärfte sich noch mehr. In ihrer verdickten Konzentration hörten die Menschen nahezu auf zu atmen.
Die SS kam.
Als erster Hans Kreutzmann. Er war einer der jüngsten in der Lager-SS, zwanzig Jahre alt, vielleicht etwas darüber, aber er sah jünger aus, sehr jugendlich, fast unreif. Er war blond, hatte stark gezeichnete Brauen, ein fein geschnittenes Gesicht und milde, blaue Augen. Staś Karbowski sah geradeaus vor sich hin, und doch fühlte er, wie sich die Hände des neben ihm stehenden Arbeiters unwillkürlich ballten. Das Röcheln Parczewskis verstummte wieder, und man konnte hören, wie der Stubenwart, der offenbar alle Selbstkontrolle verloren hatte, dumpf und auf so seltsame Weise aufweinte, als hätte ein unerwarteter Schluchzer den Versuch, tief Atem zu schöpfen, unterbrochen. In diesem Augenblick hielt Kreutzmann vor dem strammstehenden Schröder an. In den Schultern sich ein wenig vorbeugend, die Riemenpeitsche nachlässig in der herabhängenden Hand haltend,

stellte er dem Kapo irgendeine Frage. Niemand aus dem Block hörte ein Wort. Kreutzmann erhob selten seine Stimme. Auch die Antwort Schröders drang nicht zu den Reihen vor.
Inzwischen waren noch weitere SS-Männer dazugekommen. Der behäbige, einer Bulldogge ähnelnde Greiser, der pockennarbige Schmidt mit seinen überlangen, bis zu den Knien reichenden Armen, der junge lockenhaarige Dietrich, der Exboxer Sturmer mit der niedrigen Stirn und der plattgedrückten Nase. Greiser rückte die Jacke zurecht, Dietrich befestigte seine Peitsche am Gürtel und wischte sich mit einem Taschentuch Blut von der Hand. Alle machten bei Kreutzmann halt. Nur Sturmer ging weiter, er hielt vor einer der ersten Reihen an, und seine tiefliegenden Augen fuhren stumpf über die unbeweglichen Gesichter.
Und so begann jener Appell, von allen bisher in Auschwitz bekannten der längste.
Das ganze Lager stand, alle Blöcke. Gemäß der Anordnung des Lagerkommandanten sollte die Abberufung des Appells erst dann erfolgen, wenn der Vermißte aufgefunden sein würde. Die Suche dauerte schon über zwei Stunden. Die SS und die Kapos hatten sich sofort nach dem Alarm im Lager und auf dem Arbeitsterrain verteilt. Man drang überall hin. Die Scheinwerferfühler glitten unentwegt in die Tiefe des das Lager umsäumenden Dunkels, und an den verschiedenen Enden dieser plötzlichen Aufhellungen erklangen, gleichsam am Rande der schweigenden und gewaltigen Nacht, heisere, die Stille scharf und durchdringend zerteilende Schreie. Der Kapo, der beim Abbau der Häuser Aufseher war, dieser gutmütig aussehende, dicke Deutsche, nahm ebenfalls an der Suche teil. Aber obwohl er auf dem Terrain am besten Bescheid wußte, hatte man wenig Freude an ihm, denn er konnte sich nach den Schlägen und Tritten, die ihm Kreutzmann verabreicht hatte, kaum auf den Beinen halten. Das ganze Gebiet, auf dem sich die zum Abbau bestimmten Häuser befanden, wurde mehrmals gründ-

lichst durchsucht. Der Vermißte war nirgendwo zu finden.

Je mehr Zeit verstrich, desto stärker wuchs die Wut der SS an. Die Nacht, die ihr Höchstmaß an Dunkelheit erreicht hatte, währte in ihrer unveränderten Dunkelheit und Fremdheit. Nur die Kälte wurde immer durchdringender. Die Luft wurde feucht, und schließlich begann ein feiner, tropfenhafter und eiskalter Nebel herabzunieseln. Die Pappeln entlang der Blöcke bauschte ein immer heftiger werdender Wind. Sie rauschten, ein langes Spalier, von einem Ende zum andern und warfen auf den Platz und die Menschen unruhige fetzenhafte Schatten. Diese Schatten, die von dem ungeduldigen Atem der Nacht gezeichnet waren, kamen bis an den dritten Block heran.

Stás betrachtete sie eindringlich und versuchte, das Verfließen der Zeit, den eigenen Schmerz und die Erschöpfung mit diesem lautlosen Eindringen der Dunkelheit in die Helle zu verweben. Einige Schritte vor der Reihe lag Doktor Parczewski. Er hatte als erster, da er in gebeugter Haltung stand und allem gegenüber taub und gleichgültig war, die Aufmerksamkeit der wütenden SS auf sich gelenkt. Sturmer zerrte ihn aus der Reihe heraus, da er schwankte, hielt er ihn an der Schulter und schlug ihn mit der geballten Boxerfaust, konzentriert, wie ein Automat, den unverändert stumpfen Ausdruck auf seinem flachen Gesicht. Das dauerte nur kurze Zeit, aber denen, die in der Nähe standen, schien es unendlich lange. Jetzt lag Parczewski an derselben Stelle, wohin ihn Sturmer geworfen hatte. Er lag auf dem Rücken, da er seine Knie angezogen hatte, wirkte er klein, fast so, als habe er keine Beine. Die Schatten der Pappeln drangen nicht bis hierher. Im weißen Licht der Scheinwerfer wurde das Gesicht des Toten, das mit geöffneten Augen in die über der Helligkeit liegende Nacht schaute, ruhiger, und die Stille wischte langsam die Spuren des Leidens davon ab, bis es schließlich selbst ganz ruhig und still wurde. Trojanowski hatte die schweren Lider gesenkt. Aber auch aus diesem verringerten Blickwinkel sah er den Toten. Von seinen Lippen, die der junge Dietrich mit der Peitsche gespalten hatte, troff ihm Blut auf den Bart und weiter herunter auf den Drillichanzug. Er schenkte dem keine Beachtung. Seine eigenen Worte kreisten in ihm, eindringlich und gleichsam verlangsamt. Worte, die er einige Monate vor seiner Verhaftung Freunden gegenüber gebraucht hatte, als er zu beweisen suchte, daß der Mensch selbst bei größten Leiden und Erniedrigungen seine Würde bewahren könnte. Er hatte damals gesagt: »Ich glaube, meine Freunde, daß nichts im Menschen die Freiheit töten kann, man muß sie nur verteidigen wollen, und zwar vor sich selbst, vor der Schwäche, der Angst, der Hoffnungslosigkeit. Es gibt auf Erden keine Kraft, die unsere Freiheit vernichten kann, wenn wir sie bewahren wollen.« Jetzt wußte er, daß man an sich selbst Erniedrigung erdulden und gelassen das grausamste Ende auf sich nehmen kann, aber er wußte weiter, daß die Erniedrigung, die der Tod eines anderen, schutzlosen und einsamen Menschen zufügt, eine Last ist, die menschliche Kraft überschreitet. Er fühlte, wie die innere Freiheit zerbröckelte und zerbrach, die er so hartnäckig und gesammelt vom ersten Tag seiner Inhaftierung an verteidigt hatte, eine Freiheit, die nichts anderem diente als der Rettung der eigenen Würde. An Leiden und Erniedrigung hatte er sich schon gewöhnt. Er sah sie Tag für Tag. Auch an den Tod. Aber an das Böse, die Verachtung und die Grausamkeit, die rings um ihn her tobten, wollte und konnte er sich nicht gewöhnen. Manchmal klagte er sich der Abgebrühtheit an, weil ihn die Schinder tiefer bewegten als der Anblick ihrer Opfer. – Das Böse, dessen der Mensch fähig ist, dieser Abgrund, in den man aus nächster Nähe mit eigenen Augen blicken muß, um an ihn zu glauben, diese Maßlosigkeit an Grauen, das in den menschlichen Wesen schlummert und das schamlos mit Siegestriumph ans Tageslicht hervorkommt, dieses Entsetzen überschreitet alles, was der Mensch zu erdulden imstande ist.

Er betrachtete das Gesicht des verstorbenen Arztes. In der Erschöpfung, die ihm immer mehr von seiner Kraft nahm, widersetzte er sich seiner inneren Erstarrung und versuchte, die Bruchstücke seiner Empfindungen zu ordnen. Er dachte mit einer Anstrengung, als müsse er einen dichten Dunst durchdringen: »Das Leiden hat seinen Platz in der Ordnung der Welt. Ich bleibe ich, wenn ich leide, ich bleibe ich, wenn ich sterbe. Das bedeutet etwas, das ist eine Hoffnung. Das kann ein Sieg sein. Aber das Böse?« Er fand keine Antwort darauf. Die Frage fiel wie ein Stein in einen Abgrund, aus dessen Tiefe kein Echo empordringt.
Am Ende des Blocks, irgendwo von hinten kam die Stimme Schröders. Er schlug jemand. Dann kam er eilig die Reihe entlanggelaufen, die Kinnladen fest aufeinandergebissen, die Peitsche in der Hand. Quer über das Gesicht lief ihm ein blauer Striemen von dem Schlag, den ihm Kreutzmann versetzt hatte. Er umging die Leiche des Arztes, und ohne jemand anzusehen, blieb er erst am anderen Ende des Blocks stehen. Vom Platz her näherte sich Kreutzmann. Schröder machte auf der Stelle kehrt. Plötzlich hielt er vor Wachowiak an und fragte ihn etwas auf Deutsch. Jener verstand ihn nicht und schwieg. Da schlug ihn Schröder, ohne ihn anzublicken, ins Gesicht. Wachowiak zuckte nicht einmal zusammen. Sein Gesicht verfinsterte sich noch mehr, und seine Augen, die den Kapo anstarrten, wurden hart. Bevor Schröder weggegangen war, kam Kreutzmann.
»Was hat er gemacht?« fragte er, mit der Peitsche auf Wachowiak deutend.
Schröder zögerte einen Augenblick. Er stand am Rande der verlängerten Pappelschatten und unterstrich mit der Unbeweglichkeit seiner aufgerichteten Gestalt die Illusion, daß die Erde sich unter den Füßen bewege.
Staś Karbowski folgte mit unverändertem Trotz der Bewegung dieser Schatten. Plötzlich hörte er die Stimme Schröders. Der Kapo erklärte, daß er Wachowiak wegen seines aufrührerischen Blicks geschlagen habe.

Stille trat ein. Jetzt, da der Doktor fehlte, trat Richter Makowski an seine Stelle mit seinem schwer gehenden, abgerissenen Atem, der mit Mühe Luft holte. Staś fühlte auch diesen Atem fast auf seinem Rücken. Aber der Tod verlor plötzlich allen Schrecken für ihn. Er erfaßte ihn nicht. Er, der Tod, war schon wie etwas, das hinter allem liegt, hinter Ruhe und Nichtwissen. Sterben, das war entsetzlich! Und wieder ging wie ein Schatten Wacek Zawadzki an ihm vorbei, mit blutiger Hand seinen Takt auf der Trommel schlagend. In diesem Augenblick wurde die milde Stimme Kreutzmanns hörbar: »Frag ihn, ob er zufrieden ist, daß er bestraft wurde.«

Der Kapo wandte sich zu Wachowiak um und wiederholte die Frage auf Polnisch, scharf und befehlend. Aber seine Augen schienen dem Burschen die Antwort flehentlich weisen zu wollen. Wachowiak dachte nach. Dann hob er seinen harten Blick zu Schröder und sagte: »Nein.«

Kreutzmann trat näher heran.

»Nein?«

Und er betrachtete Wachowiak mit kindlich erstaunten Augen.

»Nein?« wiederholte er fast weich.

»Nein«, sagte Wachowiak.

Kreutzmann lächelte heiter und unschuldig. Sein Blick glitt von Wachowiak weg und fuhr in gewisser Zerstreutheit über die in den Reihen Stehenden. Für einen Augenblick vergaß jeder seine Erschöpfung, seine Schmerzen und die durchdringende Kälte.

Alle standen gebannt, wie hypnotisiert, wagten nicht zu atmen. Der Blick des jungen Blockführers wanderte lange und langsam von Gesicht zu Gesicht, und einen Augenblick lang war jeder einzelne Häftling gewiß, daß dieser einen noch unbekannten Befehl bergende Blick bei ihm länger verweilte. Hoch oben in der Dunkelheit heulte der Wind. Eisnebel schnitt in die Gesichter.

Schließlich blieb Kreutzmanns Blick auf Karbowski liegen. »Das Ende«, dachte Staś. Und er fühlte, wie er

unwillkürlich von innen her zu beben begann. Er biß die Zähne zusammen. Als Kreutzmann ihm einen Wink gab, trat er gehorsam aus der Reihe.
»Näher heran«, sagte der SS-Mann ruhig.
Staś stand ganz nah neben Kreutzmann. Dieser nickte jetzt Wachowiak zu. Als er beide Häftlinge vor sich hatte, wandte er sich an Schröder.
»Sag dem«, er deutete auf Wachowiak, »wenn er nicht gern geschlagen wird, dann zieht er bestimmt das Schlagen vor. Also soll er den anderen hier schlagen.«
Schröder wiederholte, er war bleich, aber ruhig. Als Wachowiak den Befehl hörte, den er nicht erwartet hatte, fuhr er zusammen. Der Blick seiner finsteren, tiefliegenden Augen trübte sich plötzlich. Er schwieg.
»Schlag zu!« befahl der Kapo heiser.
Wachowiak sah Staś, der neben ihm stand, über die Schulter an. Sie kannten sich nur vom Appell her, hatten nie ein Wort miteinander gewechselt. »Schlag doch«, sagte Staś Blick. Sie sahen sich eine Weile schweigend an.
»Schneller!« sagte Kreutzmann.
Wachowiak wandte sich zu ihm um. Sein Blick war wieder finster, verbissen, hart. »Nein«, sagte er dumpf.
»Nein?«
»Nein!«
Da griff Kreutzmann ohne Hast nach seinem Revolver und schoß, ohne die Hände zu heben oder zu zielen, zwei Mal. Wachowiak schwankte und faßte mit beiden Händen seinen Bauch. Aber er fiel nicht. Nur sein Gesicht wurde grau. Mit einer Anspannung in den Augen, durch die alle Kräfte des sterbenden Lebens zu entweichen schienen, sah er den jungen Kreutzmann an. Er mochte sein Altersgenosse sein. Er lächelte leicht. Jener hielt längere Zeit seinen Blick aus. Dann schoß er noch einmal. Wachowiak erzitterte, als ob ein mächtiger Krampf ihn schüttelte. Dann bäumte er sich auf, wuchs an. Und fiel.
Ein Raunen ging durch die Reihen. Die Menschen atmeten tiefer. Aber sie erstarben sogleich wieder. Kreutzmann

suchte ein neues Gesicht. Diesmal fiel seine Wahl auf Trojanowski.
»Schlag ihn«, sagte er zu Karbowski gewandt, als Trojanowski aus der Reihe trat.
Staś fühlte, wie alles in ihm, vor Entsetzen gelähmt, erstarrte. Er hob mechanisch die Hand. Er schlug. Mit vor Kälte erstarrten Fingern erkannte er, daß er an dem Hals des anderen abgeglitten war. Kreutzmann zog die dunklen Brauen zusammen.
»Stärker!«
Karbowski schlug stärker. Trojanowski stand ohne Bewegung vor ihm, etwas vorgebeugt, die gesenkten Lider verdeckten seinen Blick. »Er will, daß mir das Schlagen leichter falle«, dachte Staś. Er schlug noch einmal. Plötzlich zog ihn Kreutzmann am Drillich zu sich heran.
»Fester«, wiederholte er mit ruhigem Nachdruck.
Staś krümmte sich ruckartig zusammen.
»Wirst du schlagen, wie es sich gehört?«
»Ja«, flüsterte er.
Kreutzmann ließ ihn los und stieß ihn zu Trojanowski. Da begann er, blind darauf loszuschlagen, mit geballten Fäusten. Er traf den Kopf, das Gesicht, die Brust. Dann vergaß er, wohin er schlug. Er fühlte lediglich, daß er mit immer größerer Kraft und wachsender Wut schlug und immer schmerzhaftere Schläge versetzte. Trojanowski blutete. Aber seine Lider blieben weiterhin halb geschlossen. Er atmete nur etwas lauter und schwerer. Einmal brach ein ersticktes Stöhnen durch seine zusammengebissenen Lippen.
»Halt!« schrie Kreutzmann.
Staś ließ die Hand sinken. Seine Hände waren erhitzt. Die Fingerspitzen brannten höllisch. Seine Hand war feucht von etwas Klebrigem. »Blut«, dachte er. Er dachte es gleichgültig. Er krampfte die Hand zusammen und wischte mit den Fingern das Blut weg. Er wußte nicht recht, was mit ihm vorging. Ein Schmerz, der ihm den Kopf zersprengte, machte ihn fast blind. Und als Kreutzmann ihm befahl, in die Reihe zurückzutreten, fand er

kaum seinen Platz wieder. Es gab eine freie Stelle. Wachowiak fehlte. Trojanowski hatte seinen Platz schon eingenommen.
Staś erstarrte. Seine Fingerspitzen brannten immer stärker, er fühlte, wie er in sich sank, in einen dumpfen Schmerz, wie in das dunkle Dickicht des Schlafes. In der Luft, die ihm bis zur Weißglut erhitzt schien, hörte er die heisere Stimme Nadolnys. Die SS lief an den Reihen vorbei. Ihre Gestalten wuchsen. Weiter fort, am anderen Ende des Platzes heulte jemand auf, der geschlagen wurde. Und ebenso weiter hinten und noch einmal auf einer anderen Seite. Plötzlich trat Stille ein. Hinten keuchte Richter Makowski. Schatten schwankten auf der Erde, die Nacht war über allem. Wind. Irgendwo oben, über dem Platz, schlug ein Stöckchen gemessen und durchdringend auf eine Trommel. Stunden verstrichen.
»Freiheit!« dachte Trojanowski. »Meine Freiheit! Ob ich imstande wäre, sie zu bewahren, wenn ich auf die Probe gestellt würde?« Er fühlte, daß das »ja« falsch klingen würde, mit dem er noch vor kurzem zu zeugen bereit gewesen war. »Man kann seine Würde verteidigen, aber ohne die Gewißheit, darin bis zum Ende ausharren zu können. An sich denken und man selber sein — wie viele Täuschungen und Lügen zwischen dem einen und dem anderen! Aber der Sinn, der Sinn von alledem?« Mit dieser Unruhe in sich richtete er sich auf und kam wieder zu sich, nachdem ihn zeitweise eine so schreckliche Müdigkeit erfaßt hatte, daß er meinte, sich nur noch wenige Minuten auf den Beinen halten zu können. Er fürchtete sich davor. Eine unbestimmte Angst setzte sich in ihm bei dem Gedanken fest, daß ihn seine Erschöpfung plötzlich auf die Erde stoßen würde und dann die SS hergelaufen käme. Er hörte, wie irgendwo hinter ihm Menschen auf die Erde fielen. Bis zu diesem Zeitpunkt war das dreien oder vieren passiert. Noch pulsierte der Schrei in seinen Ohren, das langgezogene tierische Jaulen eines Menschen, der getreten wird.

»Gott«, flüsterte der Stubenwart Pawłowski hinter ihm. Eine so hoffnungslose Qual zitterte in diesem fast stimmlosen Flüstern, daß Trojanowski zusammenfuhr. »Der Sinn, der Sinn von alledem?« wiederholte er inständig, »der Sinn dieser Leiden, der Sinn ihrer Zufügung?« Plötzlich stand in ihm von irgendwoher die Erinnerung an eine bestimmte Chorpartie aus der Matthäus-Passion auf, eine einfache, reine, den Himmel eröffnende Melodie, die an Innigkeit langsam zunehmend schließlich selbst Himmel wird. Er lauschte diesem Gesang in sich gespannt. Er vermochte nicht, ihn zu summen, obwohl er sicher und makellos in ihm klang. Aber das war auch unnötig. Es genügte ihm dieser lautlose Umriß, der sich in klaren Kadenzen emporhob. Und gleichsam aus dem Herzen dieses Chores selbst, den reine Frauenstimmen begleiteten, trat in ihm das gewaltige und starke Verlangen auf, daß jedes Leiden, jeder Schmerz, jedes Bruchstück gequälter Gedanken dieser Menschen, die in Tausenden den Platz unter der Nacht anfüllten, von der Vernichtung und Zerstörung bewahrt bleiben sollten und daß sie, obgleich anderen Menschen unbekannt und vielleicht gar von den Erniedrigten selbst vergessen, ewig währen sollten, ausdrucksreicher als im Augenblick ihres Seins, als ein Zeugnis für das Leben selbst und für das sich erfüllende Schicksal des Menschen.

Die Zeit verging. In den vor Kälte erstarrten und vor Erschöpfung halb ohnmächtigen Menschen verwischte sich langsam das Bewußtsein von Minuten und Stunden. Dieser ganze Appell, an dessen Anfang man sich nicht mehr erinnerte und dessen Ende man nicht erhoffte, war in einem Beginn und Fortdauer, wie versteinert in der Mitte dieser Nacht.

Richter Makowski atmete mit immer größerer Mühe, er keuchte abgehackt und heiser. »Gott«, flüsterte Pawłowski abermals und schluchzte auf die ihm eigentümliche Weise in sich hinein, mit vor Angst angehaltenem Atem. Weiter hinten wurde ein trockener, scharfer Husten laut, der einem Bellen glich.

»Ruhe«, schrie Nadolny in dieser Gegend.
Aber das Bellen ließ nicht nach in der Stille. Dann ging es in einen Schrei über. Nadolny schlug.
»Ich halte es nicht aus«, stammelte der Stubenwart, »O Gott!« Smoła, der neben ihm stand, flüsterte etwas mit seiner tiefen, harten Stimme, und er verstummte.
Smoła war ein Mann in den Vierzigern, einer der Führer der Bauernbewegung. Er arbeitete in der Küche beim Kartoffelschälen und hielt sich demgemäß trotz der acht Monate, die er schon in Auschwitz saß, recht gut. Er war groß, knochig, sein Gesicht mit der scharfen Raubtiernase erinnerte an einen Sperber. Seit einigen Tagen fühlte er eine leichte Erkältung. Bis jetzt hatte er ihr keine größere Bedeutung beigemessen, fast alle im Lager waren mehr oder weniger erkältet. Aber nun spürte er von Stunde zu Stunde deutlicher, wie sich die Krankheit in ihm entwickelte. Scharfe, atemverschlagende Schmerzen zerschnitten ihm die Brust, Krämpfe schüttelten seine Schultern, er fühlte gleichzeitig Fieberhitze und Kälte. Er bemühte sich, nicht daran zu denken. Die ganze Kraft eines Mannes, der von Kindheit an die Überwindung von Schwierigkeiten und an den Kampf gewöhnt ist, legte er in den Willen zum Durchhalten. Er tat nichts anderes, als diesen einen Gedanken an das Durchhalten zu verstärken und zu konzentrieren. Er wußte, daß ihm nichts geschehen konnte, solange ihn diese Sicherheit nicht verlassen würde. Der schwerste aller Kämpfe, die er im Leben auszufechten hatte, stand ihm jetzt bevor. Bislang hatte er mit Gegebenheiten, mit Menschen, mit der Welt gefochten. Jetzt verbarg sich der Feind in ihm selbst. »Ich halte durch«, dachte er, »ich muß durchhalten!« Obwohl er vor Kälte erstarrt war, fraß sich das Fieber immer tiefer und glühender in ihn hinein, und in diesem Fieber und bei den häufiger und spitzer werdenden Stichen fühlte Smoła deutlich einen winzigen Schauer von Zweifel heraus. Er straffte sich, ballte die Fäuste und suchte in dieser körperlichen Zügelung eine Rettung vor dem verräterischen unterschwelli-

gen Flüstern. Nicht vor dem Tod verteidigte er sich, sondern vor dem Gedanken an ihn. Er war so stark mit dem Leben verwachsen, so sehr mit seinen Kämpfen, mit seinen Zielen und Ambitionen verbunden, daß er, von dieser so mächtigen Leidenschaft für das Leben besessen, niemals eine offene Stelle für die Angst vor dem Tode hatte. Auch jetzt fühlte er sie nicht. Die Lebenspassion in ihm war stärker als alles, was sie schwächen oder verletzen konnte. Aber zum ersten Mal befiel ihn die Angst vor dem Überwundenwerden. Und diese Angst kam ihm wie ein Scheitern vor. In sich hineinhorchend unterschied er deutlich und mit der ungewöhnlichen Klarheit, die er in ernsten und entscheidenden Augenblicken stets aufzubringen wußte, einen Strom fremder Gedanken, der in ihn eindrang. Das war eine ergreifende, fast physische Empfindung, es war, als wüchse ein neuer, unbekannter Organismus in ihm, der, langsam Leben gewinnend, selbst ein unabhängiger Mensch wurde. Um so mehr bemühte er sich, sich von allem, was um ihn her geschah, abzusondern. Sein Bewußtsein, weniger klar als zuvor, aber quälender, sagte ihm, daß zwischen jenem in ihn eindringenden Wesen und den Menschen, die in den Reihen standen, irgendeine Gemeinsamkeit war, eine verschwommene und bedrückende Brüderlichkeit. Er stand zwischen dem Stubenwart und Richter Makowski. Durch die Lücke, die vor ihm in der ersten Reihe entstanden war, sah er die Füße des erschossenen Wachowiak. Er versuchte, nicht hinzuschauen, aber eine Unruhe, die er nicht zu dämpfen imstande war, zwang seinen Blick immer wieder in diese Richtung. Trotz allem, was er von sich forderte, betrachtete er mit glühenden Augen diese mit den Fersen nach oben gekehrten Füße, die von der Erde, die sich eingefressen hatte, geschwärzt waren. Sie ragten reglos aus den zu kurzen Beinen des gestreiften Drillichs heraus. Den übrigen Teil des Körpers verdeckte die Schulter Karbowskis. Plötzlich zuckte die Schulter zusammen.

Aus dem Dunkel drang die Stimme Trojanowskis zu

Karbowski. »Freund«, flüsterte der Schauspieler. Staś wandte den Kopf nach ihm um. Immer noch hörte er das trockene, abgebrochene Trommeln, und durch diesen eindringlichen Rhythmus und die im Lichtschein schwankende Luft hindurch sah er das ihm zugekehrte Gesicht Trojanowskis. Es war von blauen Flecken entstellt, irgendwie seltsam verkrampft und gleichzeitig geschwollen, geronnenes Blut durchzog es mit schwarzen Spuren. Er starrte das Gesicht an, abwesend, bis seine Augen in die des anderen fielen. »Freund«, wiederholte Trojanowski.

Staś keuchte mit halboffenem Mund. Plötzlich wandte sich Trojanowski ab. Über den Platz gingen die dicke Bulldogge Greiser und der langarmige Schmidt.

»Paß auf«, flüsterte Trojanowski.

Die beiden gingen zum ersten Block. Irgendwo hinter dem dritten Block kreischte die Stimme Nadolnys. Plötzlich spürte Staś auf seiner Hand eine fremde. Sie berührte ihn zuerst leicht mit zuckenden Fingerspitzen, dann schloß sie sich plötzlich fest und blieb so. Trojanowski bewegte sich nicht und sah vor sich hin. Staś ebenfalls. Er fühlte deutlich, wie diese vor Kälte steife, rauhe männliche Hand ihn aus seiner Ohnmacht herauszog und ihn sich selbst wiedergab. Noch bevor er ganz zu sich gekommen war, näherte sich das Brüllen Nadolnys, und die Hand zog sich schnell zurück.

Nadolny rannte an den Reihen entlang, mit der Riemenpeitsche blindlings drauflosschlagend. Das Zischen der Peitsche fuhr durch die Stille. Einer von denen, die getroffen wurden, schrie auf, das Zischen kam näher, schnell, rhythmisch, durchdringend. Für den Bruchteil einer Sekunde sah Staś das schmale Gesicht des Unterkapos vor sich, und gleichzeitig durchschnitt ein Schmerz wie ein scharfer Messerschnitt seine linke Wange. Bevor er begriff, was geschehen war, war Nadolny schon am Ende der ersten Reihe. Dort machte er auf dem Absatz kehrt und drang durch den von Wachowiak verlassenen Platz in die zweite Reihe vor. Er holte weit aus und

schlug Makowski, der ihm als erster unter die Hände fiel.
Nur Smoła hörte in diesem Augenblick das laute Röcheln des Richters, das plötzlich abriß. Bevor Nadolny noch einmal mit hocherhobener Peitsche zuschlagen konnte, stürzte jener mit der ganzen Schwere eines Fallenden direkt auf ihn. Der Unterkapo war kräftig, aber er geriet ins Wanken und griff, als wollte er sich vor einem Schlag schützen, den Richter mit beiden Händen bei den Schultern. Er wurde blaß, und sein finsteres Gesicht verkrampfte sich vor Angst. Das dauerte nur einen Augenblick. Zu sich gekommen, rüttelte er am Körper Makowskis wie wahnsinnig. Der Körper war ohne Willen. Der Kopf des Richters fiel kraftlos auf die Brust Nadolnys. Erst jetzt begriff er, daß er eine Leiche hielt. Er fluchte und stieß den Körper heftig von sich.
Es war Pawłowskis Unglück, daß er in diesem Augenblick das Zittern, das ihn hin und her zerrte, nicht beherrschen konnte. Als Nadolny es wahrnahm, warf er sich auf Pawłowski und schlug ihn mit verdoppelter Wut. Pawłowski schrie spitz auf und deckte sich mit den Armen vor den Schlägen ab. Aber seine jämmerliche und unzureichende Verteidigung steigerte die Raserei des Unterkapos nur noch mehr. Er warf den Stubenwart um und stieß ihm, als er mit dem Gesicht zur Erde lag, die beschlagenen Stiefelspitzen in die Nieren. Pawłowski jaulte und verstummte abrupt. Nadolny trat weiter. Diese Schläge entlockten dem unbewegten Körper dumpfes, stumpfes Stöhnen. Smoła, der in nächster Nähe stand, hörte, wie sich das Innere dieses getretenen Körpers auflöste und wie etwas darin sprang und zerriß. Der Widerhall der Fußtritte wurde stärker. Auch Trojanowski hörte das. Er dachte an nichts. Fühlte kein Mitleid. Keinen Haß. Keine Angst.
Schließlich hatte Nadolny genug. Er richtete sich auf und zog die Jacke glatt. Für diesmal war Schluß. Der Block wurde vorübergehend in Ruhe gelassen.
Längere Zeit regte sich der Stubenwart nicht. Er lag in

derselben Position, in der ihn Nadolny verlassen hatte, seltsam und komisch ausgebreitet, die Schultern hochgezogen. Das Mäusegesicht in den feuchten Kies gedrückt, berührte er fast die Füße Smołas. Dieser konnte nicht herausbekommen, ob Pawłowski nur ohnmächtig oder verschieden war. Der auf dem Rücken zerrissene bluttränkte Drillich des Liegenden enthüllte einen dünnen, schwarz gewordenen Körper. Wenn noch Leben in ihm war, dann war es gewiß sehr schwach, irgendwo in der Tiefe des Atems verborgen. Smoła suchte unablässig nach der Spur dieses Atems. Aber Pawłowski lag still und reglos.
Smoła fühlte, wie sein Fieber zunahm. Die Stiche in der linken Lunge wurden so scharf und schmerzhaft, daß er Angst hatte, tiefer Atem zu holen. Er atmete so flach wie möglich, dazu vorsichtig und sparsam. In Wirklichkeit verteidigte er sich nicht mehr vor der Krankheit, und er empfand es nicht als Resignation vor dem Leben. Er wußte selbst nicht, wann und wie die vorherige Ruhe ihn verlassen hatte. Als er es bemerkte, war er weder erstaunt noch von Widerspruch erfüllt. Die Anstrengung, in die er so viel Widerstandskraft gelegt hatte, schien ihm unwichtig und unnötig. Das einzige, was ihn jetzt noch in einer gewissen Anspannung hielt, war die Furcht, mit einer unachtsamen Bewegung seiner nackten Füße den vor ihm Liegenden zu berühren. Von Zeit zu Zeit, wenn die Starrheit unerträglich wurde, trat er von einem Fuß auf den anderen, und dann achtete er sorgsam darauf, den Menschen vor ihm nicht zu stoßen. Ein Gefühl, in dem sich Scham mit dem erniedrigenden Bewußtsein der eigenen Hilflosigkeit verband, stand mächtig in ihm auf. Die Ungewißheit, ob er über einer Leiche oder einem verscheidenden Menschen stand, bereitete ihm beharrliche Qual. Bei dieser Ungewißheit und den gegensätzlichen Empfindungen, wie er sie nie zuvor erlebt hatte, vergaß er langsam sich selbst, als sei das Los des fremden Menschen sein eigenes geworden. Er wußte nicht, was er damit anfangen sollte. Erst jetzt,

da er die eigene Kraftlosigkeit entdeckt hatte, wurde ihm bewußt, daß er einer aus der Menge war und daß es ihm an Kraft und Mut gebrach, um sich von diesen Fesseln loszureißen, die einige Tausend Menschen in passiver Ergebung banden. Von seinen frühesten Jahren an kannte er die Gewaltanwendung. Jetzt schien es ihm, als wäre er zum ersten Mal in seinem Leben zu ihrer Grenze vorgestoßen. Und plötzlich dünkte ihn alles, was er bisher vollbracht hatte, alle Kämpfe, Anstrengungen, Siege und Errungenschaften eher Zufälligkeiten denn wesentliche Werte. »Wie viele Errungenschaften«, dachte er, »sind nur deswegen Errungenschaften, weil auf dem Wege zu ihnen nicht die schwerste und schwierigste Probe gestanden hat!« Er sah sein Leben klarer als je. Er verachtete es nicht. Nur ein schwaches Zittern von Trauer erfaßte ihn, weil er nicht früher begriffen hatte, was ein menschliches Schicksal sein kann. Gleichzeitig aber fühlte er auch etwas wie Dankbarkeit dafür, daß ihm diese Probe so lange erspart geblieben war. Und das beschwichtigte ihn.

Es fiel jetzt ein dichter und gleichmäßiger Regen. Die Luft war voller Rauschen. Der Wind legte sich. Und nur dieses eintönige Rauschen ging unter der hohen Nacht hin und her, von einem Ende des Platzes zum anderen, langsam und gewaltig in der Stille über den dunklen Reihen. Denn es war fast Ruhe eingetreten. Nur selten wurde hier und dort der Schrei eines SS-Mannes laut. Die meisten von ihnen waren verstummt, vom stundenlangen Appell erschöpft.

Der dicke Greiser schlenderte bleiern und durchnäßt über den Platz, Sturmer blieb bei verschiedenen Blöcken stehen und blickte stumpf in die Gesichter der Häftlinge. Kreutzmann und Nadolny waren irgendwo verschwunden, ebenso der lockige Dietrich. Die Scheinwerfer drangen weiterhin in die Tiefe der Dunkelheit. Die Suche nach dem Vermißten dauerte an.

»Leute, wie spät mag es sein?« flüsterte jemand hinter Smoła.

Niemand antwortete. Die Stille in den Reihen hielt an, aber es war eine andere Stille geworden: es war die Stille des Schreckens. Es war das Schweigen der Erschöpfung und des langsamen Verlöschens, da in den Körpern die Hoffnung zu glimmen aufhört und sogar die Furcht verlischt und erstirbt. Immer häufiger hörte man den dumpfen Widerhall der schwer auf die Erde fallenden Menschen. Der Regen rauschte in unveränderter Gleichmäßigkeit und Dichte. Wer einmal gefallen war, erhob sich nicht mehr. Er verendete leise, unbekannt wann.

Der rechte Nachbar Trojanowskis war Olszanowski, der Gärtner aus der Gegend von Biłgoraj. Dieser junge Mann mit dem ausgemergelten Gesicht, das von einer schweren Krankheit gezeichnet war, machte den Eindruck eines Abwesenden unter den ihn Umgebenden. Er war in der Tat mit seinen Gedanken weit weg. Er dachte an sein Kind, das in diesen Tagen geboren werden sollte. Als man ihn zusammen mit seinem Vater und dem jüngeren Bruder abgeholt hatte, war seine Frau im zweiten Monat gewesen. Diese Zeit hatte sich ins Unwahrscheinliche von ihm entfernt. Ganze Jahre schienen ihn von der Freiheit zu trennen. Sein Vater lebte nicht mehr, sein Bruder, der neunzehnjährige Franek, ebenfalls nicht. Sie waren beide hier gestorben. Zeitweise vergaß Olszanowski, wie seine Frau und ihr beider Haus aussah. Sein bisheriges Leben zerbröckelte in ihm, und manchmal, wenn er es so wie jetzt wachrufen wollte, fand er nur nebelhafte Schatten in sich. Und einzig der Gedanke an das Kind, das geboren werden sollte, war klar und sicher. Er hatte keine Hoffnung, das unbekannte Wesen je zu sehen. Er wußte, daß die Magentuberkulose, deren Anzeichen er vor einigen Monaten bemerkt hatte, ihm nicht mehr lange zu leben erlaubte. Er fühlte das Näherkommen des Endes mit aller Deutlichkeit. Aber je mehr er an Kräften verlor, desto stärker wurde der Gedanke an das Kind. Auch die Erinnerung an die Erde blieb in ihm wach. Sie war ihm als einziges von den siebenundzwanzig Jahren seines Lebens unversehrt geblieben, sie war in den Feldern und Wäldern, im Himmel und in der Luft, so nah, so deutlich, als unterliege sie nie einer Veränderung und dauerte treu inmitten allen Wechsels der menschlichen Dinge. Er hatte den Grad von Müdigkeit erreicht, in dem alles gleichgültig wird. Er fühlte weder die eigenen Leiden noch die der Kameraden. Es war ihm gleich, ob er eine oder noch zehn Stunden würde stehen müssen. Sogar der eigene Tod entzog sich ihm. Nur seine beiden miteinander verwobenen Gedanken, zwei sehr klare, aber gedämpfte Stimmen, brachten ihm den Widerhall seines vergehenden Lebens. Eine fast heitere Hoffnung stand in ihm auf. Ihre Gegenwart war nebelhaft, es schien, als stände sie hinter ihm, wüchse über ihn hinaus, sie war vollendeter und dauernder als alles, was er zu erleben vermocht hatte. Er dachte, wenn es ein Sohn sein würde, dann sollte er Piotr heißen, eine Tochter wollte er Anna nennen. Er wiederholte diese beiden Namen, und ihr lautloser Klang verband sich mit der Erinnerung an die heimatliche Gegend. Manchmal verlor er fast das Bewußtsein davon, daß er sich in der Menge befand. Er geriet in eine tiefe Einsamkeit, aber er empfand sie nicht als Vereinsamung.

Die gewaltige Menge der Häftlinge verharrte in unveränderter Reglosigkeit. Stunden vergingen. Die Nacht stieg in ihre letzte Tiefe.

Irgendwann zu später Stunde erwachte Pawłowski aus seiner Ohnmacht. Ein leises Zittern erfaßte plötzlich seine Schultern. Smoła fuhr zusammen und sah angespannt hin. Pawłowski stöhnte auf, er lag weiterhin ohne Bewegung, das Gesicht zur Erde gekehrt. Dann stöhnte er wieder. Am Ende des Platzes tauchten Kreutzmann und Nadolny auf. Smoła, der sich gerade über den Liegenden beugen wollte, zog sich hastig zurück und richtete sich auf. »Mit mir ist es aus«, dachte er. Doch vermochte er nicht, seine von der Kälte und dem Fieber mit Tränen gefüllten Augen von dem Mann vor ihm loszureißen. Das Stöhnen wiederholte sich, diesmal lauter.

»Verdammt«, fluchte hinten jemand leise. Nach einer Weile, während der das Stöhnen nicht nachließ, hörte Smoła hinter sich eine feindliche Stimme: »Du, bring den Idioten zur Ruhe, die hören es sonst . . .«

Smoła rührte sich nicht.

»Du«, flüsterte dieselbe Stimme, »hörst du nicht, willst du, daß sie wieder herkommen?«

Smoła sah instinktiv zu seinen anderen Kameraden hin. Aus der Reihe waren in seine Richtung einige zu Tode erschöpfte, haßerfüllte Blicke gerichtet. Er fühlte, daß er sie hart von sich stoßen mußte. Aber er tat es nicht.

»Ich habe auch Angst«, dachte er. Es ging ihm jetzt so schlecht, daß er sicher war, nicht mehr lange auf den Beinen bleiben zu können. »Wenn ich nicht gleich sterbe, werde ich den anderen zur Last fallen«, dachte er. Er schloß die Augen und gab sich einem fiebrigen Dämmerzustand hin.

Plötzlich hörte er ganz in der Nähe die Stimme Schröders. Er straffte sich und hob die Augen. Der Kapo stand vor ihm.

»Was ist mit dem?« fragte Schröder auf Makowski zeigend. »Lebt er?«

»Er ist gestorben«, antwortete Smoła.

Der Kapo blickte auf Pawłowski.

»Und der?«

Bevor Smoła eine Antwort geben konnte, stöhnte der Liegende plötzlich auf. Schröder schwieg einen Augenblick. Obwohl er sich aufrecht hielt und sein Gesicht wie stets undurchdringlich war, sah er erschöpft aus. Schließlich sagte er dumpf, ohne jemand anzusehen: »Es ist Befehl, daß alle Lebenden in den Reihen stehen.«

Die Stille währte.

»Alle«, wiederholte er.

Und plötzlich sah er Smoła an.

»Heb ihn hoch.«

Smoła bückte sich und packte den Liegenden unter den Schultern. Einen Augenblick sah er neben sich das Mäusegesicht Pawłowskis, grau, ohne einen Blutstropfen, mit weitgeöffneten Augen, die in den Höhlen versunken und wie von einem Nebel verdeckt waren. Er wollte ihn hochheben, aber die Kräfte verließen ihn mit einem Mal, ihm wurde übel, er schwankte. Jemand stützte ihn von der Seite. Schröder sah ihn nur an und bückte sich wortlos, um den Stubenwart selbst hochzuheben. Aber er glitt ihm durch die Hände. Er hielt ihn mit der Schulter und umfaßte ihn in der Mitte. Aus der Nähe kam die klangvolle Stimme Kreutzmanns.

Der Kopf Pawłowskis hing kraftlos über die Schulter Schröders. Schwache Schauer durchfuhren seinen kleinen Körper. Schröder schloß die Augen. Als er den Sterbenden hielt, sah er selbst wie ein Toter aus. Es nieselte jetzt, und die Luft war voll frischen Nebels. Die Erde dampfte wie nach einem erlöschenden Brand.

Dann sahen die Häftlinge des dritten Blocks, daß Schröder den Stubenwart wieder auf die Erde zurücklegte. Nachdem er das getan hatte, kniete er sich zu ihm nieder. Der Sterbende faßte seine Hand. Die Maske, die der Kapo seit so vielen Jahren getragen hatte, fiel plötzlich von seinem gebeugten Gesicht. Es schwand die allen bekannte Dienststrenge davon, und eine ungewöhnlich schöne und reine Helligkeit erleuchtete diese männlichen und harten Züge.

»Kamerad«, flüsterte er halblaut.

Pawłowski starrte den über ihn gebeugten Menschen an und packte die Hand des Kapos krampfhaft. Dieser schien alles zu vergessen und nur das Gesicht des Stubenwarts zu sehen. Die Stimme Kreutzmanns kam näher.

»Kamerad«, wiederholte Schröder lauter.

Die Augen Pawłowskis weiteten sich, und das vergehende Leben flackerte kurz in ihnen auf.

»Man muß glauben, Kamerad«, flüsterte Schröder, »an den Sieg muß man glauben, verstehst du, an die Freiheit, an die Zukunft . . .«

Das Gesicht des Stubenwarts verzog sich traurig. Er bewegte die Lippen.

»Was sagst du?« fragte der Kapo und beugte sich tiefer.
Pawłowski starrte ihn mit wachsender Anspannung in den steif werdenden Augen an. Wieder bewegte er die Lippen.
Dann flüsterte er: »Freiheit . . .«
Und starb.
Danach tobte die SS lange Zeit. Kreutzmann und Nadolny nahmen Schröder mit sich fort, sie waren gerade in dem Augenblick, als Pawłowski starb, in der Nähe des dritten Blocks gewesen. Das Los des Kapos stand fest. Übrigens verzichtete er auf eine Erklärung und fällte durch sein Schweigen und seine Ruhe sein eigenes Urteil. Wahrscheinlich wurde er deshalb nicht sofort erschossen, weil er Deutscher war. Alle Häftlinge wußten, daß ein schneller Tod das beste sein würde, was dem Kapo widerfahren konnte.
Ob es geschah, blieb unbekannt. Jedenfalls sah man Schröder niemals wieder.
Was auch immer mit ihm geschah, dieser Vorfall, der der erste seiner Art war, solange Auschwitz bestand, rächte sich fatal an den Häftlingen. Verschlafenheit und Erschöpfung fielen mit einem Mal von der SS ab. Sie sprangen auf die Beine und rannten auf den Platz. Ihre Wut wurde zu einer kollektiven Raserei, zu einem blinden Toben, das alles Vorangegangene überstieg. Das Lager erlebte seine schwerste Stunde. Es schien, als ob der ganze menschliche Haß und die Grausamkeit der ganzen Welt sich unter dieser Nacht zusammenballten, wahnsinnig geworden, unstillbar, und daß aus dieser Hölle niemand mehr lebendig herauskäme. In der Stille erscholl das heisere Gebrüll derer, die schlugen. An den Rändern der Reihen und in ihrer Mitte stöhnten und wimmerten die, die geschlagen wurden. Bis schließlich die Schreie der Henker und der Opfer in eine Stimme menschlicher Qual zusammenschlugen.
Inzwischen hatte es sich etwas aufgeheitert. Der Nebel lichtete sich, der Wind legte sich. Der Frost nahm zu,

und in den hohen Abgründen blinkten sogar Sterne auf. Nach einer Stunde, als die Erschöpfung endlich auch die SS erfaßt hatte, begann langsam Ruhe einzutreten. Der letzte Mensch, der getötet wurde, stand in der letzten Reihe des dritten Blocks. Es war ein junger Priester aus Radom, der sich niedergebeugt hatte, um einem Sterbenden die Absolution zu erteilen. Kreutzmann erschoß ihn. Der Appell dauerte immer noch.
Gegen Morgen verlor Staś Karbowski das Bewußtsein. Davor hatte er sich lange und mühsam gequält. Er war noch einmal von Nadolny geschlagen worden. Etliche Stunden war er von den Schmerzen und dem Fieber benommen, bis er dann völlig das Bewußtsein verlor. Und nur noch einmal, als er an Wachowiak dachte und daran, wie jener hart »nein« gesagt hatte, durchdrang ihn etwas, was er als Reue empfand, die er aber weder zu erfassen noch zu begreifen vermochte.
Die Nacht ging ihrem Ende zu. Es war eiskalt, die Luft wurde reiner. Mit dem Morgengrauen heiterte es sich vollends auf, und mit dem Rest der Dunkelheit erschienen alle Sterne am Himmel. Kurz darauf wurden sie blaß und verloschen. Aber über der Erde stand noch lange Finsternis. Der Sonnenaufgang kam unbemerkt, das unveränderte Scheinwerferlicht schirmte ihn ab. Ein erstes Licht, gläsern und zart, legte sich auf die hohe Reihe der Pappeln und blieb dort wie der schwache Widerschein einer unsichtbaren Helle.
Diesen Morgen begrüßte Stille. Die stummen und steifen Menschen in den Reihen sahen in dem heller werdenden Licht wie Gespenster aus, die man hierher getrieben hatte, um von der Erbärmlichkeit einer Mensch genannten Kreatur zu zeugen.
Niemand dachte mehr an etwas oder wünschte etwas. Wenn in irgend jemand noch Bewußtsein glomm, so war es nur ein schwacher Bruchteil davon, der sich kraftlos in der eigenen Leere und dem Schweigen der Welt verzehrte. In jedem Block gab es welche, die starben. Aber dem Lager drohte keine Entvölkerung. In den nächsten

Tagen sollten aus verschiedenen Gebieten neue Transporte eintreffen. Bis man schließlich am Ende der fünfzehnten Stunde des Appells, als der Tag schon hell und die Reflektoren erloschen waren, Studienrat Śliwinski fand. Man fand ihn hinter einem Stoß Fässer und Kisten in der Ecke des dunklen Kellers in einem der Häuser, die abgebaut wurden. Er war kalt und steif. Er mußte vor vielen Stunden gestorben sein.